안녕, 이별

지은이 | 윤혜인
펴낸이 | 권순남
펴낸곳 | 마롱
디자인 | 리혜
편　집 | 이세영
마케팅 | 이수인

1판1쇄 인쇄일 | 2022년 7월 15일
1판1쇄 발행일 | 2022년 7월 27일

등록일자 | 2008년 1월 7일
등록번호 | 제310-2008-00001호

주소 | 서울시 노원구 상계 1동 1049-25 신영산업 BD 602호
대표전화 | 02-2091-0291
팩스 | 02-2091-0290
이메일 | marubooks@mayabooks.co.kr

979-11-368-2427-1 (03810)

값 9,000원

* 저자와 협의하여 인지를 붙이지 않습니다.
* 잘못된 책은 교환하여 드립니다.

MARONG ROMANCE STORY

안녕, 이별

윤혜인 장편 소설

목차

프롤로그 …007

1. 소환된 재회 …027

2. 재회 축제 …064

3. 계획된 시작 …108

4. 악몽이 깨운 마음 …166

5. 덫에 걸린 인어공주 …194

6. 전초전 …227

7. 진실의 거울을 찾다 …273

8. 인어공주의 진실 …300

9. 악마의 오류 …331

10. 안녕, 이별 …356

에필로그 …376

작가 후기 …382

안녕, 이별

프롤로그

"내 사랑하는 여보야. 내 딸 현숙아. 아빠 왔다."
"아빠!"
"왔어요?"

양손 가득 커다란 비닐백을 들고 들어오는 남자의 등장은 요란하기 그지없었다. 딸이 달려 나오자 비닐백을 내려놓고는 한 팔로 딸을 안아 올리고 뒤따라 나온 아내에게는 정신없이 입맞춤을 퍼부었다.

"오늘 너무 더워서 힘들었죠, 현숙 아빠?"
"역시 나 힘든 거 알아주는 사람은 당신뿐이야. 당신 없으면 이 문병호는 세상에 없어. 알지, 여보?"
"아빠, 나는? 나는?"

"아이쿠, 우리 공주님. 이 아빠는 우리 공주님과 여왕님 때문에 사는 거 몰랐어?"

"우리 아빠 최고!"

누가 보아도 정말 행복해 보이는 단란하고 화목한 가족의 풍경이었다. 하지만 거실에서 펼쳐진 그 풍경은 어디까지나 이 가족에게만 허용된 풍경이었고 풍경 밖에서 그들을 바라보는 소녀의 두 눈엔 어둠이 한가득이었다.

"여보, 전복죽 사 왔죠?"

"그럼. 누구 명령이신데 소인이 감히 잊었겠사옵니까. 전복죽만 사 온 줄 아십니까. 강남 삼원정에서 우리 여왕님과 공주님이 좋아하는 소갈비를 사 왔습니다."

소갈비란 말에 어두운 소녀의 두 눈이 더없이 커지더니 소녀의 양손이 사시나무 떨듯 떨리었다.

"야, 허썬! 너 이거 안 날라?"

"네."

"저저, 굼벵이도 저런 굼벵이가 없다니까. 사장님이 이 무거운 걸 가지고 오셨으면 냉큼 받아서 식탁 위에 올려놨어야지! 아이구, 저 화상!"

"참아, 여보. 아무리 느려도 우리 딸이 아직은 좋아하잖아. 안 그러니, 현숙아?"

"그럼. 엄마, 썬우는 내 장난감이니까 욕하지 마. 썬우야, 나 배고파. 얼른 고기 구워."

아이 엄마는 허썬이라 부르고 아이는 썬우라 부르는 소녀는 아무 말도 하지 않은 채 비닐백 안의 물건들을 하나하나 식탁 위로 옮겨 놨다.

그런 아이의 행동이 마음에 안 들었는지 남자가 남은 비닐백들을 통으로 들어 식탁 위에 올려놨다.

"나 옷 갈아입고 나올 테니까 저녁 준비 해 놔."

"알았으니까 얼른 들어가요. 허썬이한테 준비시킬 테니까."

"쟤한테 시키면 오늘 저녁 먹을 수 있을 것 같아? 나 배고파. 현숙아, 넌 배 안 고파?"

"아빠, 나 배고파 죽겠어. 야, 썬우! 너 빨리 고기 구워!"

"죽 먼저 가져다주면 안 될까요?"

소녀의 말에 일순 공기가 얼어붙었다. 소녀는 식탁 위 비닐들 중에서 죽이 들어 있는 비닐을 찾아내 그릇에 죽을 붓고는 전자레인지에 넣었다. 세 사람 중 가장 빨리 정신 차린 사람은 남자였다.

"큰일 날 뻔했네. 날이 적당히 더워야지. 당신, 선우 쟤 올라가서 내가 하라는 대로 제대로 하고 있는지 확인하고 있지?"

"뭐하러 일일이 확인해요, 그걸. 지가 우리 말 안 들으면 어떻게 되는지 뻔히 아는데. 그래도 한두 번은 따라가서 지켜보니까 걱정 말아요. 허썬 쟤한텐 고아원밖에 없잖아요."

"그렇긴 해도 혹시 모르니까 따라 올라가. 사고는 엉뚱한 데서 터지는 거 몰라?"

"알았어요, 알았어. 에이씨, 정말!"

전자레인지에서 꺼낸 그릇을 숟가락과 물컵 그리고 요구르트 한 병이 올려진 쟁반 위에 올린 소녀는 쟁반을 들고 2층 계단을 올라갔다. 계단을 올라가는 소녀의 두 뒤꿈치는 빨갛고 검은 상처 딱지들로 뒤덮여 있었고 빨간 상처 속에선 진물이 흘러내리고 있었다.

뒤따라 나선 허썬이라 부르던 여자는 진물이 바닥에 떨어지는 것이 보이자 눈살을 찌푸리고는 2층에 도착하자마자 버럭 소리를 질렀다.

"야, 허썬! 너 양말은 어쩌고 바닥 더럽히는 거야?"

"죄송해요. 빨았는데 아직 덜 말라서요. 마르면 바로 신을게요."

"네가 제정신이니? 양말이 한 켤레야? 너 일부러 안 신은 거지?"

"아니에요, 사모님. 양말이 모두 타서 한 켤레 남은 거예요."

양말이 탔다는 말에 여자는 억지를 부리는 대신 2층 방으로 들어가서는 양말 한 켤레를 소녀에게 던져 주었다.

"당장 신어!"

"고맙습니다."

"신었으면 얼른 올라가!"

쟁반을 들고 소녀는 2층 계단 끝에 있는 3층 계단으로 올라갔다. 3층은 1층, 2층과는 전혀 다른 하나의 방만 있는 곳이었다. 방문을 열고 들어간 방은 침대 하나에 박스와 가방 하나만 있을 뿐, 방보다는 창고라는 말이 어울리는 곳이었다.

"배고프지? 저녁 가지고 왔어."

 불을 켜자 침대 위 사람이, 아니 소년이 고개를 돌렸다. 소년은 눈이 가려져 있었고 두 손은 묶여 있었다.

"화장실 가고 싶어요."

"그래? 잠깐만."

 소녀는 빠르게 쟁반을 바닥에 내려놓고 소년의 팔 안쪽으로 팔짱을 껴 침대 아래 발판으로 가져다 놓은 박스 위로 소년이 내려올 수 있도록 했다. 침대에서 내려온 소년은 소녀보다 조금 컸지만 소녀 이상으로 앙상했다. 화장실로 소년을 데려간 소녀는 양변기 뚜껑을 올리고 소년의 바지를 벗겨 준 뒤 화장실을 나왔다.

"더럽게시리. 쟤 밥 먹을 때 화장실을 꼭 가야 한다니? 밥이나 먹고 가든지. 난 내려갈 테니까 너 제대로 해. 만약에라도 쟤 줄 풀어 줬다간… 너 알지?"

"네. 안 풀어요……."

 여자가 내려가고 얼마나 있었을까. 물 내려가는 소리가 들리고 이어 문을 두드리는 소리가 들려왔다.

"알았어, 갈게."

 볼일을 마친 소년을 데리고 나와 침대 위로 올라가는 것까지 모두 끝낸 뒤 소녀는 소년의 입가에 물컵을 가져갔다.

"목말랐지?"

"네."

"천천히 마셔."

아픈 아기를 돌보듯 소녀는 소년에게 물을 마시게 하고 죽을 한 숟가락씩 떠서 먹여 주었다. 이렇게 소년에게 죽을 먹인 지 며칠이나 됐을까. 7월 14일에 처음으로 죽을 먹였고 오늘은 8월 7일이었다.

"손이 가려워요. 눈도."

소년이 죽을 다 먹자 화장실에서 가져온 물수건으로 입가를 닦아 주는데 소년이 묶인 팔을 들어 보였다. 놀라서 보니 묶인 손목 부위와 손이 뜨겁게 달아올라 있었다. 고아원에서 여름이면 아기 동생들을 돌볼 때 많이 봤던 땀띠였다.

다락방이나 다름없는 습하고 더운 이 방에서 하루 종일 침대 위에만 있으니 땀띠가 나는 건 당연했다. 열린 창문으로 1층에서 떠들썩하게 고기 파티를 하는 소리가 들리자 소녀는 소년의 두 손을 잡았다.

"지금 눈이랑 손 묶은 줄 다 풀어 줄 거야. 그런데, 풀어 주면 너 도망칠 수 있어?"

"여기가 어딘지도 모르는데 어떻게 도망쳐······."

"그럼 가만히 있어야 해. 알았지?"

"네."

속박에서 벗어나 몸은 자유로워졌지만 소년은 갑자기 밝

아진 시야에 적응하지 못했고 침대에서 내려올 때는 어지러움에 소녀의 도움을 받아야 했다. 침대에서 내려온 소년은 부들부들 떨리는 두 손과 두 다리 때문에 소녀 없이는 아무것도 할 수 없다는 걸 빨리 깨닫고 모든 걸 소녀에게 맡기었다. 알몸이 되어 소녀에게 온몸 구석구석 깨끗하고 시원하게 씻겨진 이날.

처음으로 서로의 얼굴을 보게 된 소년은 소녀의 이름과 나이를 알게 되었다. 소녀도 소년의 이름과 나이를 알게 되었다.

"난 허선우. 여덟 살이야."

"난 유태리. 일곱 살이에요."

"넌 이름도 예쁜데 얼굴도 예쁘다, 태리야."

"누나, 나 빨리 묶어 줘요. 안 그럼 누나 아프잖아요."

처음에는 아팠던 눈가리개의 고무줄이 늘어난 건지 아픔은 사라지고, 선명하지는 않았지만 점점 봐서는 안 될 것을 보게 되었다. 그뿐일까. 들리는 귀가 있어 이 집에 온 이후로 매일 이 집의 사람들에게 눈앞의 누나가 아픈 짓을 당하는 걸 알고 있었다. 태리는 선우에게 두 팔을 내밀었다.

앙상한 두 손을 묶는 선우의 손은 태리 못지않게 앙상했는데 일순 태리의 몸이 굳어지더니 선우로부터 뒤로 물러났다. 지금까지 화장실에 데려가고 죽을 먹여 줬지만 선우의 손과 팔을 본 건 처음인 태리에게 빨갛고 검은 선우의 두 팔은 동화책에서 본 마녀였고 괴물이었다. 유난히 빨간 곳에선 피가 흘러내리고 있었다.

"무섭니? 원래는 장갑을 끼는데 너 씻기느라 벗었어. 젖으면 안 되거든."

"약 발라야 하는데. 약 없어요?"

"바를 거야."

"아파서 어떡해요? 그거 이 집 사람들이 그런 거죠? 나 다 들었어요."

"그랬구나. 이런 거 좀 있으면 다 나으니까 괜찮아. 내가 소리 안 냈는데 다 들었구나, 태리야."

"그 사람들이 하는 말 다 들었어요. 매일매일 누나가 안 아프다고 더 지져야 한다고 하는 말 들었어요. 누나……"

이 집에 온 지 일 년. 처음으로 생긴 아군에 그동안 참았던 눈물이 흘러내렸다. 선우의 눈물을 본 태리의 두 눈에서도 눈물이 흘러내렸다.

태리의 눈과 두 팔을 가리개와 끈으로 묶고 나서도 한참 동안 울었던 선우는 그날 밤에도 여지없이 술 파티를 벌인 문 사장 부부와 덩달아 신이 난 현숙이 가져온 담뱃불에 지져져야 했다.

새벽까지 마신 술 때문에 문 사장네 아침은 늦었다. 하지만 선우의 아침은 언제나 7시였다. 상처에 바르라며 사모님이 준 빨간약을 새벽에 지져진 상처에 바르고 약이 마르면 언제나처럼 목이 긴 양말을 신고 장갑을 꼈다.

악몽이 일상이 되었기에 희망이나 꿈 같은 건 가질 수 없었던 선우인데 태리로 인해 선우는 이 집에 와 처음으로 소망을 가지게 되었다.

'태리가 빨리 부모님이 계시는 집으로 돌아갈 수 있게 해 주세요. 태리의 부모님이 빨리 태리가 여기 있다는 걸 알게 해 주세요.'

선우는 우리집 고아원의 천재라 소문날 만큼 머리가 좋았다. 그래서 이미 초등학교 과정을 모두 끝냈지만 나이가 맞지 않아 중학교 입학이 가능한 나이가 되기를 기다리고 있던 터였다. 그걸 안 문 사장이 선우의 후견인이자 양부모가 돼 주겠다며 데려와서는 현숙의 가정교사를 시킨 것이다.

고아원 동생들을 가르쳤을 때처럼 한글을 가르치고 구구단을 외우게 했지만 현숙은 공부하는 것보다 텔레비전 보는 걸 좋아했다. 학교 숙제는 당연한 것처럼 선우의 숙제가 되었다.

그 덕에 고아원보다 더 많은 동화책과 백과사전이 있는 현숙의 방은 선우의 학구열을 채워 주기 충분했다.

방주인을 기다리며 읽은 책들이 태리가 납치되어 온 아이라는 것을 알게 해 줬다. 태리가 부잣집 아이라는 건 문 사장 부부가 하는 말을 우연히 들은 적이 있었다. 자신은 갇힌 것이 아니니 희망이 없지만 태리는 부잣집 아이니 찾는 사람들도 많을 것이 분명했다. 그래서 하루라도 빨리 태리가 집으로 갈 수 있기를 기도했다.

태리가 오기 전까지 3층 방은 선우의 방이었다. 창문을 열어도 커다란 나무들에 가려져 빛이 들어오지 않는 방에서 태리는 선우의 빛이었다. 이름을 알고 얼굴을 보게 된 뒤로 죽을 먹여 줄 때마다 태리는 말을 멈추지 않았다. 유치원의 선생님과 친구 이야기. 집의 밥을 해 주는 아줌마 이야기부터 기사 아저씨 이야기까지. 말을 하는 태리는 반짝반짝 빛나는 별이었고 눈부신 태양이기도 했다.

하지만 그 빛은 영원한 빛이 아니었다. 하늘이 선우의 소원을 들어준 것일까. 언제나처럼 아침을 준비하는 선우의 방이 덜컥 열리고 불이 켜졌다.

"사모님. 무슨 일이세요?"

"애는?"

"자고 있어요."

"그럼 조용히 하고 너 이걸로 갈아입어. 시간 없으니까 빨리."

사모님이 입으라고 준 옷은 현숙의 원피스였다. 백화점에서 아동복 중에 제일 비싼 거라며 현숙이 자랑하던 원피스를 입으라니. 무슨 일인지 궁금해 물어보려는데 현숙이 들어왔다.

"뭐야. 아직도 안 갈아입었어?"

"원래 얘가 굼뜨잖아. 야, 허썬. 너 빨리 안 갈아입어?"

"네. 갈아입어요."

 약을 발랐지만 옷이 살갗에 닿을 때마다 살들이 비명을 질렀다. 빨리 갈아입지 못하는 선우인데 사모님이 살이 쓸리도록 거칠게 입고 있는 옷들을 벗기고는 현숙의 원피스를 입혔다.

 현숙은 선우와 나이만 다를 뿐이지 키는 별 차이가 없었다. 원피스를 입은 선우가 원피스를 입고 텔레비전에 나온 모델 아이보다 더 예쁘자 현숙의 얼굴이 흉하게 일그러졌다.

"대충 됐네. 자아, 현숙아. 넌 얼른 이 옷으로 갈아입어."

"엄마, 나 꼭 이 옷 입어야 해? 얘 옷 너무 걸레 같단 말이야."

"어쩔 수 없잖니. 입어야 해. 안 그럼 우리 가족 헤어져야 한단 말이야, 현숙아……."

"알았어. 입을게, 엄마……."

 도대체 무슨 일일까. 현숙이 평소와 다르게 소리도 안 지르고 순순히 자기 옷을 입자 선우의 가슴이 두근거렸다.

"준비 다 됐어?"

"네. 됐어요."

 태리를 데려온 이후로 한 번도 3층에 올라온 적 없던 문 사장까지 방으로 들어오자 선우의 심장엔 천둥 벼락이 정신없이 떨어졌다.

"선우야, 이리 와 보렴."

"네."

문 사장이 고아원을 찾아왔을 때의 웃는 얼굴로 장갑 낀 손을 잡자 선우는 얼어붙고 말았다.

"선우야. 좀 있다가 우리 집에 사람들이 올 거야. 그 사람들이 너 누구냐 물으면 너는 무조건 문현숙이라고 해야 해. 알았니?"

"사장님, 전 허선우인데요."

"네가 문현숙이라고 해야지만 너도, 우리집 고아원도 무사하거든. 알았니?"

"허선우! 너 알았다고 대답 안 해? 야!"

"여보, 소리치지 마. 그러다 애 깨면 어쩌려고 그래."

"깨긴 뭘 깨요. 수면제 먹고 자는 앤데. 아무튼 허선우 너, 아저씨가 하라는 대로 안 하면 너네 고아원 아주 없어질지도 모르는데 어쩔래. 할 거야, 안 할 거야?"

"…할게요."

"누구냐고 물어보면 뭐라고 하랬지?"

"'문현숙'이요."

"그래, 잘했어. 그 사람들이 왔을 때 꼭 그렇게 대답해야 해."

"네."

문현숙이라고 말하는 건 어려운 것이 아니었다. 문현숙이라고 말하는 걸로 고아원이 무사하다면 말이다. 네라고 대답하는데 문 사장이 침대의 태리를 안아 올리자 선우는 문 사장의 바지를 잡고 말았다.

"뭐야?"

"그 애도 가나요?"

"1층 현숙이 방으로 가는 거니까 너도 같이 내려와."

"네."

동화책 속 공주님 방 같은 현숙의 방 침대에 태리를 눕힌 문 사장은 다시금 선우에게 문현숙이라고 해야 한다며 못을 박고는 현숙의 이름표가 붙어 있는 학교 가방을 선우에게 메 주었다.

"여보, 신 기사 왔어요."

"알았어."

선우의 눈에 문 사장은 화장실 급해 어쩔 줄 몰라 하는 고아원 동생이었고 사모님과 현숙은 나쁜 짓을 해서 원장 엄마와 아빠한테 회초리를 맞을까 봐 걱정하는 고아원 친구들이었다.

"어떻게, 준비됐어?"

"네, 형님. 10시에 출발하니까 연안부두로 늦지 않게 오라고 합니다."

"그래, 가자."

"형님, 현숙이 옷이 왜 저럽니까?"

"현숙이가 아니야. 너도 혹시나 이 아이 누구냐고 물으면 허선우라고 해. 알았지. 현숙이는 내가 안 데려온 거야. 자기 자식은 안 챙겨도 고아를 챙겼다고 하면 혹시 모르잖아."

"아… 그렇군요. 네, 알겠습니다."

그 혹시 모른다는 일이 무슨 뜻인지 선우가 알게 된 건 불과 몇 시간 뒤였다. 기사 아저씨와 함께 문 사장 가족이 집을 나가고 얼마나 있었을까. 떠났다고 해도 안심할 수 없었지만 어쩐지 느낌이 안 돌아올 것 같아 선우는 방을 나가 거실의 전화기로 112번호를 눌렀다.

경찰관에게 집에 납치된 아이가 있다고 말하고 주소를 물을 땐 처음 이 집을 찾아올 때 적어 준 주소를 기억해 말해 주었다. 마지막으로 경찰관이 이름을 묻자 선우는 집에 온 사람이 아니라 자신이 전화를 걸었기에 허선우라 똑똑히 말해 주었다.

"태리야, 유태리!"

전화를 끊고 선우는 침대에서 누워 있는 태리를 일으켜 앉혔다.

"누나, 왜요?"

"이제 너 집에 갈 수 있어, 태리야. 경찰서에 전화했더니 금방 온다고 했어."

"정말요?"

"그래, 정말이야. 자아. 이제 가리개도 풀고 끈도 풀자."

마치 제 일처럼 기뻐하며 태리를 묶은 것들을 풀어내고 선우는 작은 품으로 태리를 꼬옥 안아 주었다.

"태리야. 다시는 납치 같은 거 당하지 마. 부모님들이랑 행복하게 오래오래 살아야 해. 알았지?"

"누나는요?"

"나도 행복할 거야."

"같이 가면 안 돼요? 나랑 같이 가요. 우리 집에는 의사 아저씨도 있어요. 누나 아픈 거 다 낫게 해 줄 거예요."

"고마워, 태리야. 나도 집에 가면 우리 엄마 아빠가 낫게 해 주실 거야."

"그래도요. 난 누나랑 살고 싶어요."

겨우 일곱 살인데 고아원 언니 오빠들보다 더 의젓하고 어른 같은 태리와 헤어지고 싶지 않은 건 선우도 마찬가지였다. 하지만 태리는 부잣집 아이였다.

매년 행사가 있는 날이면 선물을 들고 찾아오는 후원자들은 선물을 주면서도 자기 자식들과 고아원 아이들이 어울려 친구가 되는 것은 허락하지 않았다. 태리의 부모님이라고 다를까. 어쩌면 다시는 못 만날지 모를 태리인 것을 알기에 선우는 태리의 얼굴을 잊지 않기 위해 새기고 또 새겼다.

"누난 나랑 같이 안 살고 싶어요?"

"아니야. 나도 같이 살고 싶어. 그런데 지금은 부모님 집으로 가고 싶어. 너도 그렇지?"

"네."

"그럼 우리 나중에 만나자. 누나 상처 다 낫고 나서."

"내가 옆에서 낫게 해 주고 싶은데……."

"태리야……."

"샅샅이 뒤져. 문병호 이 자식 아직 도망 못 갔을 거야. 아이는 1층 방에 있다고 하지 않았나?"
"네."
바닥이 쿵쾅거리고 방 밖에서 구둣발 소리가 요란하게 들려오자 태리가 선우의 품에 안겼다. 그때 방문이 부서지듯 열리고 아저씨들이 우르르 들어왔다.
"여기 아이들이 있습니다."
"유태리는 남자아이니까. 얘야, 네가 유태리니?"
"네."
"그럼 너는?"
"반장님, 그 여자애는 문병호 딸 같은데요. 문현숙 이름표 들어 있는 가방 메고 있잖아요."
"현숙아, 네 아버지 어디 계시니?"
"……."
순간 현숙이라 부르는 반장 아저씨의 말이 싫었다. 태리는 기억 속에 새겼지만 현숙은 다시는 떠올리고 싶지 않다. 아니, 기억조차 하기 싫었고 문현숙이라고 불리기는 죽어도 싫었다.
"저는 문현숙이 아니라 허선우예요."
"문현숙이 아니라고? 그런데 왜 네가 문현숙 가방을 메고 있어? 현숙아, 거짓말하는 거 아냐. 거짓말하는 아이들한테 경찰 아저씨들이 얼마나 무서운지 아니?"

"거짓말 아니에요. 저는 허선우예요."

"맞아요. 누나는 허선우예요."

"뭐라고? 태리야, 그게 정말이야?"

"네. 누나는 허선우예요."

"반장님, 그 아이 허선우가 맞는 것 같습니다. 112로 접수된 이름도 허선우입니다. 문병호 딸이 신고할 리가 없잖습니까."

"그렇지. 그래. 미안하구나, 선우야. 문병호, 이 나쁜 자식 같으니라고. 남의 자식 납치한 놈이 제 자식은 살리려고 제 딸로 위장시켜!"

"제 딸은 여기 허선우로 위장시켰을 게 뻔할 텐데… 선우야, 너희 집은 어디니?"

"우리집 고아원이에요."

"고아 후원하고 있는 걸로 선처받으려는 속셈 하고는……. 가만, 그럼 문병호가 어디로 간 거지?"

"연안부두로 갔어요. 10시에 배가 출발한대요."

선우 또래의 아이들을 키우고 있는 노재성 반장이었다. 순간 자신의 아이들이 눈앞의 이 아이와 같은지를 비교하고 말았는데, 결론은 허선우라는 아이가 특이하게 똑똑한 것이지 자신의 아이들은 보통의 아이들이라는 것이었다.

노 반장이 연안부두로 가라는 지시를 내리는 사이 방 안으로 검은색 양복을 입은 아저씨들이 몰려 들어왔다.

"태리 도련님! 사장님, 도련님 무사합니다."

"태리야!"

"아버지!"

아버지 품에 안긴 태리를 보니 선우는 우리집 부모님이 너무도 보고 싶었다.

'원장 아버지도 저렇게 안아 주시겠지? 원장 어머니도……'

태리와는 그렇게 헤어지게 되었다. 태리가 자기 아버지와 함께 인사할 새도 없이 떠나고 선우는 노 반장과 함께 경찰차를 타고 드디어 그 집에서 나올 수 있게 되었다. 다시는 생각하고 싶지 않은 집에서 나와 경찰차에 타면서 선우는 원피스에 얼굴을 묻고 펑펑 울었다.

경찰서, 그곳에서 선우는 다시는 볼 수 없을 것 같았던 원장 부모님을 만났다. 피죽 한 그릇도 못 먹은 애처럼 앙상해지고 한여름에 장갑을 낀 데다 두꺼운 스타킹을 신은 모습에 당장 장갑과 스타킹을 벗긴 원장 어머니는 선우의 참혹한 모습을 보고는 바로 정신을 잃고 쓰러지셨다. 선우의 모습은 경찰서 사람들 모두를 경악하게 만들었다.

그날 경찰서에 납치 사건 보고를 들으러 왔다가 선우를 보게 된 박규식 검찰총장은 경악 대신 분노했다.

"저 어린것한테 대체 누가 저런 짓을 한 건가?"

"문병호라고 발렌타인파 조직원인데 지금 체포하러 출동

중입니다."

"세상에, 아가… 많이 아프지?"

"그 집에 있을 땐 많이 아팠는데 우리 원장 부모님 만나니까 하나도 안 아파요, 할아버지."

"네 이름이 뭐니?"

"허선우예요."

팔다리 손발 어느 한 군데도 성한 곳이 없었다. 사람들이 더 경악한 것은 그 많은 상처 중에 아문 상처 하나가 없다는 것이었다.

"이름이 예쁘구나. 선우야, 나쁜 아저씨는 여기 경찰 아저씨들이 혼내 줄 테니까 아무 걱정 하지 말아라. 알았지?"

"네, 할아버지. 고맙습니다."

어른도 이런 상태라면 말 한마디 하기 힘들 텐데 인사까지 한 아이는 박규식의 시선과 걸음을 멈추게 만들었다.

"선우의 부모님이십니까?"

"네. 실례지만 누구신지."

"법원에서 나온 박규식이라고 합니다. 실례가 안 된다면 선우의 병원행에 동행하고 싶습니다."

"네?"

교과서에 본 이순신 장군님을 닮은 할아버지는 원장 부모님과 함께 병원으로 오셨다. 일 년 넘도록 문 사장의 집에서 제대로 못 먹고 못 잤는데 병원에서 선우는 공주님이 되었다. 치료받는 건 너무 아팠지만 그래도 울지 않는 선우였다.

셀 수 없이 많이 지져지고 또 지져진 선우의 팔다리 손발은 지금 기술로는 완벽한 치료가 힘들다는 결과를 받았다. 그래도 고아원으로 돌아갈 수 있다는 것만으로도 행복했는데 병원을 나와 선우가 간 곳은 서울의 대궐 같은 집이었다.

"선우야, 너는 이제부터 내 손녀다. 그리고 여기 사람들은 모두 네 가족이란다."

"할아버지, 여기도 고아원인가요? 이렇게 궁궐 같은 고아원이 있다니……. 이거 꿈 아니죠?"

"하하하, 선우야. 여긴 고아원도 아니고 진짜 네 집이고 네 가족들이야."

"정말요?"

"아버지, 미리 말 좀 해 주시지 그러셨어요. 선우가 놀란 것 같은데……. 선우야, 어서 오렴. 내가 네 아빠란다."

어젯밤 고아원 원장 부모님과 고아원 가족들이 파티를 해 줬었다. 문 사장네에 갈 때도 잘 지내라고 파티를 해 줬었다. 어제 파티는 할아버지네 집에서 잘 지내라고 해 준 파티라고 생각했었다. 그런데 할아버지를 따라 대궐 같은 집에 오니 문 사장네에는 없었던 가족이 선우를 기다리고 있었다.

할아버지, 할머니, 아버지, 어머니 그리고 언니까지. 가족을 선물 받으며 선우는 제발 꿈이 아니기를 기도했고 꿈이라면 깨지 않기를 기도했다.

1. 소환된 재회

"이사님, 또 길을 잘못 든 것 같습니다."

"되돌아가면 어떻겠습니까? 아니, 안 되겠군요. 이 일차선에선."

"후진도 힘듭니다. 벌써 저희가 온 길에 눈이 쌓여 길조차 사라진 상태입니다."

"그럼 어쩐다. 모두들 지쳤을 텐데……. 박 실장님, 잠깐 차에서 내려 주변을 한번 살펴보죠."

"네."

이사라 불린 남자의 말 한마디에 차 안이 분주해졌다. 운전석에서 무전기로 정차를 알리자 그들이 탄 차 앞뒤로 달리던 차들이 멈췄다.

차가 멈추자 일제히 차 밖으로 우산을 들고나온 사람들은 눈을 뜰 수 없을 정도로 내리는 폭설에 놀라 주변을 살펴보기는커녕 빨리 차 안으로 들어갔다.

"이사님, 아무리 봐도 주변에 아무것도 안 보입니다. 차 안에서 무전기 구조 요청이 전해질 때까지 기다리고 있는 편이……."

"박 실장님, 저거 연기 아닌가요?"

"연기요? 어디요?"

"저기 박 실장님 뒤쪽 언덕 말입니다."

한 치 앞도 구분하기 힘들 정도의 폭설이 내리고 있는데 연기라니. 어이가 없었지만 박 실장과 차 밖에 남은 일행들이 이사가 가리킨 방향을 바라보았다. 시야에는 오직 하얀 눈뿐인데 무슨 연기란 말인가.

"이사님, 눈바람에 헷갈리신 것 같습니다. 연기 아닙니다. 눈바람이에요."

"연기 맞습니다. 저기 큰 소나무 세 개 위를 보세요. 연기 잖아요."

"맞습니다. 연깁니다. 연기가 납니다, 이사님."

"연기가 보입니다."

일행 중 한 명이 연기를 발견하더니 뒤이어 다른 사람들도 연기가 보인다며 한마디씩 했다.

"연기 나는 쪽으로 갈 수 있겠습니까?"

"네. 저 거리면 가능할 것 같습니다. 그런데 저 연기가 무슨 연긴지 모르니. 저희가 먼저 가서 확인하고 무전 드리면 어떻겠습니까?"

"그래 주시겠습니까, 경호대장님."

"네."

앞차가 연기 나는 곳을 향해 떠나고 차에 탄 박 실장은 이사에게 시력을 물었다.

"내 시력? 2.0입니다."

"저도 2.0인데……."

"생존 열망이 제가 좀 커서 보였을 겁니다. 신경 쓰지 마세요. 실장님."

생존 열망이라니. 박 실장은 눈앞의 이 모델 못지않은 외모를 가진 젊은 이사의 말에 공감할 수가 없었다.

이 남자가 누군가. 바로 대한민국 10대 그룹 중의 하나인 화인그룹의 유일 후계자 유태리가 아닌가.

후계자 수업이라 할 수 있겠지만 지금 그는 화인그룹의 주력 사업이자 업계 1, 2위를 다투는 화인엔터테인먼트의 대표이사이기도 했다. 2세 경영자들 중 외향적인 활동이 가장 많은 2세로 알려진 만큼 지금도 그 활동 때문에 이런 상황에 처한 것이었다.

어제 진행했던 화인엔터테인먼트 소속 아이돌 그룹 해피나이츠와 춘천 스키장에서 보내는 메리크리스 콘서트는 정기 콘서트 중의 하나였기에 굳이 대표이사까지 참여할 필요는 없었다.

"해피나이츠는 지금 회사 1위 베스트 유즈 때문에 많이 위축되어 있습니다. 하지만 해피나이츠는 2010년대 아이돌 그룹의 근간입니다. 뿌리가 흔들리면 새로운 가지는 없을 테니 우리 뿌리를 든든하게 해 줘야 하지 않겠습니까?"

해피나이츠와 동행해 콘서트장에 나선 유 이사는 해피나이츠를 홍보하며 콘서트장을 찾은 팬들에게 선물도 아낌없이, 지금의 폭설처럼 쏟아부었다.

유 이사의 의도로 정기 콘서트는 유례없이 대성공을 거뒀고 해피나이츠의 모든 곡은 일제히 상위 랭킹에 오르는 기적을 만들어 냈다. 이처럼 성공 가도만 걸으면서 생존 열망이 크다는 그의 말에 어떻게 공감하겠는가.

'아니지. 추위에 떨지는 않았지만 꼬박 하루가 넘도록 굶고 있는데 생존 위기에 처한 건 사실이잖아.'

콘서트가 시작하기 전부터 눈은 내리고 있었다. 기상청에서도 눈은 5센티 미만으로 내릴 것이라 했기에 스노우 체인도 장착하지 않았었다. 콘서트를 파하고 서울로 출발하는데 갑자기 작은 눈이 큰 눈으로 바뀌더니 거짓말처럼 순식간에 그들의 차는 폭설 속에 갇히게 되었다. 거기에 그들보다 앞서 출발한 차들이 대형 연쇄 충돌 사고가 나 도로가 막히는 사태가 벌어진 것이다.

'그때 그냥 거기에서 기다리고 있었어야 했어. 휴우······.'

다른 길로 가면 되겠지 했던 게 얼마나 어리석은 생각이었는지는, 길을 잘못 들어선 탓에 반나절은 강원도를 헤매고 또 반나절은 한 치 앞도 안 보일 정도로 쏟아지는 눈 속에서 통신망이 복구되기를 기다리며 자고 나서 알게 되었다. 비상용으로 트렁크에 두었던 생수만을 마시면서 말이다. 모두가 공포에 떨며 걱정하고 있을 때 오히려 다독거리며 사람들을 웃게 해 줄 정도로 가장 여유로웠던 사람은 유태리 이사 이 남자뿐이었다.

그런 남자의 생존 열망이라는 생뚱맞은 말에 대체 어떤 말을 해 줘야 할지 박 실장은 아닌 밤중에 홍두깨처럼 고민을 해야 했다.

어리둥절한 표정의 박 실장을 보며 태리는 빙긋 웃었다. 그의 말을 이해 못 하는 박 실장을 그는 충분히 이해했다. 그는 27년 전 납치당한 후유증으로 남들보다 뛰어난 동체 시력을 갖게 되었다는 걸 굳이 말하고 싶진 않았다. 그렇지 않아도 말 많은 세상인데 어디에 있는지 기억도 안 나는 오래된 앨범을 꺼내 이야깃거리를 만들 필요는 없지 않겠는가.

더군다나 납치됐었다는 한 달 반 동안의 기억을 하나도 갖고 있지 상황에서 말이다.

연기 나는 곳으로 간 경호대장의 무전을 기다리는 동안 점점 더 굵어지는 눈에 차 안은 연신 터지는 한숨으로 가득 찼다. 밥 먹을 때조차 손에서 놓지 않는 인터넷 통신 기기가 여전히 먹통인 탓이었다.

얼마나 기다렸을까. 앞좌석 무전기에서 경호대장의 목소리가 들렸다.

"좌회전해서 직진으로 삼백 미터 올라오면 우리 차가 보일 겁니다. 여기 굉장합니다."

처음 보는 광경이라도 본 듯, 감정 표현 안 하기로 유명한 경호대장의 흥분한 음성에 차 안의 사람들은 모두 안도의 숨을 내쉬었다. 그리고 경호대장의 말에 따라 도착한 장소 앞에서 경호대장보다 더 흥분해 환호성을 내질렀다.

눈의 왕국이 따로 없었다. 크고 긴 노란 담장 가운데 열린 녹색 대문 안 저택은 아무리 보아도 누구나 한 번쯤 보았을 어린이 동화책 속의 성이었다.

대문에서 저택은 꽤 거리가 있어 저택 앞에 차를 세워야 했다. 저택은 대문 밖에서 본 것보다 상상 이상으로 웅장하기 그지없었다.

"집주인이 고맙게도 집 안에 들어오는 것을 허락해 줬습니다."

"정말 고마운 분이시군요. 그런데 우리 인원이 꽤 되는데 괜찮을지 모르겠군요."

"괜찮은가 봅니다. 저희 인원을 말했는데 걱정하지 말라고 하셨습니다."

일반 저택과는 다르겠지 하면서 들어선 저택 안. 태리를 비롯한 일행들은 모두 저택 안의 모습에 벌어진 입을 한동안 다물 수가 없었다. 넓은 원형 거실은 호텔 로비였고 거실을 중심으로 연결된 3층까지는 호텔 객실이었다.

 너무 놀라 숨소리조차 내지 못하는 가운데 2층 계단으로 다섯 명의 여자와 두 명의 남자가 내려왔다. 그들을 본 해피나이츠 멤버 중 막내인 앤디가 내려오는 여자들 중 한 명 앞으로 달려 나갔다.

 "변호사님? 써니레인 변호사님 맞으시죠?"

 "오랜만이에요, 앤디씨."

 "변호사님이 어떻게 여길?"

 "여기가 저희 집이에요. 어서 오세요. 많이 힘들었죠?"

 "앤디 군, 아는 분이신가?"

 "네, 이사님. 한국에 오기 전 미국에서 절 도와주셨던 써니레인 변호사님이세요."

 "처음 뵙겠습니다. 화인엔터테인먼트 유태리입니다."

 "어서 오세요. 이사님. 저는 써니레인이고 여기는 제 동생들이에요."

 "안녕하세요, 여러분. 신세를 지게 됐습니다."

 "신세라뇨. 어서들 앉으세요. 하루 동안 차 안에서만 계시느라 고생하셨죠. 일행분이 많다고 해서 2층 방을 정리하던 참이었어요. 찻물도 올려놨는데……."

"차는 내가 준비할게, 언니. 저어… 차는 종류별로 다 있거든요. 드시고 싶은 차 말씀해 주세요. 여기 바리스타도 있으니까 어떤 커피든 주문하셔도 되고요."

태리의 일행들은 길을 잃고 헤매다 과자로 만든 집에 들어온 헨젤과 그레텔이 되었다. 커피를 주문한 태리는 천천히 저택 안과 써니레인을 살피며 기억 속에 저장하기 시작했다.

저택은 층별로 디자인이 달랐는데 1층이 사계절 화원 디자인이라면 2층은 대한민국 지도였다.

서울을 비롯해 강원도, 경기도, 충청도와 전라도 그리고 경상도와 제주도까지 그 지역들의 주요 도시가 그려진 벽면을 따라 3층으로 올라가면 우주를 만났다.

우주정거장과 달을 비롯한 여러 행성이 펼쳐져 있는 우주의 모습이 끝인가 했는데 머리를 들어 본 천장에선 유성우가 쏟아지고 있었다.

무슨 뜻이 있는 것 같지만 초면이기에 궁금증으로 남긴 채 그는 집주인 써니레인에게 시선을 가져갔다.

앤디와 조우한 것이 기쁜 것인지 웃고 있는 여자는 연예계에서 가장 아름다운 화원이라 불리는 그의 회사에서는 본 적 없는 여자였다.

'눈 같은 여자는 처음인데 왜 낯설지가 않지?'

웃고 있는 여자가 밖에 내리는 눈처럼 보였다. 웃는 건 하얀색, 차가운 건 경계 그리고 녹는 건 상처. 잃은 기억이 싫어 기억력을 높이려 얼마나 많은 정보를 쌓았던가. 누구보다 많은 사람을 상대해야 하는 그였기에 사람들의 심리학을 배우기도 했었다. 하지만 학문 속의 사람은 현재의 사람들이 아니기에 그는 사람들과 부딪쳐서 얻은 경험으로 자신만의 심리 수첩을 만들었었다.

사람을 주로 자연으로 표현했는데 눈 같은 남자는 수첩 안에 있지만 눈 같은 여자는 처음이었다.

'아버지, 아버지와 같은 사람은 없는 줄 알았는데 여기서 만나네요.'

"크윽!"

"이사님. 머리 아프세요?"

내리꽂는 벼락같은 통증에 태리가 머리카락을 쥐어뜯었다.

"네. 으윽!"

"차에 있으니 가져올게요. 잠깐만 기다리세요."

"두통약이라면 여기도 있어요. 잠시만요."

앤디와의 대화를 멈춘 써니레인은 걸음을 빨리해 1층 가운데 방으로 들어가더니 곧장 구급함을 들고나왔다. 구급함에서 두통약 상자를 꺼내 박 실장에게 건네주는 써니레인은 손에 하얀색 벨벳 장갑을 끼고 있었다.

"피곤하셔서 그런 것 같은데 방에 들어가서 좀 쉬시겠어요?"

"괜찮습니다. 곧 나아질 겁니다."

"그나저나 집 안이 엄청 따뜻하네요. 난방비 꽤 나오겠어요."

"전기보일러라 그렇게 많이 나오진 않아요. 겨울엔 따뜻한 게 최고잖아요. 어때요. 저희 집 차 맛 괜찮으세요?"

세상에 바로 통증을 가라앉히는 건 마약밖에 없을 터. 여진 같은 통증이 계속되어도 태리는 통증을 참으며 써니레인에게 꽂힌 시선에 집중했다. 27년 전 납치되기 하루 전 기억을 떠올리면 어김없이 그는 이 두통을 겪어야 했다.

유치원을 다녀오면 몇 명의 가정 교사들에게 저녁 식사 시간까지 음악을 배우고 어학을 배웠다. 저녁 식사는 언제나 아줌마와 함께였는데 그날은 아버지, 어머니와 함께 저녁을 먹었다. 아버지와는 자주 먹었지만 어머니와 함께한 식사는 몇 번 없었기에 그날은 행복한 날이었다. 그런데도 그날을 떠올리면 머리에 벼락이 내리쳤다.

그리고 한 달 반을 기억 못 하는 상태에서 아버지와 어머니를 다시 만난 그날을 생각해도 벼락은 여지없이 찾아왔다.

그날들을 생각하지 않으면 만나지 않을 통증인데 어떻게 저 여자가 벼락을 몰고 온 것인지 알 수가 없었다.

사람들이 차 맛을 즐기는 사이 써니레인은 리모컨으로 거실 창가에 있는 크리스마스트리 옆 대형 TV를 켜서는 뉴스 채널에 맞췄다.

뉴스에서 특별 재난 방송을 하고 있자 사람들은 일제히 달려가 TV 앞으로 모였다.

겨울 폭설은 강원도에선 낯선 것이 아니지만 오늘의 폭설은 유례가 없다며 거듭 외출을 금하라는 말만을 하는 아나운서에게 사람들은 하나같이 불만을 토해 냈다.

"그럼 어떻게 하란 거야. 할 일이 산더민데."

"회사에선 우리가 어디 있는지도 모르잖아."

"회사만 몰라? 우리 가족들은 어떡하고. 정말 전화라도 돼야 알리지."

"그럼 여기서 전화하세요."

불평의 말들 속으로 날아든 써니레인의 말은 태어나 처음으로 꾸는 행복한 꿈 같았다.

써니레인의 동생들이 안내해 주는 방으로 각각 들어간 사람들은 그토록 바란 컴퓨터와 전화를 보고는 행복한 비명이 어떤 비명인지를 제대로 알게 되었다.

"어떻게 이곳만 통신이 멀쩡한 거죠?"

"여기도 복구된 지 얼마 안 됐어요. 겨울의 강원도는 크리스마스와 신년 축제가 일 년 농사인데 통신업체가 손 놓고 있으면 되나요. 긴급으로 복구했다고 좀 전에 연락 왔어요."

"그랬군요."

가족과 회사와 연락됐다고 좋아한 것도 잠시. 사람들은 폭설 때문에 구조 헬기도 구급차도 안 된다는 박 실장의 말에 바로 시든 꽃들이 되었다.

"변호사님, 어쩌죠. 아무래도 저희 일행들이 모두 컴퓨터를 사용할 것 같은데……."

"여기 컴퓨터가 여러분들보다 더 많으니까 걱정 마세요. 자랑은 아니지만 저희 컴퓨터 사양 모두 좋으니까 마음껏 쓰세요."

막힘없는 배려에 모두가 좋아했지만 태리는 사람들과 같이 좋아할 수만은 없었다. 대가 없는 호의를 베푸는 사람이란 있을 수 없다는 그의 생각은 지금까지 틀린 적이 없었다.

"변호사님의 호의 정말 감사합니다. 변호사님, 조용히 이야기할 만한 장소가 있을까요?"

"그럼요. 저기 5번 방이 회의실이에요."

써니레인이 회의실이라고 말한 방은 말 그대로 회의실이었다. 여느 회사 못지않게 탁자 위에 태블릿PC가 놓여 있고 중앙엔 빔프로젝터까지 갖추고 있었다.

"변호사님, 회사 회의실인가요?"

"아뇨. 그냥 전국의 가족들과 화상으로 만날 때 이용하는 곳이에요. 가족들이 좀 많거든요."

"밖의 동생분들도 많은 편인데 정말 대가족이신가 봅니다."

"네. 엄청 많답니다. 이사님, 저와 이 집에 대해 궁금한 게 많으시죠? 그런데 그 질문들, 제가 한 번에 정리해 드려도 될까요?"

처연한 낙엽처럼 웃으며 말하는 여자는 또다시 그의 수첩을 펼치게 만들었다. 처연한 낙엽이라는 단어를 쓰게 만든 사람은 유일하게 그의 부친인 유 회장뿐이었는데 눈앞의 여자가 허락도 없이 추가되었다.

'나랑 나이 차도 안 나는 것 같은데 어떻게 저런 얼굴을 할 수 있지?'

"이 집은 돌아가신 저희 아버지가 생전 이 집의 주인이셨던 분에게 도움을 주신 덕으로 유산 상속을 받으신 거예요."

"엄청 큰 도움을 주셨나 보네요. 이런 어마어마한 걸 유산 상속해 주시다니."

"네. 그러셨나 봐요. 저도 유 이사님처럼 생각하고 있는데 어떤 도움을 주셨는지를 몰라서요. 아무튼 호텔 운영할 마음은 없고 그렇다고 혼자 살기에는 너무 큰 집이라 돈 벌기 시작하면서 바꾼 건데 괜찮아 보이나요?"

"유럽 여행 가서 본 성보다 훨씬 멋집니다."

"고마워요. 그럼 이제 본론으로 들어가 이사님이 진짜 궁금해하시는 걸 말해 드릴게요. 참! 지금 제가 하는 말은 안 해도 되는 말이라는 거 아시죠? 저는 아무 연고 없는 여러분들을 집에 들이고 먹고 잘 공간을 제공하는 집주인일 뿐이니까요."

"죄송합니다. 하지만 직업상 이렇게 후한 배려를, 그리고 기다렸다는 듯이 호의를 베풀어 주는 분을 만난 적이 단 한 번도 없어서요."

모르지 않았다. 자신이 궁금해하는 것들이 얼마나 염치없는 짓인지 어떻게 모르겠는가. 하지만 이 세상에 이유 없는 배려와 호의 따윈 없다고 생각하는 그였다.

"이해해요. 다른 업계보다 사람에 대한 경계가 극도로 심한 곳이 연예계잖아요. 정식으로 인사할게요. 저는 민들레 로펌의 써니레인이에요. 한국 이름이 있지만 일 년에 삼 분의 이는 해외에서 일하기 때문에 해외에서 사용하는 이름이에요."

"한국 이름은 알려 줄 수 없다는 뜻인가요?"

"네. 너무 예쁜 이름이라서. 아껴 두려고요. 범죄 이력 없고, 이사님 재산과는 비교조차 안 되지만 먹고사는 데는 지장 없는 직업이니 제가 여러분들을 대상으로 범죄를 저지를 일은 없어요. 앗, 제 동생들도 마찬가지예요."

써니레인의 군더더기 없는 말이 처연한 미소보다 더 처연하고 무거워 그의 심장을 내리누르자 그는 써니레인에게 머리를 숙였다.

"무례함이 지나쳤습니다. 죄송합니다, 써니레인 변호사님."

"아니에요, 이사님. 자아, 회의실에 온 김에 방을 어떻게 나눠야 할지 의논해 볼까요? 이 집의 방은 총 서른 개고 모두 트윈 룸이에요. 현재 제 방을 비롯해 동생들이 세 개를 사용하고 있으니까 스물여섯 개의 방을 여러분들이 알아서 나누세요. 그럼 저는 이만."

장갑 낀 써니레인의 손에서 눈을 떼지 못한 태리는 써니레인이 떠나고 문이 닫힐 때까지 시선을 거두지를 못했다.

이 집과 써니레인 모두 처음인데 어째서 그를 자극하는 것인지 알 수가 없었다. 써니레인을 본 순간부터였을까. 아니면 그녀의 장갑 낀 손을 보았을 때부터였을까. 약 때문인지 두통은 사라졌지만 대신 머릿속과 두 눈을 어지럽히는 답답함이 찾아왔다.

경계가 일 순위인 경호원들은 1층 다섯 개 방을 사용하기로 했고, 2층 방들은 회사 직원들이, 3층 방들은 해피나이츠와 박 실장 그리고 그가 사용하게 되었다.

각자 정해진 방에서 휴식 시간을 갖는 사람들이 있는가 하면 거실 벽난로 앞에서 차를 마시며 이야기를 나누고 있었다. 그 모습들엔 경계란 이미 없었다. 마치 자기 집인 양 무장 해제 된 모습들을 바라보는 써니레인과 그녀의 동생들의 표정은 더없이 온화했다.

"방들도 정해졌으니 이제 우린 저녁 준비해야겠다. 혜빈아. 우리 오늘 먹기로 한 너의 궁중 요리 인원이 늘었는데 괜찮겠니?"

"언니, 저 사람들 먹을 복 많은 사람들인가 봐. 우리 크리스마스 파티하려고 식료품 창고에 오십 인분을 오 일 치나 쌓아 둔 걸 어떻게 알고 말이야."

"그렇네, 정말……. 서른 명이 넘으니까 뷔페 식으로 해야겠다. 찬영이랑 민규 너희들은 거실에 뷔페 세팅 먼저 해 줘. 우린 식재료 준비해야 하니까."

"네."

일사불란하게 일곱 명이 움직이는 것을 보자 쉬고 있던 사람들이 자신들도 같이 하겠다며 팔을 걷어붙였다.

창고에서 나오는 테이블과 의자를 보자 뷔페 식당 세팅이 순식간에 이뤄졌다. 오늘의 요리사인 혜빈의 지시에 따라 식료품 창고에서 가져온 식재료들이 다듬어지면 썰어지고 다져졌다. 대형 식당 같은 주방 안에서 조리되는 음식 냄새가 사람들의 위장을 자극하고, 어느새 가까워진 사람들의 대화로 주방과 거실은 시끌벅적한 잔칫집이 되었다.

이런 와중에 태리는 조리를 하면서도 여전히 장갑을 끼고 있는 써니레인의 손에서 시선을 떼지 못했다.

말과 웃음소리로 가득 찬 주방과 거실에서 완성된 요리가 하나씩 나와 뷔페용 보온 식기를 채웠다. 나열된 모든 식기에 요리들이 다 채워졌을 때 사람들은 일제히 환호했다.

"궁중 요리를 이렇게 먹게 되다니. 이게 꿈이야 생시야?"
"한정식집에서만 먹는 건 줄 알았어."

궁중 요리를 앞에 두고 사람들은 너 나 할 것 없이 한마디씩을 했다.

"변호사님, 저희 이렇게 먹어도 되나요?"
"네. 걱정 마시고 많이 드세요. 내일 아침은 백반 식인데 아침밥이 싫으신 분들은 라면 끓여 드시면 돼요. 참! 야식 겸 간식으로 먹을 과자랑 컵라면도 준비되어 있어요."

호사도 이런 호사가 없었다. 이 집에 오기까지 하루 동안 폭설 속에 묻힐까 봐 얼마나 걱정했었던가. 그런데 이런 호사라니. 너무 비현실적인 상황이지만 그걸 따지고 있기엔 눈앞의 요리는 너무 따뜻하고 맛있어서 사람들은 정신없이 접시를 비워 댔다.

쉴 새 없이 젓가락과 숟가락을 들고 음식을 먹는 사람들을 바라보던 써니레인의 시선이 태리의 눈과 마주쳤다.

'그만 봐. 나 기억 못 하잖아, 유태리.'

'식사할 때도 장갑을 끼고 있다니… 왜지?'

써니레인은 태리의 심장을 무겁게 만들었던 처연한 미소를 지으며 고개를 숙였고 태리는 시선을 거두며 접시 위의 음식들을 먹기 시작했다.

저녁이 되어서도 그치지 않은 눈은 밤이 되어서도 그칠 줄 몰랐지만 배가 든든해진 사람들은 삼삼오오 넓은 거실 곳곳에 자리 잡고 앉아 마치 오리엔테이션에 온 사람들처럼 노래를 부르고 게임을 했다.

밤이 깊어 가면서 눈꺼풀이 서서히 내려오자 하나둘씩 각자의 방으로 돌아갔고 시끄러웠던 거실은 자정을 넘어서야 조용해졌다.

자는 시간은 일정하지 않아도 기상하는 시간은 언제나 같은 그였다. 불을 끄지 않은 방 안 침대에서 일어난 그의 눈에 보이는 벽시계는 오전 5시였다.

해외 출장이 잦은 그에게 낯선 곳에서의 잠은 익숙한 일인데 오늘처럼 잘 잤다는 생각과 함께 기상하는 일은 거의 없었다.

그가 있는 방은 커튼을 걷어 빛을 받는다면 정원에 와 있다는 생각을 할 것 같은 여름날 나뭇잎들과 화사한 꽃들이 어우러진 벽지와 소품들로 꾸며져 있었다. 방 안 가구들은 모두 앤틱한 것들인데 하나같이 고급스러웠다.

오래된 가구와 최신형 대형 TV에 컴퓨터가 전혀 위화감이 들지 않을 정도로 현재와 과거가 잘 어우러져 있는 방 안은 이상하게도 삼청동 본가 그의 방과 상암동에 있는 그의 아파트보다 친밀감이 들었다.

샤워를 하고 하루를 시작할 준비를 마친 그는 커튼을 걷고 창밖의 눈을 확인했다. 눈은 여전히 내리고 있었지만 다행히도 어제와 같은 폭설이 아니라 함박눈이었다.

넓은 저택 안 곳곳에 세워진 가로등 불빛에 저택 가장자리 어린이 놀이기구들이 눈에 파묻혀 모서리만 보이고 있었다.

"마당을 헬기장으로 사용하고 있나?"

저택의 마당은 헬기 두 대 정도는 가뿐히 착륙할 수 있을 정도로 운동장 크기만큼 넓고 컸다. 어린이 놀이기구들이 모두 마당 가장자리에 설치된 것이 헬기장을 생각하게 만들었다.

온통 눈 세상인 저택 밖을 살피는데 창밖 아래 1층 발코니에 그녀, 써니레인이 있었다. 그저 서 있을 뿐인 그녀는 그에게 외투를 걸치게 하고는 1층 발코니로 내려오게 만들었다. 하지만 정작 그를 오게 만든 그녀는 내리는 눈이 시샘할 것 같은 보석처럼 빛나는 눈물을 흘리고 있었다. 그가 온 줄도 모른 채 울고 있는 그녀에게 이유 모를 화가 났다.
"그렇게 울어도 저 눈 안 녹습니다."
"이사님!"
"저만 일찍 일어난 줄 알았는데 변호사님이 보이길래 내려왔습니다. 제가 변호사님의 사색을 방해한 겁니까."
"아니에요."
"이 이른 아침부터 변호사님을 울게 만들다니. 사람입니까, 아니면 그저 감수성이 풍부해서?"
　눈물을 훔치는 손은 어제와는 다른 색인 진줏빛이 나는 분홍색 장갑을 끼고 있었다. 장갑은 보온용 장갑이 아닌 파티와 연주회에서 많이 본 장갑이었다.
"제가 한 감성 하거든요. 피곤하실 텐데 더 주무시지 않고요. 아침 식사는 아직 멀었는데."
"피곤한 걸로 치면 저보다 변호사님이 더 피곤하실 것 같은데요. 초대하지 않은 손님들이 한둘도 아니고."
"아니에요. 그나저나 아침부터 민망한 모습 보였네요. 이사님, 모닝 코코아 한 잔 어떠세요?"

"좋죠."

짧은 인연인 사람을 이렇게나 궁금해한 적은 없었다. 특히나 여자는 일 관계가 아닌 이상 그의 머릿속 생각에 존재할 수 있는 대상 자체가 되질 못했다. 그런데 이 여자는 어째서 그의 머릿속을 어지럽힌 것도 모자라 화까지 나게 만들고 있단 말인가.

박 실장으로부터 앤디와 그녀의 인연에 대해 잠깐 들어 보니 써니레인이란 변호사는 엄청 유능한 변호사이기도 하지만 피도 눈물도 없는 변호사로도 유명했다. 그런 사람이 소녀 감성을 운운하고는 바로 화제를 코코아로 돌려놓자 헛웃음이 연신 터져 나왔다.

'써니레인 씨. 당신이 숨기고 싶은 걸 알고 싶어 할 때마다 이상하게 당신의 뭔가가 나를 건드립니다. 아무래도 난 당신에 대해 알아야 할 것 같습니다.'

따뜻한 코코아 한 잔과 함께한 아침은 더없이 따스했고 평온했다. 유명 인사들의 식사 초대를 많이 받는 그였다. 언론 노출을 자제하는 대부분의 재벌 3세들과 달리 그는 적극적으로 소속 연예인들을 지원하기 위해 언론 인터뷰를 많이 하는 편이었다.

그 인터뷰 중에 미혼인 그에게 지금 가장 그리운 건 뭐냐는 질문이 있었다. 당연히 준비해 온 멘트 중의 하나였기에 그는 자연스럽게 집에서의 식사라고 했었다.

그 인터뷰 이후 유명 인사들의 식사 초대가 쏟아졌었다. 모두 집에서의 저녁 식사였는데 사람은 모두 다른데 대부분의 안주인들이 같은 느낌을 주는 게 신기했었던 경험이 있었다. 교양과 우아함을 과하게 보여 주고 싶어 했던 그들에게서 그가 느낀 건 인공 감미료 맛이었다.

그가 잊지 못할 저녁 식사는 화인엔터테인먼트 소속 1호 배우이자 대한민국 대표 중견 배우인 한중일 배우 부부 집에서의 식사였다. 그의 인터뷰를 보고 해외 지사에서 근무 중인 아들 생각이 났다며 아들이 좋아하는 것들로 차려진 한 상은 따스함 그 자체였었다.

그날의 따스함을 코코아를 마시며 느끼게 될 줄이야. 먹는 내내 계속 그의 밥 먹는 걸 살뜰하게 챙겨 주었던 한중일 배우의 아내 되시는 분처럼 써니레인은 코코아 한 잔을 마시는 동안 그를 수다스럽게 만들었다.

하지만 정작 그녀는 자신에 대해서는 역시나 한마디도 해 주지 않았다. 평온함을 유지시키면서 자신의 이야기는 뒤로 넘기고 계속 새로운 주제로 대화를 이어 가는 기술은 경이로울 정도였다.

대화하는 내내 그의 시선이 장갑에 가 있는 게 부담스러웠던 것일까.

"제가 어릴 때 양손에 큰 화상을 입었는데 너무 흉해서 식구들 앞이 아니면 장갑을 끼고 있어요."

"어쩌다가……."

"어린애들이 다 그렇죠. 제가 장난꾸러기였거든요. 앗, 눈발이 약해졌네요, 이사님. 오늘 중에 그친다고 했으니까 눈을 치워야겠어요."

"눈이 그친 게 아닌데요?"

"오십 센티 넘는 눈을 먼저 치우면 그사이에 내린 눈은 금방 치울 것 같아서요."

"그 생각은 못 했네요. 같이 치워요."

"네, 그럼 부탁할게요."

제설 작업을 하는 것을 본 적은 있지만 해 본 적은 없는 그였다. 그가 그냥 밖으로 나가려고 하자 써니레인이 그에게 우주복 같은 방한 작업복과 장화를 건네주었다.

"집 앞 눈 치우는 게 아니라서 그 복장으론 힘들거든요. 동생 거지만 체격이 같아서 맞을 거예요."

"제 사이즈랑 같네요."

"자동 제설기가 있지만 지금 충전 중이라서요. 충전 끝나면 눈 치우는 게 좀 쉬울 거예요."

"그럼 제설기 할 일을 좀 줄여 주게 빨리 치우면 되죠."

방한 작업복과 장화를 신으니 어쩐지 눈앞의 눈은 순식간에 치울 수 있을 것만 같았다. 오십 센티 넘게 쌓인 눈이 우습게 보였던 것이다. 눈삽에 한가득 눈을 담아 옆으로 치우기를 몇 번이나 했을까. 운동장 같은 마당 전체에 쌓여 있는 눈이 그제야 보인 그는 자만했던 자신의 어리석음에 쓴웃음을 지었다.

"저희도 합류하겠습니다."

내려온 경호원 일행들의 눈삽 더 없냐는 말에 써니레인이 창고 문을 열었다. 창고 안에 많은 장화와 눈삽들이 보이자 순식간에 장화를 신고 눈삽을 든 경호원들이 군대 훈련 하듯 눈을 치우는 모습은 실로 장관이었다.

"이거 원, 너무 비교되네."

"저는 장난하는 것 같아서 창피하네요."

"그렇게 말해 주시니 20층 아래로 낙하한 자존심이 1층 올라섰네요. 자존심 회복하기 위해서라도 열심히 치워야겠어요."

"우리 같이 치워요, 이사님."

사라질 줄 모르던 눈이 충전된 제설기까지 동원되자 옆으로 쌓여 가면서 마당의 얼굴이 조금씩 드러나기 시작했다. 어느새 회사 직원들과 해피나이츠 멤버들까지 눈삽을 들고 가세해 마당에서 눈이 반쯤 사라졌을 때쯤 아침 식사를 알리는 혜빈의 목소리가 들려왔다.

얼굴이 드러난 마당 위로 내리는 눈이 너무 작은 솜털 같아서 빗질 한 번에도 사라지는 것에 안심하며 사람들은 일제히 집 안으로 달려갔다.

눈 치우느라 허기진 배 앞에 놓인 돼지고기 김치찌개와 느타리버섯 볶음에 큼직한 야채 계란말이와 양념 김은 세상 태어나 처음 먹는 진수성찬이었다. 대화는 뒷전인 채 빈 접시를 들고 밥통과 반찬 용기를 서너 번 왕복했을까. 그제야 사람들의 말문이 터졌다.

다른 사람들과 마찬가지로 정신없이 식사를 하기는 태리 그 또한 마찬가지였다. 세 번째 접시를 채우면서 젓가락으로 김을 집어 먹는 써니레인을 보았다. 그녀는 한결같이 처연한 미소를 짓고 있었다. 가족이라는 동생들이 김 위에 밥과 버섯볶음, 계란말이를 올려 김밥이라며 싸 준 것을 먹는 모습조차 처연해 보이는 여자라니. 여자는 웃고 있는데 보는 그의 가슴이 울컥했고 심장에선 뭐가 솟구쳐 올라오는 것만 같았다.

'빨리 떠나야 하는데 이 상태로 떠날 수 있을까. 아니, 떠나는 게 맞나?'

식사를 마치고 커피까지 마신 사람들은 다시 눈삽과 빗자루를 들고 마당으로 나왔다. 대부분 이삼십 대인 사람들은 눈을 치우면서 아이들처럼 눈싸움을 하고 눈사람을 만들기도 했다.

"일만 아니면 저도 눈싸움하고 싶네요. 이사님."

"그 일 제가 할 테니 내려가서 같이 어울리세요."

"안 됩니다. 제 영역까지 침범하지 말아 주십시오. 제 몇 십 배의 일을 하고 계시는 분이 부하 직원 일까지 욕심을 내십니까."

"알았어요. 박 실장님 일 안 뺏을 테니 걱정 마세요. 그런데 정말 놀랍네요. 마당 크기가 헬기 두 대는 착륙하겠다고 생각은 했지만 진짜 헬기 착륙장이라니."

"그러게 말입니다."

삽과 제설기에 강제로 공개당한 마당의 완전 얼굴은 헬기장이었다.

"가족이 많으니 언제 어느 때 응급 상황이 벌어질지 모르거든요."

"여기 마당은 사람을 구해 주는 마당이군요. 아픈 사람도 구하고 돌아가야 하는 사람도 구하니 말입니다."

"별거 아닌 마당인데 이사님이 그렇게 말해 주시니 왠지 뿌듯한데요. 그런데 이사님, 박 실장님 말씀으론 저희 집을 발견하신 분이 이사님이시라는데 그 폭설 속에서 어떻게 저희 집을 보실 수 있으셨어요?"

마당이 헬기장이라는 것을 알게 되자마자 박 실장에게 본사에 헬기를 요청하도록 지시했다. 어제처럼 기상 악화는 아니기에 헬기 운행이 가능하다는 소식과 두 시간 뒤 도착한다는 연락을 받은 그는 써니레인과 차를 마시고 있었다.

"박 실장님, 제가 생존 열망이 강해서라고 알려 주셨어야죠."

"이사님, 그게 사실은… 그 말이 확 와닿지가 않아서 제가 잊어버렸습니다."

"이런! 너무하시네요. 그 말 진짠데."

"꽃길만 걸어오신 분이 생존 열망 운운하시는 걸 전혀 매 칭시킬 수가 없는데 어쩝니까."

기억 못 하는 일곱 살 때의 납치 사건에 대해 아는 사람들은 거의 없었다. 그의 오른팔이라 할 수 있는 박 실장임에도 비밀인 것은 그 사건에 가족이 연루되어서였다.

"무슨 이유에선지 제가 사물을 좀 미세하게 봅니다. 같은 모양인 눈보라 속에 연기가 섞여 있길래 연기 방향을 따라가 보니 이 집 지붕이 보인 겁니다."

"엄청 부러운 눈을 가지고 계시네요. 저희 마당이 사람을 구하는 마당이라고 하셨지만 이사님 눈도 사람을 구하는 눈이잖아요. 어제도 차 안에서 보냈으면 얼마나 큰일이었겠어요."

"변호사님, 감사합니다. 눈 치우면서 추락했던 제 자존심 완전 복구됐습니다."

"감사 인사는 저희가 해야죠. 여러분들에게는 재난이었겠지만 저희한테는 여러분들이 크리스마스 선물이었어요. 집이 너무 넓다 보니 좀 무료했었거든요."

예의상 하는 인사말 치레가 아닌 것을 그와 박 실장은 일행들이 써니레인의 동생들과 한데 어우러져 눈싸움을 하고 사진을 찍는 것을 보며 느꼈다.

"변호사님, 저는 이번 인연을 오늘로 끝내고 싶지 않은데 변호사님 생각은 어떠신지요."

"국내 최고의 법무팀을 보유하고 계신데 저를 찾을 일이 있으시겠어요."

"세계화된 요즘 연예계에서 가장 많이 불거지는 게 인권 관련 소송이라 저희 법무팀에서 인권 관련 전문 변호사를 충원 중인데 써니레인 변호사님이 와 주신다면 진짜 최고가 될 것 같습니다."

"귀한 제안 감사해요, 이사님."

"그럼 변호사님이 시간 정해 주시면 저희 법무팀장님과 함께 이곳으로 오겠습니다."

제안에 인사했을 뿐 받아들인 것이 아니건만 서두르는 태리의 말에 박 실장은 무슨 일인가 싶었다. 그가 아는 유태리 이사는 노는 듯하면서도 완벽하게 일 처리를 하고 또 문제거리를 해결할 때는 그림자의 흔적조차 없앨 정도로 가차 없이 처리하는 사람이었다.

그런 사람이 한 번도 본 적 없는 얼굴로 써니레인 변호사에게 재촉하고 있으니 박 실장은 놀라지 않을 수가 없었다.

"그래요. 변호사님, 저희 회사로 오세요. 오시면 제가 변호사님 사무실 인테리어 제가 최고급으로 해 드릴게요."

"앤디 씨까지……."

"저야 하루밖에 안 된 인연이지만 앤디 군하고는 전부터 아는 사이셨으니 저희 화인에서의 생활이 삭막하지는 않을 겁니다. 사무실은 당연히 앤디 군이 말한 최고급으로 준비될 것입니다."

"앗! 이사님, 반칙하시면 안 돼요. 변호사님의 사무실은 제가 만들 거예요."

"그럼 앤디에게 사무실을 양보하지. 난 변호사님이 서울에서 지내실 집을 준비하면 되니까 말이야."

"헉! 집은 생각 못 했는데……."

써니레인은 아무런 답도 안 한 상태였다. 아니, 하지 못하고 있었다. 자신의 답은 뒤로한 채 사무실에서 이제는 집으로 화제를 옮겨 인테리어에 가전 가구를 서로 하겠다는 두 남자의 대화가 멈추질 않아서였다.

"잠시만요. 두 분 진정하세요. 변호사님이 난처해하고 계시지 않습니까."

한 번도 본 적 없는 모습을 보여 준 상관도 놀라운데 해피나이츠 멤버들 중에서 가장 조용하고 말 없는 멤버인 앤디까지 합세해 보여 주는 모습이 공개된다면 엄청난 대박이 될 것은 틀림없었다. 박 실장의 말에 그제야 두 사람은 멋쩍어하며 써니레인에게 사과했다.

"죄송하지만 전 두 분의 대화 즐겁게 들었어요. 듣고 있다 보니 화인에 가고 싶을 정도였는데요."

"그래요? 그럼……."

"이사님 제안은 정말 고마운 제안이에요. 그런데 저는 갈 수가 없어요. 지금 맡고 있는 일이 많기도 하지만 제가 화인으로 갈 정도의 인물은 안 되거든요."

"너무 겸손하십니다. 저도 듣는 귀와 정보가 있는데 말입니다. 민들레 로펌이 세계적인 국제 프리랜서 인권 전문 로펌이라는 걸 알고 있습니다. 어지간한 경력으론 가입조차 할 수 없다고 들었습니다."

왜 머릿속이 절대로 눈앞의 여자와 헤어져서는 안 된다는 생각으로 가득 찼는지 이유는 알 수 없었다. 이대로 헤어진다면 다시는 못 만날 것 같았다. 아니, 겨우 하루밖에 안 된 인연인데 태어나면서부터 찾은 사람을 만난 것만 같았다. 이유는 전혀 알 수 없는데, 기억에 있는 얼굴도 아닌데, 어째서인지 가슴을 찢는 그리움까지 폭발하고 있었다.

이대로 헤어진다면 그리워 죽을 것만 같다는 생각마저 들게 하는 사람인데 자신의 제안을 받아들이지 못한다는 말에 믿기지 않을 정도로 눈가가 시큰거렸다.

겨우 변호사일 뿐인데 말이다. 화인 법무팀에 들어오려고 하는 변호사가 지천에 있었다. 그들 모두 화려한 경력을 가진 변호사들이었다. 그런데도 그는 이 여자를 잡고 싶었다.

처연하게 웃으며 거절하는 이 여자를 말이다.

"제안을 주신 답례로 혹시 손이 필요한 일이 생기면 그건 제가 해 드릴게요. 물론 무보수로요."

"어쩌면 돌아가자마자 연락드릴지 모릅니다."

"그건 좀……."

"언니! 헬기 10분 뒤에 도착한다고 연락 왔어요."

통신 중계기가 있는 3층에서 동생 지우가 헬기 10분 뒤 도착을 알려 오자 박 실장이 밖에 있는 일행들에게 전달했다. 사람들은 겨우 하루의 인연인데도 동생들과 뜨겁게 포옹하고 힘차게 악수했다. 도착한 헬기에 모두 탑승하자 써니레인은 창가에 앉아 자신을 바라보고 있는 태리와 시선을 마주하며 미소 지었다.

'잘 가, 태리야. 이렇게 보았으니까 네가 나를 기억하지 못해도 난 이제 여한이 없어. 하느님, 고마워요, 건강하고 멋지게 살고 있는 태리를 만나게 해 줘서.'

헬기가 시야에서 완전히 사라지고 나서도 그녀는 사람들을 배웅한 자리에서 떠날 줄을 몰랐다.

"선우 언니, 추워. 얼른 들어와."

"……"

"선우 언니!"

"……"

"허선우!"

시리도록 추운 바람이 불고 있는데도 서서 하늘만 바라보고 있는 그녀를 동생들이 소리쳐 불렀지만 미동도 하지 않자 목소리가 가장 큰 남동생 윤서가 호칭 없이 그녀의 이름을 외쳤다.

"헉! 왜, 왜 윤서야?"

"추워, 누나! 청승 떨지 말고 빨리 들어와."

"알았어."

시선을 하늘에서 동생들에게로 돌린 허선우, 그녀의 양 볼은 흥건히 젖어 있었고 두 눈은 새빨갛게 충혈돼 있었다.

"큰일 났네. 운 거 알면 애들이 난리 칠 텐데."

❇

"본가 가시는 거 꽤 오랜만에 가시는 거죠?"

넓은 차 안 뒷좌석에 태리와 나란히 앉아 있는 박 실장이 태리의 표정을 살피며 물었다.

"5개월 만에 가는 게 오랜만인 건가요?"

"회장님이야 주 단위로 만나시지만 사모님은 본가에 가셔야지만 만나시질 않습니까. 사모님이 얼마나 이사님을 보고 싶어 하시는지 아시잖습니까."

"그런가요?"

언제나 본가와 사모님이 관련된 일이라면 남 일인 듯 시큰둥한 태리를 박 실장은 오늘도 이해하지 못한 채 서류 가방에서 꺼낸 봉투를 옆에 앉아 있는 태리에게 건네주었다.

"뭔가요?"

"지난주에 이사님이 알아보라고 하신 겁니다. 오늘 법무팀 직원이 가져왔습니다."

"그럼 이게……."

"네. 써니레인 변호사 조사서입니다. 곧 본가 도착인데 서류는 본가에서 쉬시고 편히 보시죠."

"상황 봐서요. 박 실장님도 같이 들어가시죠. 같이 식사해요."

"아닙니다. 저도 오늘은 가족들과 저녁 함께 하기로 했거든요."

"어쩔 수 없죠. 그런데 왜 써니레인이지? 이름이 이렇게 예쁜데……."

"써니레인 씨 한국 이름이 어떻게 되는데요?"

"허선우네요."

"정말 예쁜 이름이네요."

"그래요. 허선우, 허선우… 어감도 좋고 이름도 예쁘고……."

'허선우, 허선우……. 뭐지?'

허선우란 이름을 되뇌는 사이 두 눈이 시큰거리더니 얼굴 위로 뜨거운 물줄기가 빠르게 흘러내렸다.

"이사님, 이사님?"

"…네? 네."

"도착했습니다."

"이런, 박 실장은 내리지 마시고 집으로 가세요. 김 과장, 박 실장님 집까지 잘 모셔다드리세요."

"네. 편히 쉬십시오, 이사님."

"그럼 내일 봅시다. 두 분 다 편한 밤 보내세요."

차에서 내리자마자 그는 손으로 젖은 뺨을 만져 보았다. 눈물이라니. 27년 전 병원에서 눈뜬 그는 무슨 이유에선지 울음을 멈출 수가 없었다. 전혀 기억나지 않은 한 달 반 동안의 기억 때문인지 아니면 다른 이유 때문인지 마냥 울음을 멈추지를 못했었다.

그 울음은 잃어버린 한 달 반의 기억처럼 한 달 반 뒤에야 멈추었고 이후로 지금까지 눈물 한 방울도 흘려 본 적이 없었는데 허선우란 이름이 눈물을 불러온 것이다.

믿기지가 않아 젖은 뺨과 시큰거리는 눈가를 몇 번이나 문지르며 만져 보았을까. 차가운 겨울 밤바람이 몰아치자 그제야 정신을 차린 그는 대문에 손을 가져가 지문 인식을 했다.

"세상에, 태리야. 너 얼굴이 왜 이래. 얼마나 아팠길래 반쪽이 된 거니. 어쩌면 좋아."
"걱정하실 정도는 아니에요."
"아들이 해골이 됐는데 어떻게 걱정을 안 하니? 그러니까 왜 병원엘 못 오게 한 거니. 내가 옆에 있었으면 먹는 거라도 제대로 챙겼을 거 아니니."

말하지 않아도 한눈에 친모자 관계인 걸 알 정도로 닮은 어머니와 아들이었다. 화인그룹의 안방마님이자 태리의 모친인 정연화는 60대라는 나이가 무색하게 아름다운 중년 여배우 못지않은 미모를 가진 여자였다. 그런 자신의 미모를 물려받아 어릴 때부터 연예계에서의 프러포즈가 끊이지 않은 아들은 그녀의 자부심이자 보물이건만, 오랜만에 집에 온 아들은 그녀와 시선조차 맞추지 않고 있었다.

"지금 왔니?"

"아버지 먼저 와 계셨네요."

꽃처럼 아름다운 아내와 달리 지극히 남성적인 풍채를 지닌 화인그룹 회장 유태영이 2층에서 내려오며 아들을 맞이했다.

"온 지 얼마 안 됐다. 그런데 너 얼굴이 이상하구나. 퇴원하면 안 되는데 한 거 아니냐?"

"아니에요. 병원 공기만 마시다가 바깥공기를 마시니까 트러블 났나 봐요. 걱정 마세요, 아버지."

"태리야. 넌 어쩜 나는 남이니?"

"무슨 말씀이세요."

"자주 만나는 네 아버지한텐 이리도 살가우면서 반년 만에 만나는 나는 눈도 안 마주치잖니, 넌."

"죄송해요, 어머니. 저 올라가서 옷 갈아입고 내려올게요."

"그래. 태리야, 오늘 저녁은 네가 좋아하는 걸로만 준비했으니까 얼른 옷 갈아입고 내려와. 우리 세 가족이 저녁 같이 먹는 게 얼마 만이야. 아줌마, 저녁상 차려요."

"네, 사모님."

"오늘 상은 당신이 좀 차리지 그래. 말로만 걱정하지 말고."

"내가 무슨 아줌마예요, 상을 차리게?"

"그럼 그렇지."

유 회장은 더 이상의 대화는 무의미하다는 걸 새삼 깨달으며 식당으로 갔다. 그런 유 회장에게 정연화는 무시당한 것이 억울해 잘 손질된 손톱을 잘근잘근 씹어 댔다.

'유태영, 당신 내가 아직은 참아 줄 거야. 그런데 이렇게 참아 주는 것도 얼마 안 남았어. 당신 따위 노숙자로 만들어서 길바닥에서 죽게 만들 테니까 두고 봐.'

독기 어린 눈으로 손톱을 씹어 대는 정연화는 본성을 드러낸 추악한 마녀 그 자체였다. 하지만 곧 태리가 내려와 식탁 위에 앉자 그녀는 다정다감한 어머니의 가면을 썼다.

"태리야, 전복죽이야. 아줌마가 수산 시장에서 가장 싱싱하고 좋은 걸로 사 와서 만든 거니까 얼른 먹어 봐. 너 전복 좋아하잖니."

'또 전복죽이에요? 밥 먹고 싶은데…….'

'그럼 내 밥이랑 네 전복죽이랑 바꿔 줄게. 그런데 반찬이 김치밖에 없어. 그래도 괜찮아?'

'네, 괜찮아요.'

"크읔!"

갑작스럽게 떠오른 기억이 머릿속으로 송곳보다 더 아픈 바늘이 되어 날아들었다.

"태리야, 왜 그래. 머리 아파?"

"아니에요. 여사님, 저 죽 말고 밥 한 그릇 주시겠어요?"

"너 아프다고 해서 일부러 만든 거야. 넌 환자니까 밥이 아니라 죽을 먹어야 해. 이건 그냥 죽이 아니라."

"그만! 여사님, 당장 이 죽 치우고 태리 밥으로 가져다주세요."

"네, 회장님!"

"여보! 태리 아픈 애예요. 내가 얘 아프다고 해서 얼마나 걱정한 줄이나 알아요? 병원도 못 찾아가게 하고, 당신 왜 그래요? 내가 남이에요? 나 태리 엄마예요, 엄마!"

'태리야! 태리야. 엄마야, 엄마! 세상에 내 아들… 태리야……'
'누나! 누나! 누나 어딨어요! 누나! 선우 누나!'

바늘이었던 기억이 화살이 되어 날아오고 넓고 커다란 식탁 위엔 서로를 향한 칼과 칼이 날아다녔다.

"아들이 죽을 얼마나 싫어하는지도 기억 못 하는 사람이 무슨 엄마라고. 태리가 왜 죽을 안 먹는지 잊었어?"

"당신은 왜 다 지난 일을 꺼내는 거예요?"

"힘든 애 그만 지치게 하고 밥이나 먹읍시다."

"또, 또 나만 가해자지. 어린애도 아니고 서른 넘은 애가 지금도 죽을 못 먹는다는 게 말이 돼? 그것도 같이 살아야 알지. 일 년에 두 번 볼까 말까 한 자식인데 내가 어떻게 아냐고. 안 그래요, 아줌마?"
"그만해요. 아픈 애 저녁 먹이고 싶다고 한 건 당신이잖아."
"그래서 전복죽 준비한 건데 남이 애써 준비한 걸 태리가 거부하잖아요."

'네 엄마가 날 버렸거든. 그래서 난 널 버려 주려는 거야.'

"아버지, 저 그냥 올라… 윽!"
"태리야!"
"어멋, 태리야!"
쏟아져 날아오는 기억의 화살이 기어코 심장에 박히었다.
'어머니……'

2. 재회 축제

　-언니, 이거 다 받아도 되는 거야?
　"선물치곤 너무 과한데 아버지와 어머니는 뭐라셔?"
　-유태리 이사님이 직접 오셔서 전달하신 거라 거절하실 수 없으셨대.
　"그래? 그래도 너무 과해서 저걸 어떻게 받아."
　민들레 로펌 안 써니레인 변호사 사무실 컴퓨터 모니터에 비치는 것들은 난감하기 그지없는 선물이었다. 고급 이불들은 한두 채도 아니고 무려 방 수의 세 배였고, 똑같이 세 배로 온 욕실 용품과 화장품들 역시도 모두 최고급 브랜드였다. 게다가 특급호텔 VIP 패키지 상품권과 화인엔터테인먼트 소속 유명 가수들의 콘서트 티켓까지 포함된 선물이라니.

뿐만 아니었다. 그녀와 동생들의 진짜 집이라 할 수 있는 우리집 고아원에는 자매결연을 맺어 원생들의 학업과 취업을 위한 모든 지원을 약속하고 설립 60년 동안 땜질하듯 손보면서 유지해 온 고아원 재건축도 무상 지원 약속을 했다는 것이다.

'이건 말도 안 돼. 어떻게……. 그깟 하룻밤 재워 줬다고 이런 거액을 써?'

-선우 언니. 포장 하나도 안 뜯었으니까 이사님에게 전화해서 반송시키겠다고 해. 우리도 이렇게 과한 선물은 너무 부담스러워서 싫어.

"알았어. 내가 유 이사님에게 잘 말해서 돌려보낼 수 있도록 할게."

"저 반송 안 받습니다."

"이사님!"

"혜빈 씨, 그 물건들 제가 보낸 게 아니라 혜빈 씨가 해 준 밥 먹은 친구들이 골라서 보낸 거예요. 돈 주고 못 사 먹는 집밥을 먹게 해 준 게 얼마나 고마운지 모른대요, 그 친구들이. 그러니까 받아 주세요."

"그래도 그렇지 너무 과해요, 이사님. 이렇게 과한 선물 받자고 한 일이 아닌데 어떻게 받아요."

다시는 못 볼 줄 알았던 태리를 만난 것도 기적이기에 헬기 타고 떠나는 태리를 보면서 그날 하늘에 얼마나 감사의 마음을 보냈던가. 자신을 기억 못 하는 태리인데도 그녀는 고맙고 또 고마울 뿐이었었다.

천재지변으로 인한 재회에 그녀는 많은 기대를 하지 않았었다. 눈이 그치면 떠남과 동시에 그때처럼 이어지지 않을 인연일 게 뻔해서였다. 사람들 속에 섞일 수 있는 자격을 박탈당한 자신과 사람들의 정점 위에 있는 유태리는 접점 자체가 없었다.

'또 천재지변이 난 건가?'

언제 왔는지 그녀 옆에 바짝 얼굴을 붙이며 앉은 그는 유태리였다.

"과하다고 생각하시면 제 부탁 들어주시겠어요? 허 변호사님."

"알아보셨네요. 굳이 저에 대해서 알아보실 것까진 없으셨을 텐데."

"말했잖아요. 인연을 끝내고 싶지 않다고. 알아봤더니 왜 변호사님이 이름 알려 주시는 걸 구두쇠처럼 굴었는지가 이해되더군요. 허선우. 정말 닳을까 봐 아까울 정도로 예쁜 이름이던데요."

"이름만 아신 건 아니실 텐데 어째서 저런 과한 선물을?"

"저한테는 변호사님 이름보다 중요한 건 없었거든요. 아무튼 제 선물이 과하다고 생각되신다면 제 부탁 들어주세요."

두 달 전 블랙 롱패딩 코트를 입었던 그가 온몸의 털을 세운 어린 고슴도치였다면 블랙 터틀넥에 자주색 울 정장 코트를 입은 그는 사냥에 나선 산군이었다. 산군 앞에서 누가 호기를 부릴 수 있을까.

"제가 들어드릴 수 있는 거라면요."

"오늘 저녁 저희 화인그룹 창립 파티가 있습니다."

"축하드려요."

"그 축하, 제 파트너로서 받고 싶은데요."

"네?"

"오늘 파티에 같이 갈 파트너가 필요하거든요. 거절하실 것 같아 미리 말하는데 저한테 여자는 친구조차 없고 제 나이에 흔한 섹파도 없습니다."

"섹파? 아… 네. 하지만 그래도……."

유태리가 누군가. 재계 서열 10위권에 있는 인물들 중의 한 사람인 그에게 파티 동행할 파트너가 없다는 걸 누가 이해하겠는가.

"제 선물도 과하다, 제 부탁도 싫다, 그러실 건가요?"

잡은 먹이를 희롱하는 호랑이 같은 태리에게 대꾸할 말이 생각나지 않았다. 달변의 변호사로 불리는 그녀의 말문을 막은 사람은 지금까지 만난 적이 없었다.

옷차림만 달라진 게 아닌 두 달 전의 남자와 같은 사람이라는 게 믿어지지 않을 정도로 달라진 태리였다. 순간 어린 날의 기억을 삭제하고 싶은 그녀였다. 감정을 건드리지 않는 사람이라면 말문이 막힐 일 따윈 없을 것이 아닌가.

"……."

"제가 허 변호사님의 파트너가 되기엔 많이 부족해서 고민하시는 거죠?"

"무슨, 아니에요!"

"그럼 왜?"

"제 이름 조사하셨으면 아셨을 텐데요. 저야말로 이사님에게 한참 부족한 사람이라는 걸요."

"저에게 중요한 건 변호사님 이름뿐이었어요. 허선우라는 예쁜 이름. 그 이름에 부탁합니다. 부디 제 파트너가 되어 주십시오."

"이사님……."

그의 말이 거짓말인 걸 모르지 않았다. 변호사가 하는 일은 기본이 조사였다. 사건 조사에 사람 조사인데 사건 조사보다 분량이 많은 것이 사람 조사 내용이었다.

'유태리. 이러는 의도가 뭐니? 허선우라는 이름에 붙은 주홍글씨를 네가 안 봤을 리 없잖아. 키워 준 수양가족의 은혜도 모르고 수양가족 딸의 약혼자와 짐승 같은 짓을 한 여자, 그게 나 허선우라고.'

죽어도 되새김질하고 싶지 않은 과거가 역류하자 의자에서 일어나 파란색 장갑을 낀 손으로 입을 가렸다.

"허 변호사님. 어디 안 좋으세요?"

"아뇨. 생각이 많아져서 그러는 거예요. 이사님, 제가 파트너가 되어 드리면 되는 거죠? 그뿐인 거죠?"

"그럼요."

그녀의 과거를 알면서도 파트너가 되어 달라는 것에는 분명 이유가 있을 터였다. 여느 때의 파티도 아니고 화인그룹 창립기념 파티라면 대한민국의 유명 인사는 거의 참석할 것이 뻔했다. 그런 자리에 굳이 그녀를 파트너로서 참석시키겠다는 그의 의도가 무엇인지 궁금했다.

"시간과 장소를 알려 주세요. 이 차림으론 예의가 아니니 준비하고 올게요."

"허 변호사님이 준비하는 수고를 덜어 드리려 이미 준비했는데 같이 가시겠어요?"

"네?"

"부탁하는 주제에 허 변호사님에게 준비까지 시킬 수는 없어서 제가 아는 최고의 스타일리스트들을 대기시켰죠."

"제가 거절하지 않을 거라고 예상하셨나요?"

"아뇨. 어떻게든 허 변호사님이 제 부탁을 들어주시게 해 달라고 기도했거든요. 제가 아는 모든 신들께 기도하면 어쩌다 한 번씩은 제 기도 들어주시더라고요."

"네?"

화인엔터테인먼트의 수장 유태리 대표이사에 대해 꽤 많이 들었던 그녀였다. 유태리. 그는 꽃 같은 외모에 어울리는 화려한 미소와 달리 북극 한파와 같은 화법 때문에 얼음꽃이라 불린다는 남자였다.

그런데 이 유치한 농담을 하는 남자는 대체 누구란 말인가. 유난히 고소 고발이 많은 연예계지만 화인이 손으로 꼽아야 할 만큼 소송 건이 적은 건 모두 유태리 이사의 극도로 심한 도덕적 결벽증 때문이란 말이 있었다.

유독 후계자 검증이 심하다는 화인그룹에서 젊은 나이에 그것도 화인그룹 메인 사업이라 할 수 있는 엔터테인먼트 수장을 하고 있다는 것은 그의 실력이 상당하다는 것이었다.

그녀의 귀에 저장된 그에 관한 말들은 모두 냉정하지만 완벽한 실력자라는 것이었지 한물간 유머를 하는 남자라는 말은 전혀 없었다.

"연습을 많이 했는데도 제 말이 어색한가 보네요. 어쨌든 그만큼 제가 절실했다는 뜻으로 받아 주시고요. 저랑 같이 가시죠."

"잠시만요. 가는 건 가더라도 마무리는 하고 가야죠."

다시 의자에 앉은 그녀는 아직 모니터 앞에 앉아 있는 동생들에게 화인그룹에서 보낸 선물들 중 이불은 침구 수납방에 넣어 두고 세면 용품은 우리집 고아원으로 보내라고 해 두었다. 패키지 상품권은 각자 친구들과 사용하라며 끝내나 싶더니 동생들 이름 하나하나를 호명하며 식사는 제대로 했는지를 묻고는 일찍 자라는 등의 말을 연신 하고 나서야 마무리를 했다.

'지금도 어미 새네, 허선우.'

외투를 걸치고 가방을 드는 선우의 손은 오늘도 손목을 가린 긴 장갑을 끼고 있었다. 장갑을 바라보는 그의 두 눈이 파르르 떨리더니 깨물린 입술에서 핏물이 주르륵 흘러내렸다.

'유태리, 정신 차려!'

대한민국 대형 행사 최고의 연회장으로 알려진 광장동 샤인호텔 그랜드볼룸연회장 앞은 셀 수 없이 많은 취재진으로 북적였다. 방한한 세계적인 스타들의 행사가 가장 많이 치러지는 곳이기에 방송국 차량과 취재진은 이곳에선 흔한 풍경이었다.

하지만 오늘은 여느 때와 달리 취재진보다 경호원들이 많아 지나가는 사람들을 궁금하게 만들어 불러 모으고 있었다.

레드카펫을 밟는 연예인들처럼 연회장 앞에 차가 서면 취재진의 카메라가 불꽃 전쟁을 일으켰다. 정재계 인사들은 물론 유명 연예인들이 차에서 내리는 모습을 담는 것이었다.

누구에게나 오픈되지 않는 연회장 로비 정중앙에는 수많은 꽃과 전등이 장식되어 있었고, 그 장식은 경호원들의 안내를 받으며 들어오는 손님들을 맞이했다.

축 화인그룹 창립 70주년 디너파티

파티장 안으로 들어온 손님들은 행사 장식 이상으로 화려하고 눈부신 파티장에 감탄해 벌어진 입을 한동안 다물 줄을 몰랐다. 안내받은 테이블에 도착하자 테이블이 갑자기 꽃 폭풍에 휩싸이더니 피터팬의 팅커벨 같은 요정들이 날아와 윙크하며 춤을 췄다. 사람들이 테이블에 착석할 때마다 나타나는 꽃 폭풍과 요정들에 놀라 감탄사를 터트리는 순간 불이 꺼지고 파티장에 거대한 샴페인 잔 탑이 등장했다.

사람들이 어떤 이벤트가 펼쳐질지 궁금해하는데, 샴페인 잔 탑으로 화인그룹 후계자 유태리가 리프트를 타고 내려오더니 샴페인 잔 탑의 첫 잔 위로 샴페인을 따르기 시작했다. 탑의 첫 잔부터 채워지기 시작한 샴페인이 넘치며 흘러 흘러 가장 아래 잔들을 채워 가는 동안 사람들은 화인그룹 후계자의 퍼포먼스를 숨죽이며 지켜보았다.

그냥 퍼포먼스라 치부하기엔 혼자서 엄청나게 많은 잔들에 샴페인을 채워 가는 화인의 젊은 후계자의 진심 어린 성의가 가슴으로 느껴져서였다.

마지막 한 잔까지 모두 채워진 순간이었다. 파티장의 불이 켜지고 사람들은 자신들이 앉아 있는 테이블 위 샴페인이 담겨 있는 잔들을 보게 되었다.

"오늘 저희 화인그룹 생일 파티에 참석해 주신 귀빈 여러분, 감사합니다. 한 분 한 분 모두 제가 잔을 채워 드리고 싶은 마음으로 이 잔들을 채웠습니다."

리프트에서 내려와 파티장 단상에 서 목례를 하며 인사하는 그를 바라보는 사람들의 얼굴엔 신망이 넘쳐흘렀다.

"화인의 70년은 여러분들이 만들어 주신 것. 잊지 않고 항상 약진해서 언제나 건강하고 행복한 웃음을 드리도록 하겠습니다. 오늘은 오직 여러분들을 위한 날이니 마음껏 먹고 마셔 주십시오."

"화인의 백 주년을 위하여!"

화인엔터테인먼트 소속 국민배우 황제호가 자리에서 일어나 잔을 들고 건배 선창을 하자 사람들 모두 일어나 태리를 향해 건배를 했다.

'유태리, 너는 참 눈부시구나. 네가 있는 그 자리 너무 잘 어울려.'

파티장 정중앙 테이블에 앉아서 태리를 바라보는 선우의 얼굴엔 부러움이 가득 차 있었다. 한 번도 제 자리를 가져 본 적 없는 그녀였기에 제자리에서 당당하게 선 사람들이 그녀는 항상 부러웠었다.

그런 그녀의 마음과 달리 사람들은 태리 외에도 주빈 좌석에 앉아 있는 그녀에게도 시선을 두고 있었다.

정갈하게 하나로 묶어 내린 헤어 스타일에 블랙 오프숄더 이브닝 드레스를 입은 그녀의 모습은 화려하진 않았지만 그 자태가 너무 우아하고 귀티가 흘러 사람들은 쉽게 시선을 거둘 수가 없었다.

"유태리가 오늘 제대로 대한민국 여자들 물 먹였네. 안 그래, 언니?"

"그러게 말이야. 유태리 게이거나 하자 있다고 생각했는데 어디서 저런 여자를 데려왔대? 너는 어지간한 정재계 여식들 거의 다 알잖아. 누구야, 저 여자?"

"잠깐만. 너무 멀리 있어서 누군지 모르겠네. 가까이 가서 보고 올게."

"뭐 그렇게까지. 됐어, 박지수. 그나저나 넌 왜 오늘 혼자야. 네 남편은?"

남편을 찾는 여자에게 지수는 말 대신 인상을 찌푸리며 들고 있던 잔을 단숨에 들이마셨다.

"얘가 왜 이래. 너희 싸웠니?"

"미혼녀에서 기혼녀로 바꿨더라고. 명서 씨가."

"뭐? 어떤 년이야?"

"조용히 해, 언니. 여기 클럽 아냐."

"미안, 너무 화가 나서 말이야."

"역시 난 언니밖에 없다니까. 우리 가족들은 내가 잘못해서 그렇다고 나만 혼낸다니까."

"너희 부모님 조선시대 분들이잖아. 아무튼 네 남편 답 없다, 정말."

"나랑 결혼한 게 용한 남자잖아. 여자들이 좋아하는 모든 조건을 다 갖췄지. 본인도 여자라면 환장할 정도로 좋아한다는 거 알면서 결혼했잖아, 나."

"그거야 결혼 전 말이지. 결혼했으면 여자는 너 하나뿐이어 야지. 내가 만나서 크게 혼내 줄 테니까 걱정하지 마, 지수야."

"고마워, 은비 언니. 언니, 나 테이블로 돌아가야겠다. 유태리가 인사 다니네."

"그럼 나도 가야겠다. 지수야, 유태리하고 제대로 인맥 만들어라, 꼭. 알았지?"

"알았으니까 걱정 붙들어 매셔, 언니."

파티장 가장자리 끝 휴게 좌석에 앉아서 대화를 하고 있던 두 여자는 각자 자신들의 테이블로 빠르게 이동했다. 박지수라 불린 오렌지색 드레스를 입은 여자가 간 테이블은 장심원이란 명패가 놓여 있는 자리였다.

또 한 명의 은비라 불린 은갈치색 드레스를 입은 여자가 앉은 테이블 위엔 양주 명패가 놓여 있었다.

사람들 속으로 들어가 인사를 나누는 자리에서 선우는 태리와 맞춰 웃으며 같이 인사를 했다. 모두가 그녀를 궁금해했지만 태리는 그녀를 생명의 은인이라 소개하며 그녀에게로 향할 질문들을 차단했다.

두 사람이 인사를 나누고 나면 직원들이 손님들에게 식사 메뉴를 주문받았다. 정재계와 연예인들의 테이블이 뒤섞여 있는 가운데 테이블마다 인사를 하는 태리는 훈련된 가식이 아닌 진심으로 사람들을 대하고 있었다.

"먼 길 와 주셔서 감사합니다, 최 회장님."

"나 같은 뒷방 늙은이를 초대해 주다니, 나야말로 감사합니다, 유 이사님."

"농담도 지나치십니다. 새까만 후배인 제가 회장님께 배울 게 얼마나 많은데 말입니다."

"이러니 화인에 불황이 없지. 옆의 계신 아름다운 분은 어떻게 되시는지."

"지난 강원도 폭설 때 위험에 처한 저와 저희 회사 직원들을 구해 주신 허선우 변호사입니다."

툭!

테이블 위로 와인잔이 떨어지고 테이블은 순식간에 핏빛으로 변했다.

"엄마야, 어째… 죄송해요."

최 회장 옆에서 들고 있던 와인 잔을 놓친 여자는 박지수와 함께 있었던 은비라 불린 여자였다.

"쯧쯧… 조심하지 않고."

"죄송해요, 회장님."

"아니다. 내가 미안하구나, 은비야. 유 이사. 인사하게. 여긴 내 지인의 딸인 문은비일세. 우리 양주 일 배우고 있어서 내가 위스키만 마시게 했더니 와인 맛에 놀랐나 봄세."

"그러셨군요. 위스키도 준비되어 있으니 취향인 위스키를 주문하시면 가져다드릴 겁니다."

"고맙네, 유 이사. 그리고 앞으로 우리 양주 일은 이 친구를 통해서 진행하도록 하게나. 은비야, 제대로 인사하거라."

"네. 안녕하세요. 양주 주류 유통 사업부 총괄 본부장 문은비예요."

"화인엔터테인먼트 유태리 이사입니다."

제가 내민 손을 잡는 문은비의 손이 떨리는 것을 본 태리는 웃었지만 선우는 밀랍 인형처럼 굳어 있었다.

'저 입술 끝 점, 낯설지가 않아. 하지만 저 여자는 문은비잖아. 그 애가 아니라고. 절대로 아니야!'

문현숙이란 이름을 떠올린 선우의 몸속에 일대 파란이 일었다. 온몸의 피들이 얼어붙기 시작하더니 끝내 그녀를 밀랍 인형으로 만든 것이다. 굳은 그녀를 느낀 것일까. 문은비와 악수를 마친 태리의 팔이 그녀의 어깨를 안았다.

"추운 것 같은데 숄 가져다줄까요."

"아니에요. 이렇게 많은 분들을 만나는 건 처음이라서 그런 거예요."

"앞으로 제 파트너 계속해 주시면 익숙해지실 텐데. 제 희망 사항이 너무 큰가요?"

"이사님의 한물간 유머 덕에 긴장이 다 풀렸어요. 고마워요, 이사님."

"진짜로 고마워하는 거 맞으세요?"

"네. 진짜예요, 이사님."

"그럼 변호사님 말 믿고 다음 테이블로 가 볼까요?"

굳은 그녀를 알아채 준 덕에 그녀는 태리와 함께 잠시 멈췄던 테이블 인사를 다시 시작했다. 떠올린 문현숙이란 이름 때문에 머리끝까지 얼어붙었던 그녀의 피가 모두 녹은 것은 아니었지만 오늘의 주인공이 유태리인 것을 다시금 새기며 두 눈과 입가에 미소를 실었다.

"거짓말이지?"

테이블에 앉아 유태리 커플의 인사를 기다리고 있던 박지수는 클러치백 안에서 요란하게 진동하는 휴대폰을 꺼내 빨리 휴게실로 오라는 문은비의 메시지를 확인하고는 바로 자리를 떠났다.

오늘 그녀에게 있어 유태리와의 인사는 장심원의 후계자로서 알려지는 좋은 기회였다. 6년 전 장심원의 후계자는 장심원의 뿌리이자 심장인 조부 박규식 원장의 친손녀인 그녀가 아니라 수양손녀인 허선우였었다.

말이 좋아 수양손녀지 일개 고아인 허선우에게 빼앗길 뻔했지만 허선우가 6년 전 집안에서 내쫓기면서 장심원 후계자는 자신이 될 줄 알았다. 하지만 허선우가 없어도 그녀는 여전히 장심원에서 초임 변호사보다 못한 일을 배당받고 있을 뿐이었다.

사건 수임 전적을 내세울 수 없다면 인맥으로 인정받으라고 알려 준 건 은비 언니였다. 그래서 유태리와 안면을 익히기 위해 온 것인데 인사가 코앞으로 다가오는 마당에 호출이라니. 인맥 만들라고 한 사람이 웬 방해냐고 화내려는 그녀에게 문은비는 핵폭탄을 터트린 것이다.

"나도 믿을 수가 없지만, 유태리가 허선우 변호사라고 소개하더라."

"말도 안 돼. 어떻게……?"

"선우란 이름은 많아도 허선우는 흔하지 않잖아. 게다가 변호사라는데. 네 수양자매가 허선우잖아."

"아냐, 아닐 거야. 언니, 걔 손 병신이라 드레스 못 입어."

지수의 손 병신이란 말에 순간 문은비의 눈동자가 커졌다.

"팔까지 올라오는 장갑 꼈더라."

"아무리 그래도 걔가 어떻게 이런 곳을 와. 지가 한 짓 세상 사람 다 아는데 말이야."

"머리 좋은 인간은 감옥만 갔다 오면 지은 죄가 다 사라진 줄 아는 세상이라고 네가 말했잖아."

십수 년을 자매처럼 살아왔어도 지수가 허선우를 못 받아들이는 이유를 알고 있기에 문은비는 지수의 가장 큰 분노를 건드리기 시작했다.

"용서 못 해. 어떻게 하지, 언니? 진짜 허선우라면. 60년이 지나도 난 걔 절대로 용서 못 하는데 어쩌지, 언니?"

"아이고, 우리 지수. 그때 생각이 나나 보구나. 지수야, 네 마음만 안 좋으니까 잊어버리라고 했잖아. 그러다 너 우울증 걸려."

"그걸 어떻게 잊어! 언니는 알잖아. 그 머리 좋은 고아년이 명서 씨를 어떻게 했는지."

"알지. 너무 잘 아니까 내가 놀라서 너 부른 거잖니. 지수야, 너 그때 제대로 허선우 못 밟아 줬다고 열받았었지?"

문은비의 자극에 감정에 북받친 박지수는 놓친 엄마 손을 잡은 어린아이처럼 문은비의 손을 꼭 잡고는 머리를 끄덕였다.

"너 테이블로 가면 직원이 뜨거운 물 가지고 갈 거야. 네가 따뜻한 차 마시고 싶어 한다고, 내가 아주 뜨거운 물로 주문했어."

"언니… 그 말, 설마?"

"나머진 네가 알아서 해. 사람들에게 허선우가 어떤 여자인지 보여 줘야지. 안 그래?"

"알았어, 언니. 고마워. 역시 나한텐 언니밖에 없어. 저기 오는 것 같다. 나 갈게."

"그래. 얼른 가서 6년 전 못 했던 복수 꼭 해라."

부리나케 달려가는 박지수를 바라보는 문은비의 얼굴에 지옥도에서나 볼 법한 악귀의 웃음이 실렸다.

'허선우, 널 어떻게 해야 죽어도 안 볼 수 있겠니? 바퀴벌레도 네 앞에선 목숨 자랑 못 할 거야. 그렇지, 허선우? 아니, 허썬.'

"박변, 어디 갔었어. 유 이사님 인사 오시는데."

"죄송해요. 급하게 의뢰인과 통화할 일이 생겨서요."

"쯧, 아직도 의뢰인이랑 시간 정리를 못 했나? 연차가 몇 년인데."

지수를 향한 해외사업부 대표 변호사인 정의수 변호사의 핀잔은 하루 이틀이 아니었지만 누구도 말리거나 제지하지를 못했다.

연봉 숫자에 따라 움직이는 대부분의 변호사와 달리 장심원 대표 변호사이자 전직 대법관인 박규식을 존경해서 장심원에 온 전직 부장검사인 정의수 변호사는 호랑이 학생주임으로 불릴 만큼 장심원의 훈육 담당이어서였다.

"앞으로 이런 일 없을 거예요. 정 변호사님."

"그래야지. 이제 오는군. 축하합니다. 유태리 이사님."

"오랜만에 뵙습니다, 정의수 변호사님. 바쁘실 텐데 이렇게 시간을 내주시다니 정말 고맙습니다."

"오늘 여기에 참석할 수 있도록 한가하게 만든 당사자가 그런 말을 하다니. 유 이사님, 전엔 왕자더니 오늘은 완전히 왕이 되셨습니다."

웃음 띤 정의수 변호사의 표정과 같은 표정으로 응수하며 태리는 장심원 변호사들과 통성명을 했다.

"너무 과찬이십니다, 정 변호사님. 그리고 여기 허선우 변호사는 제가 인사 안 드려도 아시죠? 제 생명의 은인이라 오늘 제 파트너로 모셨습니다."

"정말 허변이네. 허변! 이 몹쓸 친구 같으니라고."

"그간 잘 지내셨어요? 정 변호사님."

허선우를 기억하는 장심원 변호사들은 6년 전에는 상상도 할 수 없었던 모습으로 나타난 선우를 보고 놀란 걸 가감 없이 드러내면서도, 그만큼 기뻐하고 환영했다. 믿어지지 않을 정도로 자신을 반겨 주는 장심원 식구들과 인사를 마친 선우는 아직 자리에 앉아 있는 지수를 보았다.

선우의 마음은 지수 옆에 가지 말라 하는데 태리의 발길은 지수에게로 향했다.

"오랜만이야, 박지수 변호사."

"미안해, 허변. 실내가 너무 건조해서 차를 마시려고 찻물을 주문했거든."

호텔 직원이 물 주전자를 들고 오자 웃으며 자리에서 일어난 지수는 호텔 직원을 사이에 둔 채 선우에게 손을 내밀었다.

"난 못 지냈는데 허변은 잘 지낸 것 같네. 어쨌든 반가워, 허변. 꺄악!"

갑자기 벌어진 사건이었다. 하얀 김이 뭉게구름처럼 나는 주전자를 들고 있던 직원이 테이블 위 찻잔에 물을 채우고 있는데 지수가 넘어지며 주전자를 들고 있는 팔을 잡은 것이다. 주전자 속 김이 펄펄 나는 뜨거운 물이 쏟아졌다. 태리가 막을 새도 없이 물은 모두 선우의 팔로 쏟아졌는데 넘어진 지수는 비명을 질렀지만 뜨거운 물벼락을 받은 선우는 표정만 굳혔을 뿐이었다.

뜨거운 물은 못 막았지만 넘어질 뻔한 선우를 품에 안아 테이블 의자에 앉힌 태리는 급히 뜨거운 선우의 팔을 식히기 위해 물을 찾았다.

"물! 물 가져와요."

"물보다 술을 붓는 게 빨라요. 술 가져와요, 술!"

테이블마다 서빙 중이던 술을 따라 주고 있던 호텔 직원들이 달려와 들고 있던 술을 선우의 팔 위로 쏟았다.

사람들이 장갑을 벗어야 한다고 했지만 선우는 단호히 거절했고 태리는 쏟아지는 물과 술에 내려가려는 장갑 끝을 잡아 주었다.

태리가 자신의 팔 상태까지 알고 있다는 것에 놀랄 새도 없이 선우는 자신을 둘러싼 사람들 사이 차가운 눈으로 그녀를 바라보고 있는 지수를 보며 입술을 깨물었다.

'미안해, 지수야. 내가 아파서 소리 지르고 괴로워해야 하는데, 난 할 수 없어. 미안해, 지수야.'

술들이 그녀의 팔 위로 얼마나 쏟아졌을까. 드레스까지 젖어 한기가 들자 온몸이 부르르 떨려 그녀가 술이 뚝뚝 떨어지는 손을 들어 술을 제지했다.

"이 정도면 된 것 같아요. 고맙습니다, 여러분."

일어나 사람들에게 고개 숙여 인사하는 선우에게 태리는 상의를 벗어 어깨에 걸쳐 주었다.

"추워요. 얼른 나가죠."

"아뇨, 저 혼자 갈게요. 이사님, 기사님에게 연락해서 차 안에 있는 제 옷과 가방 좀 1층으로 가져다 달라고 해 주시겠어요?"

"그럴 필요 없어요. 지금은 아무 걱정 마시고 일단 저랑 같이 나가시죠."

선우의 어깨를 끌어안은 채 태리는 테이블들을 지나 파티장을 빠져나왔다.

파티장 밖에 나오자 태리는 뒤따라 나온 박 실장에게 아직 인사를 못 한 손님들에게 먼저 식사를 챙겨 줄 것을 주문하곤 카드키를 받아 들었다.

"지시하신 대로 김 과장이 객실에 변호사님 옷과 가방은 가져다 놨습니다."

"그래요. 박 실장님, 호텔에 연락해 객실로 화상 전용 구급약품 올려보내라고 해 줘요."

"빨리 병원으로 가셔야 하지 않겠습니까?"

"지금은 병원보다 빨리 옷을 갈아입는 게 먼저예요. 자아, 올라가시죠."

"……."

마치 예상했던 일인 것처럼 행동하는 태리에게 자신에 대해 어디까지 조사한 것인지 묻고 싶었지만 지금은 때가 아니었다. 여전히 안은 어깨를 놓아주지 않은 채 호텔 엘리베이터로 향하는 태리를 그녀는 따라갈 수밖에 없었다.

"허변, 괜찮아?"

"변호사님, 괜찮으세요?"

어떻게 지수가 문은비와 같이 온 것일까. 십수 년 동안 셀 수 없이 많은 사람을 상대해 온 그녀였다. 모든 의뢰인이 진실만을 말한다곤 할 수 없기에 진짜와 가짜를 구별하기까지 얼마나 많은 시행착오를 겪었던가. 그 시행착오가 그녀에게 경고하며 말해 주고 있었다. 지수의 말과 표정엔 진심과 거짓이 반반 섞여 있었다.

유난히 경쟁심이 심한 수양부모님 때문에 경쟁 구도 속에 휘말렸을 뿐 지수는 정 많고 마음이 여린 여자였다. 그런 지수이기에 그날의 진실을 말해 줄 수 없었던 것인데 그것이 눈앞의 지수를 만든 것 같아 가슴 한편이 저려 왔다.

하지만 지수 옆의 문은비의 말은 완벽한 가짜였다. 어떻게 분노의 표정을 조금도 숨기지 않은 채 걱정하는 말을 할 수 있는 것일까. 무엇에 분노한 것인지는 모르지만 문은비의 표정은 또다시 그녀를 굳어지게 만들며 삭제하지 못한 기억 하나를 꺼냈다.

'시시해. 엄마! 이젠 재미없어. 다른 애로 바꿔 줘.'

불붙은 담배로 선우의 팔다리를 지지는 게 놀이고 고통스러워하는 걸 보는 게 즐거운 현숙인데 아파하지 않는 선우는 고장 난 장난감이었다.

팔이고 다리고 선우가 고통스러워하는 걸 보기 위해 제 엄마한테 새 담배에 불붙여 달라고까지 했건만 아무렇지도 않은 선우에게 그날 현숙은 화가 나 셀 수 없을 정도로 발길질을 했었다.

아프지 않았던 게 아니라 피부는 괴사하고 신경이 죽어 느끼지 못했다는 것을 몰랐던 어린 날의 기억이 떠올랐다. 그 덕에 굳었던 몸이 풀리고 그녀는 서른여섯 허선우 변호사로서 입가에 미소를 머금었다.

"빠른 응급처치 덕분에 괜찮아요. 박변, 넘어진 것 괜찮아?"

"어? 어."

"다행이다. 그래도 구두 신고 넘어진 거라 발목 인대 놀랐을 거야. 족욕 꼭 하고 자."

"어. 고마워."

"그럼 먼저 갈게."

두 사람에게서 뒤돌아 엘리베이터 앞에 도착할 때까지 그녀는 표정을 바꾸지 않았다.

"허 변호사님이 박지수 씨 대하는 게 꼭 언니가 동생 대하는 것 같네요. 두 분 동갑 아닌가요?"

"나이는 같지만 장심원에서 근무를 먼저 시작한 선배다 보니 그런 거예요."

"그렇군요."

그는 걱정하는 척하며 불러세웠던 박지수와 문은비를 선우가 상대하는 동안 그의 상의가 걸쳐져 있지만 추운 공기가 선우에게 들어가지 않도록 안고 있었던 어깨를 목적지인 객실에 도착해서야 놓았다.

두 사람이 들어선 객실은 들어서자마자 젖혀진 커튼 사이로 아름다운 한강의 야경을 선물하고 있었고 테이블 위엔 네 개의 쇼핑백과 커다란 구급 약품통이 올려져 있었다. 쇼핑백들 안에는 그녀의 옷들과 가방 신발들이 들어 있었다.

"이사님, 이제 됐으니 파티장으로 내려가세요."

"뭐가 됐다는 건지 모르겠네요. 변호사님, 이대로 가만히 서 계세요. 움직이시지 말고요."

"헉!"

목덜미로 태리의 숨결이 쏟아졌다.

"움직이지 마세요."

등 뒤 드레스 지퍼가 내려갔다.

"이사님!"

"남자로서 하는 짓 아니니까 걱정 마세요. 치료를 위한 준비일 뿐이에요."

바닥 위로 드레스가 떨어지자 속옷만 걸친 그녀의 몸 위로 부드럽고 따뜻한 샤워 가운을 걸쳐 주고 그녀를 테이블과 가까운 침대 위에 앉혔다.

선우 앞으로 의자를 가져와 앉은 태리는 선우와 시선을 맞추었다.

"팔 안 보여 주고 싶은 이유 알고 있어요. 하지만 장갑 그냥 벗으면 안 되는 거 아시죠?"

보여 주고 싶지 않았다. 자신조차도 수십 년 동안 매일 장갑을 끼고 벗으면서도 익숙해지지 않는 흉터인데 어떻게 보여 주겠는가.

"그 이유를 아신다면 그냥 모른 척하시고 나가 주세요. 혼자서 할 수 있어요. 그리고 아까 그 정도의 온도로 제 피부에 상처 나지 않아요, 이사님."

"신경이 살아 있으면 정상인과 같아요. 자아, 손 주세요."

"안 돼요."

침대에서 일어나려는 선우를 두 다리로 잡은 태리의 힘은 강했다. 테이블 위 구급 약품통을 열어 가위를 꺼내더니 선우의 장갑 위로 가위를 가져갔다.

"세상에서 가장 무서운 게 뭔지 아세요? 전 겁 없는 사람이 제일 무서운데 변호사님은 뭐가 제일 무서우세요?"

"말이요."

"말? 달리는 말이요, 아니면 사람 말이요?"

태리의 가위질을 말릴 수가 없었다. 끔찍한 팔의 흉터를 자신은 외면할 수 있지만 가위질 때문에 온전히 다 보게 될 태리를 생각하니 너무 두려웠다. 그녀의 상처를 본 사람들이 하나같이 하던 말을 태리라고 하지 않겠는가. 더군다나 그는 그녀를 기억도 못 하는데 말이다.

상처를 보고 경악할 태리를 차마 볼 수 없어 눈을 감고 다른 사람들과 같은 말을 할 태리의 말을 기다리고 있는데 뭐가 제일 무섭냐는 질문에 그만 진심으로 대답하고 말았다.

"사람 말이요. 보기 역하실 텐데 이젠 제가 할 테니 가위 주세요, 이사님."

"불장난 진짜 심하게 하셨나 보네요. 엄청 아팠을 텐데 어떻게 견뎠어요?"

"네?"

"이 팔이나 저 팔이나 똑같을 것 같은데 가만히 계세요. 봐요. 신경이 정상인 데는 모두 빨갛잖아요."

'선우야, 언젠가는 네 팔의 흉터보다 네 아픔을 먼저 보는 사람을 만날 수 있을 거다.'

'할아버지……'

한편, 태리는 치밀어 오르는 화를 힘들게 삼키고 있었다. 복수의 대상 앞에서도 분노는커녕 여유롭기까지 했었던 그였지만 선우의 상처를 마주한 순간 치솟은 분노의 불길은 그를 재조차 안 남길 정도로 태울 만큼 뜨거워 그가 가진 모든 인내로 참아 내야 했다.

최악의 3도 화상으로 양팔과 양다리 일부 피부 괴사에 신경 손상이라고만 되어 있었던 보고서를 읽을 때만 해도 이 정도일 줄은 상상도 못 했었다. 가냘프기 그지없는 팔은 거북이 등이었다. 다른 한 팔도 다를 것 없이 거북이 등이긴 마찬가지였다.

그의 눈에 비친 하얀색과 붉은색 그리고 검붉은색과 선홍색으로 얽히고설킨 피부는 고통이었고 아픔이었다.

"우리 변호사님 대단한 분이 맞으시네요. 이 고통을 참고도 변호사까지 되시다니. 정말 대단하세요. 자아, 이젠 연고를 발라 볼까요."

화상 치료 연고를 발라 주는 손길은 더없이 부드러웠다.

"이사님……. 왜 이렇게까지 해 주시는 거예요."

"우리 화인 식구가 되어 주십사 하는 저의 프러포즈예요."

"그 일과 지금 이 일은 엄연히 다른 일이에요."

"다르지 않아요. 같은 상황이라면 변호사님도 저랑 똑같이 하셨을 테니까요."

"……."

분노를 일으켰던 거북이 등 같은 선우의 상처에 조심스레 연고를 다 발라 가고 있을 때쯤 태리의 눈가에 눈물이 맺히기 시작했다.

이토록 흉측한 상처를 낸 사람을 향한 분노를 이런 상처가 날 정도로 고통을 고스란히 감당했을 선우의 아픔에 어떻게 비할 수 있을까. 얼마나 아팠겠는가. 또 얼마나 고통스러웠겠는가.

'다시는 이런 고통 없을 거예요.'

연고를 다 바른 뒤 가까스로 눈물을 참아 낸 그가 붕대로 팔들을 감아 주자 선우는 옷가지가 든 쇼핑백을 들고 욕실로 들어갔다.

선우가 옷을 갈아입는 동안 다리와 빌딩들이 쏟아 내는 불빛에 화려하기 그지없는 한강을 바라보며 박 실장에게 전화를 걸었다.

"실장님, 영원대학병원 화상외과 예약해 주세요."

-영원대학병원보다 저희 병원으로 가시는 게 낫지 않을까요?

"영원에 변호사님 전담 주치의가 계세요."

-그렇군요. 바로 예약 준비 하겠습니다.

잃은 기억 때문에 보고 들은 것들은 모두 기억하려고 기억 수첩을 만들기를 십수 년을 하다 보니 기억 훈련이 어찌나 잘됐는지 특히나 중요한 사람에 대한 거라면 무엇 하나도 놓치는 것 없이 기억하는 그였다.

보고서엔 전 대법원장 박규식이 수양손녀로 받아들인 허선우의 팔을 치료하기 위해 국내 병원은 물론 세계 유명 화상 병원까지 알아볼 정도였다고 나와 있었다.

그렇게 알아본 결과 서울 강북구에 있는 영원 대학병원 화상외과가 세계적으로 유명하다는 것을 알고 허선우의 치료를 맡기게 된 것이다.

하지만 본인에게 동의받지 못한 조사이기에 환자의 치료 전후 상태에 대해선 보고서에 없었다.

'세계적인 화상전문의들이 치료를 했는데도 저렇다면 대체 상태가 어느 정도였다는 거야?'

각인된 듯 머리에서 떠나지 않는 선우의 흉터는 이를 악물게 만들고 불끈 두 주먹을 쥐게 했다. 하지만 곧 창 유리에 비친 그의 모습을 선우가 볼까 싶어 주먹을 펴고는 창밖 한강으로 시선을 보냈다.

불빛들을 싣고 흐르며 빛나는 한강의 물결에 시선을 맡기니 흘러 흘러 불꽃놀이보다 화려하게 빛나는 곳에 멈추었다. 물 위로 쏟아지는 화려한 불빛의 정체는 한강 건너편 그의 회사 화인엔터테인먼트 사옥이었다.

주변 빌딩들보다 크고 높아 평소에도 외관 불빛이 장관으로 유명한데 오늘은 창립기념을 축하하는 라이팅 쇼를 하고 있어 불꽃 축제를 방불케 하고 있었다.

'누나. 아니 허선우 씨, 내가 당신 인생을 저 불빛보다 더 화려하게 해 줄게요.'

"이사님, 야경을 좋아하시나 봐요."

"반짝반짝 빛나는 것은 모두 좋아합니다. 변호사님, 그 장갑 너무 탐나는데요, 설마 모두 진짜는 아니겠죠?"

"진짜였으면 하는 건 제 희망 사항이구요. 아쉽게도 그냥 광택이 아주 좋은 큐빅이에요. 제 동생 작품인데 멋지죠?"

"네. 너무 멋져서 탐이 다 나네요."

"이사님도 참, 별걸 다 탐내시네요. 이사님, 저는 이제 돌아갈게요. 이사님은 저 때문에 많이 피곤하실 텐데 여기서 쉬시다가 가세요."

"아뇨. 저도 같이 내려갑니다. 그리고 변호사님은 저랑 같이 병원으로 가실 거고요."

"병원이요? 이 정도로 무슨 병원이요. 저는 괜찮아요, 이사님."

"변호사님은 괜찮으실지 모르겠지만 저는 안 괜찮아서 변호사님과 함께 병원으로 가야겠습니다. 자아, 가시죠."

"이사님!"

"생일날 주인공은 어떤 짓을 해도 용서받는다던데 저한테 좀 져 주시죠. 화인의 생일은 곧 저의 생일이기도 하니까요. 안 그런가요, 허선우 변호사님?"

"이건 말도 안 되는데……."

어이없어하는 선우에게서 가방을 낚아채며 태리는 선우의 어깨를 안은 채 객실을 나섰다. 폭설로 인한 재회는 그녀에게 선물이었다. 그것만으로도 너무 고마웠기에 그 이상의 것은 꿈조차 꾼 적이 없었다.

춘천에서의 일로 답례를 받는 것은 사실 예상 밖이었지만 의례적인 일로 치부할 수 있었다. 너무 과한 답례였어도 말이다. 하지만 파트너 제안을 허락한 순간부터 지금까지 벌어지고 있는 일들은 모두 상상 밖의 일들이었다.

'유태리, 나한테 대체 왜 이러는 거야. 나를 기억 못 하는 네가 이러는 거 나 정말 이해할 수 없단 말이야.'

'유태리란 아이는 집으로 잘 돌아갔지만 그 사건의 충격으로 기억을 잃었다는구나. 그 어린 것이 얼마나 충격을 받았으면. 쯧쯧……'

27년 전의 사건으로 대법원장의 수양손녀가 된 지 일 년이 되던 날, 그때 제 경계를 풀고 할아버지에게 처음으로 한 질문은 그날 헤어진 태리에 대해서였다. 집으로 갔는지, 부모님은 만났는지 걱정된다는 그녀의 질문에 할아버지는 어두운 표정으로 한숨을 쉬시며 태리가 기억을 잃었다고 말해 주셨다.

기억을 상실한 태리로 인해 태리와의 인연은 끊어졌지만 그녀는 인연의 끈을 놓지 않았다. 변호사가 되자마자 그녀가 가장 먼저 한 일은 상세한 유태리 납치 사건 조사였다. 그저 재벌가 아인 줄 알았던 태리는 화인그룹의 유일한 후계자였다. 그리고 태리의 기억 상실은 해리성 기억 상실로 납치 사건이 벌어진 두 달 동안의 기억만 잃어버린 것이었다.

기억을 잃었다는 것은 곧 그녀를 잊어버렸다는 것이었기

에 다시 만났을 때 기억을 못 해도 얼마나 반가웠던가. 현숙이 밤마다 제 아버지가 피우다 만 담배를 가져와 그녀의 팔과 다리를 제풀에 지칠 때까지 지지고 가면 괜찮냐며 가려진 눈 사이로 얼마나 눈물을 흘렸던가.

커 가면서 태리의 기억 속에 그때의 기억과 자신에 대한 기억이 없다는 것이 얼마나 다행인지를 알게 되었다. 그래서 혹시라도 자신 때문에 잃었던 기억을 되찾을까 싶어 태리와 관련된 일은 전혀 수임하지 않았었다.

하지만 무슨 운명인지 결국 만나고야 말았다. 또 다행이라고 해야 할지 모르겠지만 태리는 춘천집에서도 그리고 다시 만난 오늘도 그녀를 기억하지 못하고 있었다.

"생각을 너무 많이 하면 두통 생기니까 그만 생각하시고 저를 좀 봐 주세요."

언제 엘리베이터를 타고 주차장에 내려와 그의 차까지 타게 된 것일까.

"머리 아파서 제 어깨에 기대 주신다면 전 정말 환영인데. 변호사님, 기대 주시겠어요? 제 어깨 꽤 넓은데 말이죠."

"이사님."

"네, 말씀하세요."

"저 솔직히 너무 혼란스러워요. 이사님 같은 분이 왜 저에게 이러시는지. 춘천에서의 일에 대한 답례라면 저희 동생들과 우리집에 해 주신 것만으로도 차고 넘치는데 왜 이렇게까지 해 주시는 거죠? 화인 법무팀으로 오라는 프러포즈라는 말씀 마시고요."

그녀를 바라보는 짙은 눈썹 아래 흑요석 같은 두 눈에 진실을 바라며 물었다.

"그날 변호사님 댁 발코니에서 마신 차를 다시 마시고 싶어서라면 믿어 주시겠어요?"

"네?"

"헉헉! 은비야……."

"아흑! 조금만 더요……. 회장님……."

침대 사면을 덮은 붉은 레이스 캐노피 속 침대 위에서 거구의 남자 위에 올라탄 여자의 현란한 몸 사위가 펼쳐지고 있었다.

여자의 풍만한 둔부가 요동을 치며 널뛰기를 할 때마다 남자가 숨넘어가듯 격한 신음을 정신없이 터뜨렸다. 여자는 남자를 더 몰아붙이며 제 정욕에 겨워 오똑 선 제 가슴을 쥐어짰다.

"회장님, 빨아 주세요."

"헉헉. 그래, 그래……."

반지르한 남자의 입에 물려진 가슴이 아파하며 울자 여자는 자지러지며 남자를 옥죄었고, 순간 남자가 여자 아래서 축 늘어지며 여자도 남자 가슴 아래로 쓰러졌다.

"휴우… 오늘도 내가 죽는구나, 우리 은비 때문에……."

"또, 또 거짓말 하신다. 겨우 한 번 가지고……. 오늘 저를 몇 번이나 죽이셨는지 아세요? 네 번이에요, 네 번! 회장님, 저 내일 몸보신시켜 주셔야 해요. 안 그럼 저 진짜 죽어요. 아세요?"

"당연하지. 그래, 우리 은비 뭘로 몸보신시켜 주랴? 가방이냐, 옷이냐? 아니면 차?"

파정을 했어도 제 안에서 놓아주지 않은 채 남자의 살결을 쓰다듬는 여자는 문은비, 그녀였다. 그녀의 아래에서 몇 번의 파정으로 기운은 잃었어도 포식의 절정을 누린 수컷의 얼굴을 한 남자는 최충렬. 양주의 회장이었다.

언제나처럼 누구보다 강한 성욕을 갖고 있는 최 회장이 자신의 성욕을 만족시켜 주는 은비에게 갖고 싶은 걸 말하라 하자, 문은비는 살결을 쓰다듬던 손길을 거두는 대신 입술을 가져가 최 회장의 가슴을 입 안에 넣고는 사탕을 빨듯 빨아 마시고 아직 제 안에 있는 힘 잃은 최 회장을 힘주어 끌어올렸다.

"커억! 은비야……."

"갖고 싶은 게 좀 커서요. 오늘은 풀로 해 드릴 테니까 원하시는 만큼 가지세요."

"뭘 갖고 싶은데? 네가 갖고 싶다는데 내가 못 해 줄 게 뭐가 있겠냐. 넌 내 전분데."

"허선우요."

"허선우? 설마 유태리 여자?"

"네."

"그 여자는 왜? 변호사라면 우리 양주에도 넘치잖아."

"허선우 개는 내 장난감이거든요. 27년 전에 잃어버린 제 전용 장난감이에요."

"그래? 그럼 갖다줘야지."

"회장님, 사랑해요!"

"오우우, 또 일어났네. 이 옹녀 같으니라고. 네가 일으켰으니 네가 책임져."

"걱정 마세요. 회장님, 전 회장님만의 여자잖아요."

문은비가 다시 깨운 최 회장의 욕정은 이후로도 3번의 파정이 있고 나서야 끝이 났다. 최 회장이 마지막 파정을 끝내자마자 곯아떨어질 때는 자신 역시도 녹초가 된 상태였지만 그녀는 욕실로 가 따뜻한 물수건으로 최 회장의 하체를 닦아 주고 이불을 덮어 준 뒤에야 가운을 걸치고 최 회장의 침실에서 나올 수 있었다.

"은비야. 너 어쩌려고 이 시간까지 해. 회장님 원하는 대로 다 받아 주다간 네 몸 작살나, 이것아."

"시끄러워요. 나 내일부터 녹용 먹어야 하니까 준비나 해 줘요."

 방으로 들어서자 그녀를 기다리고 있던 어머니가 그녀의 팔을 붙들며 언제나처럼 한소리를 해 대기 시작했다.

 "알았어. 그나저나 은비야, 이젠 그만해도 되지 않니? 언제까지 이러고 살래. 너 이러다 결혼 못 해."

 "무슨 결혼? 내 결혼? 핫! 지나가는 개가 웃겠네. 내가 왜 결혼해요? 이 좋은 생활 두고. 엄마, 첩으로 죽어도 난 회장님 여자로 죽을 거니까 그딴 말이나 할 거면 아빠랑 같이 나가서 사세요."

 "아냐. 아냐, 은비야. 네 엄마가 말실수한 거니까 얼른 들어가서 쉬어라. 당신도 얼른 들어와."

 어느새 그녀의 방에 들어온 아버지가 그녀를 달래 주고는 어머니를 끌고 나갔다. 방을 나가는 두 사람을 바라보는 그녀의 얼굴엔 한심하다는 표정이 역력히 새겨졌다.

 '그러게 왜 김재명이 같은 새끼가 싸지른 똥을 치워 줬냐고요. 아빠가 유태리 맡아 주는 바람에 지금 우리가 이렇게 된 거잖아요.'

 지금도 27년 전 그날을 바로 어제처럼 기억하는 그녀였다. 어쩌면 죽어서도 그날만큼은 잊지 않을 터였다. 그 당시 그녀는 어렸고 공부하는 머리는 나빴지만 누구보다 눈치 빠르고 세상 사는 셈이 빠른 아이였다. 배를 타려 배에 오른 순간 그녀와 부모님을 기다리고 있던 건 셀 수 없이 많은 경찰이었다.

태어나 처음으로 나쁜 짓 하면 차게 된다는 수갑이란 걸 보았는데 그 수갑들이 부모님들의 양손에 채워졌다. 인천의 경찰서에서 몇 시간 있었을까. 차에 태워져 서울 경찰서로 오자 경찰들이 그녀와 부모님을 분리시켰다.

너무 무서워 경찰서가 떠내려가라 할 정도로 얼마나 울었는지 몰랐다. 그녀의 울음이 경찰들의 마음을 움직인 것인지 다시 부모님이 있는 곳으로 보내 주었는데 그곳은 구치소라는 감옥이었다.

무서웠어도 부모님과 함께인 것에 마음이 놓여 불편한 바닥이었지만 잠을 잘 수 있었다. 그래서 처음엔 꿈인 줄 알았었다.

"형사님, 제발 우리 딸은 우리 부부가 교도소에 갈 때까지만 같이 있게 해 주십시오, 네?"

"제 새끼는 그리 끔찍한 인간들이 남의 자식을 납치했어?"

"…그게… 죄송합니다."

"이 인간 말종들 같으니라고. 당신 자식 참 좋겠어. 엄마, 아빠가 남의 아들 납치나 하는 나쁜 사람들이니 말이야."

"형사님, 어떤 말씀을 하셔도 달게 들을 테니 제발 우리 아이는 없는 데서 해 주시면 안될까요?"

"하이고! 저거 저거, 지 새끼 위하는 것 좀 보소. 그렇게 위한다고 납치범 자식이 사장님 딸이 될 줄 알아? 앞으로 네 자식은 죽을 때까지 납치범의 자식으로 살게 될 거야."

"형사님, 제발! 제가 잘못했습니다. 그러니 제발……."

꿈인 줄 알았는데 아빠와 엄마의 울음소리가 눈을 뜨게 만들었다. 눈을 뜨니 엄마와 아빠가 책상 앞에 앉아 있는 아저씨에게 수갑 찬 손을 비비며 빌고 있었다.

"살인도 모자라 이젠 납치까지. 문병호 네가 납치한 그 아이 집안에서 너란 인간 다시는 세상 구경 못 하게 할 거라고 벼르고 있어. 알아?"

"우리 병호 씨 납치 안 했어요. 우린 그냥."

"현숙 엄마, 입 다물어. 아무 말도 하지 말라고."

"문병호, 난 듣고 싶은데. 잊었나 본데 네 아내도 공범이잖아. 제 새끼는 끔찍한 인간들이 그 어린애한테 그런 끔찍한 짓을 해서 평생 지우지 못할 상처를 줘?"

"우리 엄마, 아빠 상처 안 줬어요. 밥도 다 먹여 줬어요."

"현숙아!"

그녀의 말에 놀란 엄마 아빠가 달려와 품에 안아서는 형사를 보지 못하도록 가렸다. 하지만 그녀에겐 듣는 귀가 있었다.

"나 원 참! 그 부모에 그 자식이네. 얘야, 손발 다 묶어 놓고 눈은 안 보이도록 가려 놓는 게 얼마나 무서운 일인지 아니?"

"몰라요!"

"한 달 동안 너를 그렇게 했으면 너는 괜찮았을 것 같니? 엄마도 아빠도 없는데도?"

"모른다고요!"

형사는 그녀에게조차 냉혹했었다. 엄마, 아빠가 아직 어린 애라면서 말을 멈춰 주길 아무리 부탁해도 소용이 없었다.

세상에서 최고였던 엄마, 아빠였다. 온 세상 사람들이 엄마, 아빠만 보면 인사했었다. 거지 같은 애들이 사는 곳에 가면 엄마, 아빠는 그 애들의 천사였고 하나님이었다. 지갑에서 돈뭉치를 꺼내 주면 얼마나 감사합니다, 고맙습니다, 라고 인사를 했었던가. 그런 인사만 받았던 엄마, 아빠가 무서운 형사 앞에서 잘못했다고 두 손이 발이 되도록 빌었다.

엄마가 비싸다고 한 전복죽과 소고기죽만 먹였는데 그걸 잘못했다고 빌고 빌었다.

그런 엄마, 아빠를 얼마나 보고 있었을까. 변호사란 아저씨가 찾아왔고 변호사 아저씨와 같이 온 아저씨를 따라 그녀는 아빠 차처럼 큰 차를 타고 살던 집의 몇 배나 더 큰 집으로 오게 됐다.

그 집이 바로 이 집이었고, 이 집에서 최 회장 부부를 만났다. 자식 없는 최 회장 부부는 그녀를 무척이나 예뻐해 줬다.

아버지는 15년 형을 받았고 어머니는 10년 형을 받았다. 그사이 하루가 다르게 자라면서 그녀는 최 회장과 살고 있는 집에서 공주처럼 살았다.

최 회장 부부는 큰 행사가 있을 때면 함께 했지만 그 외엔 최 회장 아내 김 여사는 제주도에서 혼자 살았다. 김 여사가 없는 집엔 매일같이 젊은 여자 두 명이 와 최 회장의 침실에 들어갔다.

반실신하다시피 해서 여자들이 나오면 최 회장은 다 벗은 몸으로 나와 여자들을 데려온 남자들을 피가 나도록 때렸다.

공주님 방처럼 꾸며진 방 밖으로 나가면 집 안 곳곳은 성(性)의 천국이었다. 방마다 야한 비디오에 잡지 만화가 넘쳐났다.

최 회장이 외출하면 집 안엔 그녀와 가사도우미 아줌마 한 사람뿐이었다. 식사 준비 때가 아니면 아줌마조차도 자기 방에서 나오질 않아 수십 개의 방이 있는 대저택에서 그녀는 학교 공부 대신 섹스와 남자 공부를 했다.

학교에서의 공부는 아무리 집중해도 3분 집중도 힘든데 섹스와 남자 공부는 시간 가는 줄을 모를 정도로 그녀를 빠져들게 만들었다.

특히나 활자라면 지독히도 싫은 그녀인데 잡지에 나와 있는 섹스 관련 지식들은 어찌나 스펀지가 물을 흡수하듯 머릿속으로 쏙쏙 들어오는지, 열여덟 살이 되던 해 그녀는 섹스 박사가 되었다.

성처럼 멋지고 궁궐처럼 큰 저택에서 그녀는 회장의 친딸처럼 사랑을 받는 공주였지만 시간이 지나 부모님이 출소하면 납치범의 딸로서 살아야 한다는 사실을 잊지 않고 있었다. 어떻게 공주님처럼 살다가 납치범의 딸로 살 수 있단 말인가. 분명 치욕스러운 악몽의 나날일 게 뻔했다.

영원히 이 집에서 공주님처럼 살고 싶은 마음이 셈 빠른 그녀를 계산하게 만들었고 열여덟 살 생일날 그녀는 최 회장에게 폭탄을 터트렸다.

"회장님, 이번 생일 선물은 제 스무 살 생일 선물로 받으면 안 될까요?"

"무슨 선물인데 우리 공주님이 나를 다 긴장시키나?"

"제 처음을 받아 주시는 게 선물이에요, 회장님."

"뭐라고? 은비야. 무슨 소리니, 그게……."

"제가 받고 싶은 선물은 회장님이 절 여자로 받아 주시는 거예요. 회장님, 지금은 제가 미성년이라 회장님의 여자가 될 수 없지만 성인이 되면 회장님에게 최고의 여자가 되어 드릴게요. 네?"

아버지보다 연상인 최 회장은 집 안에 들락거리는 우락부락한 남자들과 달리 인기 있는 중년 남자 배우보다 더 멋있는 외모와 체구를 가지고 있었다. 실오라기 하나 걸치지 않은 채 최 회장의 방에서 나오는 여자들을 볼 때마다 그녀는 최 회장과의 섹스를 꿈꿨다.

셈 빠른 머리를 움직여 집안사람들에게 최 회장의 정력에 대해 들은 뒤부터였다.

최 회장의 아내가 집이 아닌 별장에 따로 사는 이유와 여자들이 침실에서 나올 때마다 반실신하다시피 나오는 이유는 모두 한 가지였다.

 최 회장은 과도한 섹스중독자였는데 정력 또한 만만치 않아 여자와 섹스를 할 때 최소한 열 번은 해야 성욕을 잠재울 수 있다는 거였다. 그런 그가 지금까지 한 번도 경험하지 못한 것이 있는데, 그것이 바로 그의 성욕을 제대로 만족시켜 준 여자를 만난 적이 없다는 것이었다.

 집안사람들, 그러니까 최 회장을 따라다니는 수족 같은 사람들이 하는 말들을 모아 본 결과 그녀는 자신이 이 집에서 영원히 공주님처럼 살 수 있는 방법이 의외로 간단하다는 걸 알게 되었다.

 자식 없는 최 회장의 딸처럼 취급받아도 그녀는 양친이 출소하면 그들의 딸로 살아야 했다. 하지만 그의 여자가 된다면 어떻게 되겠는가. 처음을 선물로 주겠다는 건 상징일뿐 그녀는 그를 만족시켜 줄 첫 여자가 되고 싶었다.

 화려하고 풍요롭게 살고 싶어서, 원하는 건 모두 가지고 싶어서 그녀는 최충렬이란 남자만을 위한 여자가 되기 위해 온갖 준비를 했다.

 그렇게 그녀는 최충렬의 여자가 되었다. 또 대한민국 최대 조직인 발렌타인과 두목의 여자가 되었다. 그녀의 위치는 출소한 아버지가 머리 숙여 하는 인사를 받는 위치였고 말 한마디로 발렌타인과 조직원들의 목숨줄을 쥐락펴락할 수 있는 위치였다.

처음엔 울고불고 말렸던 어머니는 최 회장으로부터 받은 온갖 명품들을 주자 네 선택을 존중해 주마 하셨다. 죽어도 안 된다던 아버지는 납치범 딸로 살지 않겠다는 그녀의 말에 최 회장이 말리는데도 이 집의 집사가 되었다.

최 회장은 자신의 후계자인 김재명을 위해 희생시킨 아버지에게 빚을 갚겠다며 김재명의 직속 부하라 할 수 있는 양주그룹 전라도와 경상도 관할을 맡기려 했지만 아버지의 선택은 집사였다.

매일 밤 딸이 두목의 방에서 쾌락의 비명을 지르는 소리를 듣는 일인데도 말이다.

법적인 아내가 버젓이 살아 있어도 유명무실하기에 이 집에서 그녀는 안방마님이었고 발렌타인파의 포장인 양주그룹에서도 안주인으로 통하고 있었다.

양친이 방을 나가자 가운을 벗은 그녀는 넓고 화려한 침실을 둘러보며 뿌듯한 듯 웃음을 지었다.

그녀의 침실은 화려함의 극치로 알려진 베르사유 궁전 왕비의 침실 이상으로 꾸며져 있었다. 어린 시절부터 화려한 궁전에서 공주처럼 여왕처럼 살고 싶었다. 레이스 드레스보다 화려하게 빛나는 보석 목걸이와 왕관이 좋은 그녀이기에 화려한 샹들리에 아래 벽면 한쪽을 차지하고 있는 고급 유리 장식장 안에는 돈으로 환산한다면 어마어마한 보석들이 들어 있었다.

'좋아하는 섹스를 하고 갖고 싶은 건 모두 가질 수 있는데 내가 왜 결혼 따윌 해?'

최 회장에게 무슨 일이 생기면 제주도 별장에서 호젓하게 살고 있는 회장의 아내는 법적으로 묶여 있는 사이기에 크든 작든 책임을 져야 하는 입장이지만 그녀는 전혀 무관한 남이었다. 그러니 얼마나 좋단 말인가. 손가락질받는 정부가 뭐 어떻단 말인가. 전과자 딸로 사는 것과는 하늘과 땅 차이인데 말이다.

'난 이제 너만 가지면 돼. 기다려, 허썬.'

그 어떤 짓을 해도 통용되는 이 집에서 온갖 장난감을 가지고 놀았고 허선우에게 했던 짓도 해 봤었다.

'선우야, 너만이 날 만족시켜 줄 수 있어. 빨리 돌아와. 그땐 내가 어려서 팔과 다리밖에 못 했지만 이젠 다 지져 줄 수 있어. 매일 널 지지는 꿈을 꾼다, 선우야. 그러니까 빨리 돌아와.'

최 회장의 파정으로 아직도 흠뻑 젖어 있는 하반신을 흔들며 욕실로 들어선 그녀는 허선우를 생각하는 것만으로도 황홀해져 콧노래를 부르며 따뜻한 물로 차 있는 욕조 안에 몸을 담갔다.

"흐응… 선우야… 허선우……."

3. 계획된 시작

 제발 그만 좀 당했으면 했던 우리집 고아원 아이가 또 다시는 안 왔으면 하는 곳에 있었다. 강남경찰서 유치장 접견실에서 마주한 아이는 우리집 고아원에서 3년 전 독립해 대학을 다니고 있는 동생 김세희였다.
 "세희야, 밥은 먹었니?"
 "네. 아침 점심 모두 먹었어요. 언니, 미안해요. 저 때문에 이런 곳에 오시게 해서."
 "내가 괜히 변호사니. 세희야, 많이 무서웠지?"
 그녀가 세희의 두 손을 꼭 잡아 주자 세희가 폭포수 같은 눈물을 쏟으며 울음을 터트렸다. 고아원을 떠난 아이들에게 있어 세상은 일 년 삼백육십오 일 겨울이었다. 얼마나 시리도록 춥고 외로운지 동생들과는 다른 환경에서 살아왔어도 모르지 않는 그녀였다.

누군가의 따스한 손길과 따뜻한 품에 굶주려 왔기에 우리집 아이들을 유치장에서 만나면 그녀는 먼저 손을 잡고 품에 안아 주었다.

"세희야, 아무 걱정 말고 무슨 일이 있었는지 처음부터 말해 봐, 차근차근."

"장학금 받고 있어서 큰돈은 필요 없지만 학교 친구들과 어울리다 보니까 돈이 필요했어요. 할 수 있는 아르바이트는 거의 다 했고요. 그러다 보니까 힘들어서 성적이 내려가는 거예요."

세희는 우리집 고아원의 자랑인 동생이었다. 학원 한 번 안 갔는데도 상위권을 유지하더니 서울의 국립대를 수석 합격한 것이다. 우리집 고아원의 후원 단체들 중 하나인 모기업의 4년 등록금 전액을 지원받은 데다 입학해서도 장학금을 놓치지 않고 받는 아이가 바로 세희였다.

아르바이트를 그만두고 다시 학업에 매진해 성적은 원상복귀 했지만 친구들과 어울릴 자본이 없었던 세희에게 과 선배로부터 힘은 안 들면서 고액인 아르바이트 제안이 왔다. 그 아르바이트 때문에 지금 세희는 유치장에 온 것이었다.

"언니, 난 선배가 시킨 일이 범죄라고 생각해 본 적 없어요. 그냥 이런 일로도 돈을 벌 수 있는 게 신기하다고만 생각했어요."

"세희야, 엄밀히 말하자면 네가 한 일은 범죄야."

"해피나이츠가 다 마시고 간 빈 컵이랑 빨대 가져온 게요? 해피나이츠가 간 식당 메뉴 사진 찍은 게요?"

"어떻게 너는 해피나이츠가 커피숍에 가고 식당에 가는 걸 알았니?"

"선배가 실시간 채팅 문자로 알려 줬어요. 핸드폰에 그 내용 다 있는데 저 여기 잡혀 올 때 형사 아저씨가 압수해 갔어요."

"그랬구나. 세희야. 지금부터 언니 말 잘 들어. 네가 가져오고 찍은 사진들은 엄연히 개인정보 보호법 위반이야."

"맙소사……. 언니 나 그럼 어떡해요. 난 정말 그런 건지 몰랐는데… 이제 난 어떡해요."

"시간 다 됐습니다."

"네. 잠시만요. 세희야, 이 일은 언니한테 맡기고 넌 여기서 나올 때까지 왜 이렇게 되었는지 뒤돌아보고 앞으로는 어떻게 해야 하는지 생각하고 또 생각해 봐. 알았지, 세희야?"

"네. 언니, 미안해요."

세희가 경찰관과 함께 유치장으로 들어가는 것을 보며 뒤돌아 나오는 발길이 무거웠다.

왜 하필 해피나이츠란 말인가. 화인 창립 기념 파티 이후로 그녀는 유태리와 얽히지 않으려 한 달 동안 전라도 지역별

자원봉사센터에서 무료 법률 상담을 하고 있었다.

전라도 전 지역을 돌며 상담을 마치면 경상도를 비롯해 전국 지역을 돌며 무료 법률 상담을 하려고 마음먹고 있었는데 생각지도 못한 일이 터진 것이다.

"면회는 잘하셨나요, 허 변호사님?"
"이사님!"

한 달 전 헤어질 때보다 더 멋있는 모습으로 경찰서 안에서 그녀를 기다리고 있는 태리는 피할 수 없다면 즐기라는 말을 한순간에 무용지물로 만들었다.

태리는 혼자가 아닌 그녀도 아는 인물과 같이 있었다.
"서로 아는 분들이시겠지만 그래도 인사는 해야겠죠."
"화인엔터테인먼트 법무팀 실장 이지후입니다."
"김세희 씨의 변호를 맡은 허선우입니다."

업계 최고의 젠틀맨이자 매뉴얼맨으로 알려진 이지후와 그녀는 대학 선후배 관계였다. 장심원 소속일 때 맡은 사건 때문에 꽤 많은 정보를 주고받았지만 6년 전 일로 혹시나 선배에게 민폐가 될까 싶어 이후로 연락을 하지 않았었다.

"허 변호사님, 김세희 씨가 이번 일에 대해 제대로 인지하고 있던가요? 형사분들에게 체포할 때의 이야기를 들어보니 자신이 왜 체포되는지에 대해 전혀 이해하지 못한 상태였다고 들었는데."

"네. 제 의뢰인은 처음엔 자신이 한 짓이 법에 접촉되는 일인 줄을 전혀 모르고 있었지만 지금은 잘 알고 있습니다. 그래서 두 분과 이야기를 나눴으면 하는데 시간을 내주시겠어요?"

"그러죠, 뭐 어려운 거라고. 오면서 보니까 여기 경찰서 옆에 커피숍이 있던데 어떠세요?"

"좋아요."

"이 실장님, 저는 여기 허 변호사님과 나갈 테니 마무리 잘 부탁드리겠습니다."

"네, 여기 일은 걱정 마십시오, 대표님. 형사님들이 이번 사건의 주모자들을 체포해 호송 중이시라니까 저는 확인하고 들어가 보도록 하겠습니다."

"저어, 잠깐만요. 이사님, 저는 이 실장님과 이야기해야 하는데 이 실장님이 같이 안 가신다면 여기 남도록 할게요."

"이번 해피나이츠 사생활 침해 관련 법적 조치에 관한 모든 권한은 나한테 있는데도요?"

"네?"

"그렇습니다, 허선우 변호사님. 저랑 법적 협상을 마친다 해도 최종 결정은 유태리 대표이사님께서 하시니 이번 일에 대해선 대표님과 이야기를 하시는 게 나을 겁니다."

"그렇다면……. 어쩔 수 없네요."

법보다 큰 권력의 힘 앞에 어쩔 수 없이 굴복하고 만 그녀는 태리와 함께 경찰서를 나와 경찰서 옆 커피숍에 들어왔다.

그녀의 커피 취향이 따뜻한 아메리카노라면 그의 커피 취향은 아이스 아메리카노였다. 경찰서 옆 커피숍들이 다 그렇듯 커피숍 안은 가해자 가족들과 피해자 가족들 그리고 그 사이에 로펌 사무장들로 인해 시끌벅적했다.

두 사람이 자리 잡은 테이블은 사람들이 몰려 있지 않은 커피숍 출입문 근거리 자리였다.

"이런 일로 이사님을 다시 뵙게 될 줄은 몰랐네요."

"저를 만나서 별로 안 좋으신가 봐요. 그런데 어쩌죠? 저는 변호사님 만나게 돼서 좋거든요. 그동안 답도 안 주시고 지방에 내려가셔서 제가 얼마나 섭섭했는지 아세요?"

태리의 눈은 그녀에게 있어 너무 맑았다. 그의 두 눈에 투영된 자신 때문에 섣불리 말을 꺼내기가 힘들었다. 그녀가 만나는 사람들은 모두 고통 속에 있느라 대부분 충혈된 눈을 하고 있어 태리처럼 있는 그대로의 그녀를 투영하지 못했었다.

"생각해 보겠다고 했잖아요."

"그래서 기다렸죠. 전라도에 내려가셨다는 소식 듣고 한 번은 연락 주시겠지 했죠. 그런데 제가 보낸 안부 메시지가 몇 갠데 한 번도 회신을 안 주시길래 저를 피하는 것 같아서 엄청 섭섭했어요. 그런데 왜 이렇게 말랐어요. 어디 아픈 거 아니세요?"

"아뇨, 아무렇지도 않아요. 그리고 이사님, 그 건에 대해선 미안하게 생각하고 있어요. 아직 결론을 내리지 못하고 있어서 시간이 더 필요해요."

차마 말할 수 없었다. 파티장에서 만난 문은비라는 여자가 깨운 문현숙에 대한 기억 때문에 그날 이후로 악몽에 시달리고 있다는 걸 어떻게 말할 수 있겠는가.

파티장 때와 너무 다르게 핼쑥해진 선우의 모습은 태리의 가슴 언저리에 통증을 일으켰다.

"그래요? 그럼 제가 지금 바로 정리를 해 드리죠. 확인해 보니 김세희 학생, 보통 인재가 아니더군요. 그런데 명문대생인 세희 학생이 아이돌 그룹 사생팬으로부터 돈을 받고 아이돌 그룹 사생활 침해로 체포돼 재판을 받게 된 이력을 갖게 되면 어떻게 될까요?"

"과 선배로부터 소개받은 아르바이트였고 연예인들의 사생팬에 대해서 전혀 모르는 아이예요."

"너무 궁색한 변명이네요. 세희 학생 나이에 팬덤 문화를 전혀 모르고 있다는 건 어불성설 아닌가요?"

"이사님은 충분히 그렇게 생각하실 수 있어요. 하지만 세희는 그 또래 아이들과 다르게 살아야만 했던 아이예요."

"고아원이 대중문화를 터부시한다는 말은 들어 본 적 없는데요."

"세희의 꿈은 자신의 재능을 보고 후원해 주시는 분들에게 은혜를 갚는 거예요. 그분들의 후원이 보람 있는 후원이었다는 것을 보여 주기 위해 학업에만 매진하다 이런 일을 하게 된 거예요."

왜 다른 아이들처럼 세상의 즐거움을 맛보고 싶지 않았겠는가. 하지만 세희에겐 모 아니면 도라는 세상밖에 없었던 것이다.

학업으론 정상에 있어 인정받고 있지만 정상에서 추락한다면 받쳐 줄 버팀목이 하나 없는 처지라는 걸 잊지 말라고 했던 고아원 언니, 오빠들의 충고와 조언을 세희는 단 한 번도 잊은 적이 없다고 했다.

"이번 사건에 대해서 우리 해피나이츠 멤버들은 일말의 선처도 없다는 걸 내게 보여 주라고 하더군요."

"이사님, 엄밀히 김세희 학생은 선처의 대상이에요. 김세희 학생은 아르바이트를 한 것일 뿐, 과 선배가 사생팬들에게 김세희 학생이 가져온 것들을 거액에 팔고 있었다는 걸 전혀 모르고 있었어요."

"허 변호사님, 이런 사건은 저희 화인에서는 매일 뉴스처럼 벌어지는 사건입니다. 그동안 저희 법무팀이 선처를 너무 남발해선지 나날이 늘어나면 늘어났지 줄어들지를 않아서 이번 사건을 계기로 모든 법적 조치를 취할 겁니다."

해피나이츠 아이돌 그룹을 좋아하는 팬들 중에는 해피나이츠와 관련된 거라면 거액의 돈을 아끼지 않는 팬들이 있다는 걸 안 김세희의 과 선배가 그들과 합작해 만든 이번 사건은 김세희 하나만 연루된 사건이 아니었다.

지금은 팬들을 소속사에서도 관리하고 있기 때문에 강성 팬들의 얼굴은 해피나이츠 멤버들을 비롯해 매니저와 직원들까지도 알고 있을 정도였다. 그런 이유로 강성 팬들은 함부로 그들 뒤를 쫓아다니며 그들이 사용한 컵이며 휴지, 수건이나 그들이 앉았던 의자들을 수집할 수가 없었다.

그걸 알게 된 김세희의 과 선배가 강성 팬들에게 제안을 한 것이다. 당신들이 원하는 물건을 가져다줄 사람들을 찾아 줄 테니 그들의 아르바이트 비용을 지원해라. 필요 없는 물건은 SNS 계정을 만들어 줄 테니 그곳에 올려 팔면 고액의 수익 창출이 될 것이라는 내용이었다.

세희는 과 선배라는 여자가 모집한 아르바이트생 다섯 명 중의 한 명이었다.

연예기획사에 있어 인기 연예인은 최고의 상품이었다. 그들로 인해 벌어들이는 수익에 대해서 회사는 철저해야 한다. 그런데 연예인도 회사도 동의하지 않았는데 연예인들의 이름을 건 상품들이 거액으로 매매되고 있다는 정보가 들어온 것이다.

바로 조사해 보니 SNS에서의 매매 실태는 경악할 정도였다. 해피나이츠 멤버들이 사용한 컵이나 빨대는 애교로 봐줄 만했지만 멤버들이 사용한 화장실이 찍힌 사진이 오백만원이란 금액에 팔리는 것에 해피나이츠 멤버들은 당장 법적 조치를 취해 줄 것을 강력히 요구했다.

당연히 회사로서는 법적 조치를 취하기 위해 고소, 고발을 했고 경찰은 처벌 대상에 오른 대상자들 중 가장 범죄 행위가 약한 김세희를 먼저 체포했음을 알려 온 것이다.

그는 경찰에서 보내온 김세희 학생의 정보를 받아 들었을 때 쾌재를 부른 곳이 자신만의 사무실인 것에 감사해야 했다.

이쯤 되면 필연이라고 생각하고 싶을 정도였다. 김세희 학생은 허선우 그녀에게 있어 동생이라 할 수 있는 우리집 고아원생이었던 것이다.

생각할 시간을 달라고 했기 때문에 기다려 온 시간이었지만 이제 그는 마감 종료의 벨을 울릴 생각이었다.

"허 변호사님께서는 선처를 바라시겠지만 저희는 선처를 해 줄 의향도 없고 해피나이츠 멤버들이 청구할 피해 보상 소송도 진행할 것입니다."

결론이 나와 있었다. 무조건 그의 제안을 받아들이겠다는 말 한마디면 되었다. 하지만 그녀는 변호사였다. 동생이든 의뢰인이든 그녀는 엄연하게 의뢰받은 변호인으로서 법적인 절차를 통해 협의해 선처를 받아 내야 했다.

고민하는 자신의 표정이 비치는 눈을 바라보는 것이 이렇게나 곤혹스러운 일일 줄은 몰랐다.

침을 얼마나 삼켰는지 입 안이 마르는 것 같아 연거푸 커피를 들이켠 그녀는 마침내 결정을 내렸다.

"이사님이 제게 그 제안을 하셨을 땐 기분 좋은 제안이었는데 지금은 거래가 되었네요. 하지만 나쁜 거래로 생각하지는 않을게요. 김세희 학생은 제 동생이니까요. 이사님께서 주신 제안, 받아들일게요."

"절대로 나쁜 거래 아닙니다. 제 제안 받아 주셔서 감사합니다. 그럼 저도 답례를 해 드리도록 하죠."

그녀가 사라진 그의 눈에서 환한 웃음꽃이 피자 그가 전화기를 들었다.

"실장님. 김세희 학생에 대해서 협의 완료됐습니다."

-그럼 선처 협의로 마무리하면 되겠군요.

"네. 그렇게 해 주십시오. 참, 실장님, 다시는 이런 일에 연루되지 않도록 김세희 학생에게 이번 사건에 대해 상세히 설명해 주세요."

-주모자가 과 선배던데 많이 놀라겠군요.

"그렇겠죠. 그러니까 더 조심해야 한다는 걸 인지시켜 줘야 할 거예요. 그리고 기숙사에서 체포되어서 기숙사 생활을 전처럼 할 수 없을 테니 학교와 기숙사에 이번 사건에 대해 공문 준비해 주시고 기숙사 학생 전원에게 간식과 음료를 지원해 주세요."

-간식과 음료는 김세희 학생 이름으로 할까요?

"해피나이츠가 김세희 학생을 통해 기숙사 학생들에게 보내는 선물로 해 주세요. 기숙사 학생들에게 우리 해피나이츠가 좋은 기억이 되기엔 이보다 좋은 계기는 없을 테니까요."

-역시 이사님이시네요. 알겠습니다.

유태리는 다른 세상의 사람이 틀림없었다. 생각지도 못한 배려도 배려였지만 법의 잣대로 집행되어야 할 위중한 사건을 가지고 사업을 하다니, 그녀의 상식에선 절대로 생각해 낼 수 없는 일이었다.

"이 정도면 답례가 되었을까요?"

"넘칠 정도로 과한 답례 너무 고마워요, 이사님."

"고마우시면 밥 한 끼 사 주시죠."

"네?"

"믿으실지 모르겠지만 오늘 어쩐지 허 변호사님과 식사를 함께 할 수 있을 것 같아서 아직 식사 전이거든요."

"세상에… 그럼 빈속에 커피를 마시고 계셨던 거예요? 얼른 일어나세요!"

벌떡 자리에서 일어난 선우는 태리의 손에서 커피잔을 뺏어 자기 잔과 같이 반납기에 가져다 놓고는 가방을 들고 커피숍을 나갔다.

그런 그녀를 바라보는 태리의 얼굴엔 복잡미묘한 표정이 서렸다.

'여전하구나, 당신은. 그때도 그랬지. 내 몸에 땀띠가 난 걸

봤을 때도 당신은 오직 내 땀띠만 봤었어. 맞아, 그랬어…….'

"엄마! 이 사람 왜 들였어요?"

"너 이 서방 기다렸잖아. 시끄럽게 하지 말고 네 방으로 올라가 이야기해."

"싫어! 이명서 씨 당신 얼굴 보고 싶지 않으니까 얼른 이 집에서 나가요!"

"지수야, 아직도 감정 정리 못 했어? 감정 정리할 시간 충분히 준 것 같은데."

"감정 정리? 내가 왜? 나 당신이랑 헤어진다고 했잖아요……."

한 달 전, 지수가 짐을 싸서 나올 때도 그녀의 남편인 이명서는 지금처럼 무덤덤한 표정을 하고 있었다. 그건 그녀가 화를 내는 이유와 자신은 전혀 무관하다는 뜻이기도 했다.

누구 때문에 자신이 화가 나서 가방을 들고 친정으로 온 것인데 어떻게 저런 얼굴을 할 수 있단 말인가.

그럼에도 언제나처럼 그녀는 말끝을 흐릴 수밖에 없었다.

이탈리아 다비드상의 현신 같은 눈부신 외모에 집을 나오기 전 그녀가 생일 선물로 준 명품 슈트를 걸친 그를 어떤 여자가 외면할 수 있을까.

"나보고 죽을 때까지 혼자 살라고? 알잖아. 나에게 여자는 평생 너 하나뿐이라는 거. 네가 바라는 게 정말 나랑 헤어지는 거야?"

"내가 또 거짓말에 넘어갈 것 같아요? 나뿐이 아니라 당신한테는 여자뿐이잖아요."

"내 업무 80%가 여자들과 관련되어서 그런 거잖아. 네가 본 그 여자도 뷰티사업부에서 신제품 테스트 실험 완료한 모델이라서 확인차 만난 거야."

알고 있었다. 국내 굴지의 미용 생활 건강 전문 기업 KH의 미용사업부 담당 기획 마케팅 본부장인 남편이기에 여자들과의 교류가 많을 수밖에 없다는 건. 하지만 그렇다고 테스트 완료한 모델과 키스까지 하는 걸 어떻게 이해하란 말인가.

그의 회사 근처에서 일을 마쳤기에 함께 퇴근하려고 그의 사무실로 갔다가 그녀는 남편과 모르는 여자가 키스하고 있는 것을 보게 되었다.

결혼 전이나 결혼 후에도 업무 때문에 어쩔 수 없이 여자들과 얽히는 일이 많다는 말을 수도 없이 들었기에 눈감아 준 것이 한두 번이 아니었다. 아니, 눈감아 줄 수 있었던 건 최소한 이번처럼 키스하는 걸 본 적은 없어서였다.

"그 확인은 키스하면서 하는 건가 보죠?"

"그건 정말 오해야, 지수야. 내가 당한 거야. 그 모델이 키스한 거야. 내가 그 여자 떼어 내려고 얼마나 애쓴 줄 알아?"

"그게요? 내 눈엔 더 끌어안으려 했던 것 같던데요?"

"아니라니까! 그 상태에선 내가 힘을 쓸 수가 없다고. 내가 만일 힘줘서 그 여잘 밀치면 어떻게 되는 줄 알잖아. 그 여자가 나를 성추행범으로 몰면 어떡하라고?"

"듣기 싫어요. 이제 그런 변명 듣기 싫으니까 나가요. 나가란 말이에요."

그날을 떠올리자 지수의 가슴에 자리했던 분노에 불이 붙어 버렸다.

"네가 그렇게 못 믿겠다면 할 수 없지. 그래, 우리 헤어지자. 네가 변호사니 서류 준비되면 보내 줘. 네가 원하는 대로 다 해 줄게. 아니다, 지금 내가 하는 말 녹음해라, 지수야. 네가 서류 보내도 난 못 받을지 몰라. 너랑 헤어지면 사는 데 무슨 의미가 있어 내가 살겠니."

"명서 씨……."

"자, 빨리 녹음해. 못 하겠니? 그럼 내가 하지, 뭐."

이명서는 슈트 재킷 주머니에서 휴대폰을 꺼내 녹음 기능 버튼을 눌러 입가로 휴대폰을 가져갔다.

"나 이명서는 2019년 3월 19일 박지수와 이혼하는 것에 협의한다."

"명서 씨, 그만해요!"

이명서의 손에 들린 휴대폰을 빼앗은 지수는 순식간에 눈물범벅이 되어 있었다.

"휴대폰 줘. 네가 원하는 대로 다 해 주겠다고 했잖아."

"안 돼요. 나도 당신 없으면 안 된단 말이에요!"

"지수야……."

이혼이니 뭐니 하는 말은 순식간에 사라지고 명서의 품에 안긴 지수는 두 팔을 올려 명서의 목을 껴안았다.

"당신을 내가 얼마나 사랑하는데… 내가 당신을 얼마나 기다렸는지 알아요?"

"미안해, 지수야. 나는 네가 나갈 때 바로 잡고 싶었어. 그런데 네가 너무 화가 난 것 같아서 잡을 수가 없었어, 지수야……."

"명서 씨……."

서로를 으스러지도록 부둥켜안은 몸처럼 두 입술이 격렬하게 겹쳐지며 주변을 잊은 듯 키스를 나누었다.

"지금 뭐 하는 짓들이야!"

"아버지, 할아버지……."

"헉! 아버님, 할아버님……."

놀라 입술을 뗀 두 사람은 그제야 이 집이 자신들의 집이 아닌 지수의 할아버지인 박규식의 집 거실인 것을 깨달았다.

"쯧쯧, 철없는 것들 같으니라고. 여기가 어딘 줄 알고."

"할아버님, 죄송합니다. 지수를 너무 오랜만에 만나다 보니 이성을 잃었습니다."

누구에게나 당당한 이명서지만 눈앞의 두 사람, 특히 지수의 조부인 박규식 앞에서만큼은 얼굴을 제대로 들지 못했다.

"아버님, 오셨어요. 당신은 어떻게 아버님이랑 같이 왔어요?"

"아버지랑 같이 퇴근했어."

"저녁 준비 다 됐으니 옷 갈아입으시고 오세요. 오늘은 이 서방이 와서 반주도 준비했어요, 아버님."

"난 오늘 저녁 됐다. 그리고 박 총장 자네 분가하게나."

"아버님, 무슨 말씀이세요. 왜 저희가……."

팔순에 들어섰지만 박규식은 육십 대인 아들 박우철과 비슷한 연배로 보일 정도로 정정했고 현역 시절 법조계의 호랑이였던 때처럼 여전히 날카롭고 무서운 기운을 내뿜고 있었다.

"이 집에서 이런 천박한 짓거리가 내 눈에 보였다는 건, 집안이 혼탁해졌다는 거야. 그러니 환기를 시켜야지. 성인 딸이 남편과 못 살겠다고 가방 싸 들고 온 게 벌써 몇 번째인가. 그리고 오늘 이 짓거리는 또 몇 번째냐 말이야."

"할아버지, 죄송해요."

"네가 죄송할 게 뭐 있어. 이 집에 네 부모가 없었으면 안 봤을 건데 말이야. 아무튼 두 말 않겠네. 박 총장, 분가해서 자네 가정은 자네 집에서들 꾸려 나가게나."

"아버님, 이제 와서 분가라뇨. 아버님 혼자 어떻게 사시려고요. 저희가 남인가요. 지수 아빠는 아버님 유일한 자식이에요. 하나뿐인 자식이 분가하면 밖에서 뭐라 하겠어요."

지수의 모친인 이숙경은 시아버지의 말을 절대로 받아들일 수 없었다. 이날 이때까지 분가하지 않은 이유가 뭔데. 이제 와 웬 분가란 말인가.

대대로 유서 깊은 가문의 외며느리 자리가 쉬운 자리는 아니었지만 삼청동 포도청으로 불리는 집안의 며느리는 숭앙받는 자리이기도 했다. 정재계 사건이 발생하면 그녀의 전화는 시아버지와 남편보다 불이 날 정도로 울렸다. 그럴 때면 정재계 여자들은 그녀를 가장 먼저 찾았다.

하루 이틀도 아니고 삼십 년 넘게 삼청동 부부인 마님으로서 살았는데 떠나라니. 이 동네에 살고 싶어도 자신들이 가진 재산으로는 꿈도 못 꿀 동네가 바로 이곳이었다.

"아버지, 애들이 실수한 걸 가지고 분가라뇨. 이제 와서 저희 분가하면 사람들 입방아에 오를 텐데 아버지 그런 거 싫어하시잖아요."

"입방아에는 이미 오를 만큼 올랐어. 지수가 가방 들고 온 게 한두 번도 아니고 말이야. 사람들 입에 오르고 내리는 거 싫어한다는 걸 아는 사람이 지수 받아 줬나? 처음부터 안 받아 줬으면 됐을 거 아닌가."

"아버님, 어떻게 집에 온 자식을 내쳐요. 다시는 이런 일 없을 테니까 제발 노여움 푸세요, 아버님."

"그러니까 자네들 집에서 받아 주라는 거네. 아무리 지수가 내 핏줄이라도 자식이 아니니 관여 안 했네만, 지수가 하루가 멀다 하고 가방 싸서 오는 건 자네들한테도 문제가 있는 거야. 그러니 여러 말 말고 분가해."

"할아버지, 제가 선우였다면 안 그러셨을 거잖아요."

"지수야!"

지수의 입에서 거론해서는 안 될 이름이 나오자 순간 박우철 내외는 지수를 나무랐지만 지수에겐 이미 엎질러진 물이었다.

남편의 여자 문제로 화가 나 번번이 짐 싸서 집으로 온 건 솔직히 자신의 잘못이었다. 하지만 그녀가 올 때마다 할아버지는 살갑게 그녀를 맞아 준 적이 한 번도 없었다. 아니, 무관심 자체였다.

차라리 지금처럼 혼을 내든 하셨으면 그게 무서워서라도 집이 아닌 호텔이나 모텔로 갔을 텐데 할아버지는 말 한마디 없으셨다. 하물며 장심원 안에서조차도 말이다.

"선우였으면 혼만 내시고 말으셨을 거 아녜요. 할아버지는 왜 저에게만 냉혹하세요. 저 하나만 혼내시면 되지, 왜 아버지, 어머니한테까지 화내시는 건데요?"

"나는 지금 네가 하는 말의 진의를 모르겠구나. 설마 너 변론할 때도 이런 식으로 하는 건 아니겠지?"

박규식은 제 남편처럼 자신을 똑바로 바라보지 못하는 손녀를 보며 한숨을 내쉬었다.

"할아버지는 저 때문에 선우가 나갔다고 생각하시잖아요. 6년 전 그때도 할아버지는 제 편을 들어주시지도 않았고요."

"그날에 대해선 난 너와 네 엄마 말만 들은 게 다다. 네 남편으로부터 그날 일에 대한 전말을 들어 본 적도 없고 선우도 내게 한마디도 하지 않았었다."

"현장에서 본 그대로를 말했는데 할아버지는 아무 말씀도 안 하셨잖아요."

"왜 그런 일이 벌어졌는지에 대해서도 말해 줬니? 어멈 너도 말이다."

"그건……."

"할아버님, 말씀 중에 끼어들어서 죄송합니다. 그날은 선우 씨가 제게 마음이 있다면서 술을 너무 마셔서 그런 일이 벌어진 겁니다."

"참 이상하구나. 6년 전에 들었어야 할 말을 이제야 듣게 되다니 말이다. 그런데 지수야, 내가 한 가지 물어보자. 지금 네 남편이 한 말을 선우가 인정했니?"

"그건……. 하지만 할아버지, 저랑 엄마가 두 눈으로 봤다고요. 침대에 속옷만 입은 선우랑 이 사람이 있는 걸요."

"그러니까 네 말은, 선우는 죄를 지은 것이고 선우에게 넘어간 네 남편은 죄가 없다?"

"우리 명서 씨는 착해서 선우를 거부할 수가 없었던 거라고요."

"허허허……. 지수 네가 왜 백전백패하는지를 이젠 확실히 알겠구나. 네 부모는 분가하는 게 맞고, 너는 로스쿨을 다시 다녀야 할 것 같다."

"너무하세요, 할아버지!"

"술 취한 여자가 고백한다고 침대에 들어가는 가벼운 남자란 걸 알면서도 결혼한 것도 너고 짐 싸서 나온 이유가 모두 여자 때문이었는데도 다시 돌아가는 것도 너인데 뭐가 너무하다는 거냐."

지금처럼 냉정한 박규식을 본 적 없는 지수와 박우철 내외였다.

밖에서는 몰라도 집안에서의 박규식은 여느 집에나 있는 자상하고 멋진 할아버지였고 아버지였다. 그런 그가 법정에라도 선 듯 지수를 단죄하는 것 같자 박씨 집안 가족사에서 유일한 타인인 이명서는 오금이 저릴 정도였다.

"아버지, 죄송합니다. 제가 지수를 잘못 키웠습니다. 외동딸이라고 너무 오냐오냐 키운 것 같습니다. 오늘 단단히 짐 싸서 나오는 버릇을 단단히 고쳐 놓을 테니 제발 노여움 푸십시오."

"자식 버릇 고치는 건 어릴 때나 하는 것이지 서른 넘으면 스스로 깨달아야 하는 게야."

"할아버지, 선우가 화인 법무팀 간 거 들으셔서 저한테 더 그러시는 거죠? 그렇잖아요. 전에는 제가 오든 가든 아무 말도 안 하셔 놓고 오늘 이러시는 거 다 선우 때문이잖아요."

"박지수, 너 그만 못 하니?"

이숙경이 더는 안 되겠는지 지수의 등을 치며 나무랐다.

"싫어요! 제가 뭘 그렇게 잘못했는데요. 내 친구들은 나보다 더 친정에 자주 간대요. 선우가 왔으면 안 그러셨겠죠. 할아버지한테는 선우만 손녀잖아요!"

"……."

제 부모도 남편도 아랑곳하지 않은 채 제 분을 참지 못해 말을 쏟아 내는 지수를 박규식은 제지하지 않은 채 그저 말없이 바라만 보았다.

"지수야, 그만해. 가자, 우리. 너 이러면 안 돼. 할아버님 앞에서 이게 무슨 꼴이야."

"가지 말래도 갈 거야. 할아버지, 저 다시는 안 올 거예요. 장심원에도 안 나갈 거고요. 선우 소식에 할아버지가 이 정돈데 장심원 직원들은 어떻겠어요? 저 다시는 안 와요!"

예기치 않은 허리케인에 소란했던 집 안에 정적만 남게 되는 데는 불과 십 분도 채 걸리지 않았다. 집을 뛰쳐나가는 지수 뒤를 이명서가 바로 뒤쫓아 나가자 이숙경이 또 그 뒤를 쫓아 나갔다. 집 안이 조용해지자 박우철이 박규식 앞에서 고개를 숙였다.

"제가 정말 자식을 잘못 키웠네요. 죄송해요, 아버지."

"어디 자네 탓만 있겠나. 지수가 저리 곪은 건 아무래도 내 탓 같구만. 자네도 피곤할 테니 얼른 저녁 먹고 쉬어야지."

"아버지, 저희 분가는……."

"번복 없네. 자네 가족 편하고 자유롭게 살 수 있는 집 잘 찾아보게. 나야말로 피곤해서 쉬어야겠어."

"네, 아버지."

2층으로 올라가는 부친을 더는 잡지 못한 박우철의 안색이 급격히 어두워졌다. 태어나 군대 갈 때만 제외하곤 떠나 본 적 없는 집이었다. 결혼할 때 양친은 그에게 분가해서 네 가정을 꾸려서 살라고 하셨지만 경찰대를 졸업해 갓 경위가 된 그에게 허락된 집은 소형 아파트 전세였다.

그의 집안은 청렴결백이 가풍이 집안이었다. 오직 정도만 보고 걸어오신 조상님들의 내력 때문인지 부친조차도 나라에서 주는 월급 외엔 단 십 원도 챙겨 본 적 없는 분이신데 집안에 무슨 돈이 있겠는가.

대대손손 내려오면서 고쳐지고 가꿔진 200여 평의 이 집은 종친회에서 관리해 주고 있어 유지하는 것이지 부친의 자산으로는 택도 없는 집이었다. 그러니까 그는 적은 공무원 월급으로 아등바등하며 살기 싫어 분가하지 않은 것이었다.

그런데 이제 와 분가라니. 집에 오기 전까지만 해도 보였던 내일이 갑자기 안개에 가려 사라지고 눈앞이 깜깜해지는 것만 같았다.

'휴우… 어쩌나. 한 번 뱉은 말은 절대로 주워 담지 않는 분인데……. 김재명을 만나야 하나.'

2층으로 올라온 박규식이 문 열고 들어온 방은 그의 방이 아니었다. 스위치를 켜자 밝아진 방 안 책상 위에 선우와 그의 아내 그리고 그가 함께 찍은 사진이 든 액자가 있었다.

책상 앞으로 간 그는 액자를 들어 손으로 액자를 닦았다.

'선우야, 너의 그 또릿또릿한 입은 왜 아무 말도 안 한 게야. 나는 이제나저제나 네가 말해 주기를 기다리고 있었는데 어째서 한마디도 안 한 게야. 선우야, 이 무심한 것아. 어째서······.'

선우의 화인 법무팀 입사 소식은 입사와 동시에 그에게 전해졌다. 오랫동안 서울지검에서 그와 한솥밥을 먹었던 후배 정형욱 변호사가 선우의 입사 소식을 바로 알려 준 것이다.

불미스러운 일이 벌어졌다 해도 가족이기에 품을 수 있는 것인데 오랫동안 친손녀처럼 키우고 함께 생활했던 선우는 6년 전 변명 한마디 없이 집을 나갔고 장심원에는 사직서를 냈다. 처음엔 자신만 친손녀처럼 생각했었나 싶어 선우가 괘씸해 어지러운 마음을 잡느라 곤욕을 치렀었다.

'헛으로 나이를 먹었던 거지. 그렇지 않고서야 어떻게 핏줄만 챙겨. 선우 나간 걸 누굴 탓해. 제가 나가게 해 놓고 말이야.'

사진을 쓰다듬고 쓰다듬는 박규식의 손등 위로 뚝뚝 눈물방울이 떨어졌다.

'할아버지. 저는요, 할아버지 십 분의 일만 닮을 거예요.'

'아니, 반도 아니고 십 분의 일만?'

'네. 할아버진 너무 훌륭해서 제가 도저히 못 따라갈 것 같아요.

그런데 제가 포기하면 할아버지가 절 가르쳐 주신 게 헛수고가 되잖아요. 그러니까 저는 할아버지 십 분의 일이라도 닮도록 노력할 거예요.'

'그래? 그럼 넌 언제 내 십 분의 일을 닮을 것 같으냐?'

'음⋯⋯. 제가 서른 살 때쯤?'

'그렇게나 오래 걸린다고?'

'닮으려면 제대로 닮아야 하잖아요. 제가 법대 가서 시험 보고 검사되어서도 판사는 되어야 할아버지 십 분의 일을 닮을 것 같은데, 그 정도 되려면 서른 살은 되어야 하잖아요.'

'그렇구나. 그럼 할아버지는 우리 선우가 판사가 되었을 때 나를 닮았는지 볼 수 있겠구나. 그런데 선우야.'

'네?'

'할아버지는 너보다 나를 닮은 사람은 본 적이 없단다.'

'정말요?'

'할아버지는 거짓말 모른다고 했지? 정말로 너만 이 할아버지를 닮았단다.'

선우는 거짓말할 필요가 없게 만들던 아이였다. 또래 아이들보다 영특한 것도 있었지만 정직했고 무엇보다 도덕을 중요시한 아이였다.

그런 아이에게 어떻게 거짓말을 할 수 있었겠는가. 선우를 키우면서 한때는 왜 이 아이가 자신이 핏줄이 아닌지 하늘도 무심하다며 아내에게 한탄을 한 적이 있었다. 하나뿐인 아들이나 손녀인 지수보다 그를 닮은 아이였다.

'저는 허선우예요.'

그를 보며 제 이름을 말하던 선우를 잊어 본 적 없었던 그가 왜 그날은 선우를 지우고 지수만을 본 것일까. 아직도 27년 전 제 이름은 허선우라고 말하던 그 날이 바로 어제 같은데 말이다.

화인그룹 후계자 납치 사건은 결코 작은 사건이 아니었다. 절대로 공표되어서도 안 되었던 그 사건이 두 달 가까이 되어 가는 사이, 서울에서 납치된 아이가 경기도 안산에서 구출되었다. 구출되었다는 소식에 바로 안산 경찰서로 가 담당자들로부터 상세한 이야기를 듣고 나오던 그의 걸음을 멈추게 하는 사건이 벌어졌다.

중년의 여성이 기절을 하고 여성 주변에 있던 사람들은 놀라 소리를 질렀다. 무슨 일인가 싶어 가니 그조차 경악할 모습으로 어린 여자아이가 의자에 앉아 있었다. 그 아이가 선우였다.

정보원으로부터 화인의 후계자를 납치한 인물이 문병호라는 사실을 알아냈지만 아이까지 함께 있을지 몰라 전전긍긍했던 형사들에게 단비 같은 소식을 전해 주었다는 112 신고 전화의 주인공이기도 했다.

아픔이 상상을 초월했을 텐데도 고아원 기부를 끊을 거라는 문병호의 협박에 아무 말도 못 한 채 담뱃불 고문을 당했다. 그럼에도 움츠림 하나 없이 또렷이 그에게 제 이름을 말하던 아이는 그의 손녀가 되었다.

그에게 있어 허선우의 할아버지란 타이틀은 자랑이었다. 의사들조차 혀를 내두를 정도로 아픔을 참아 가며 치료를 받는 선우는 그의 자랑이었다. 또 부조리한 사건엔 의뢰하지 않았는데도 제가 먼저 피해자를 찾아가 무보수로 변호를 해 주는 선우도 그의 자랑이었다.

'선우야, 나한테 너는 모든 것이 자랑이었단다. 그런 너인데 왜 아무 말도 안 하고 나간 거니. 응?'

그렇게 박규식은 사진을 쓰다듬으며 선우와 대면하게 될 날이 오기를 기도했다.

화인그룹 법무팀은 국내 유수의 기업들이 탐내는 최고의 법무팀으로 유명한 곳이었다. 그 화인의 주요 사업인 엔터테인먼트 사업이 국내 한정 사업이 아닌 세계적 사업인 탓에 계약 관리 분쟁이 끊이질 않는데, 그 모든 분쟁을 승리로 이끌어 내서였다.

이런 화인에 첫 출근하기 위해 선우는 실내 주차장이 아닌 실외 주차장에 차를 세웠다.

일개 변호사일 뿐인 그녀에 대한 기사가 SNS를 며칠 전부터 뜨겁게 달군 탓에 기자들이 문전성시를 이루고 있어서였다.

'인권 변호사 허선우의 실체를 밝힌다'라는 제목으로 시작된 유튜브 방송에서는 그녀를 고액의 수임료를 받고 있으며 남자 의뢰인들을 유혹해 가정을 파탄 내는 악덕 변호사라고 했다.

그녀를 지탄한 유튜버는 화인의 아이돌 그룹 열성 팬으로서 그룹에 먹칠할 것이 뻔한 허선우 변호사의 퇴사를 촉구했다.

유튜버는 매일같이 그녀의 사퇴를 촉구하는 것과 동시에 그녀가 승소한 사건들을 모두 가짜라고 방송했다. 유튜버 방송을 접한 우리집 동생들과 주변 사람들이 유튜버를 고발하라고 했지만 그녀는 출근하기 전인 어제까지 그 방송을 유심히 보았었다.

그렇게 그 방송을 모두 보고 내린 그녀의 결론은 정상 출근이었다. 화인의 출근 선물이라며 해피나이츠의 앤디가 보내온 베이지색 바바리 코트를 걸치고 가방을 든 그녀는 누가 봐도 특이할 것 하나 없는 극히 평범한 삼십 대 여성이었다. 굳이 특이 사항을 찾자고 한다면 오늘 그녀가 낀 장갑의 색상이 하얀색이라는 것이었다.

그녀를 보고 달려오는 사람들이 모두 기자는 아니었다. 기자들 속에 섞인 유튜버들을 보면서도 그녀는 걸음을 멈추지 않고 정문을 향해 걸었다.

유튜브 방송에서 나온 내용을 가지고 사람들이 질문을 폭포수처럼 쏟아 냈다.

"이양희 성폭행 사건 가해자로부터 10억을 받았다는 게 사실입니까?"

"영재 기업 최성훈 본부장의 부인이 불륜 때문에 자살하신 것에 가책 안 느끼십니까?"

"당신 같은 여자는 없어져야 해!"

"너 같은 X은 변호사 자격도 없어!"

칼을 품은 말들에도 흐트러짐 하나 없던 그녀가 정문 앞에서 걸음을 멈추고는 들고 있던 가방에서 뭔가를 꺼냈다.

"여러분들이 제게 궁금하신 게 많으신 것 같은데, 오늘 첫 출근인데 지각할 순 없잖아요. 그래서 제 명함을 드리니 여러분들의 궁금증을 메일로 보내 주세요."

그녀가 꺼낸 건 명함이 들어 있는 플라스틱 박스였다. 한 장 한 장 그녀는 웃으며 사람들에게 건네주었다.

"여러분. 전 SNS 계정이 없습니다. 그리고 모르는 분들의 전화는 스팸으로 전환되니 번거로우시겠지만 소속과 연락처를 기재하셔서 메일로 보내 주세요. 메일 보내 주신 분들에 대해선 제가 휴대폰에 저장해 두겠습니다."

놀라는 사람들을 뒤로하고 그녀는 문을 열고 빌딩 안으로 들어갔다. 변명 한마디 없었고 화를 돋우려 한 욕설에는 반

응조차 하지 않는 것에 정말 대단한 여자구나 했던 사람들이었다. 그런데 요즘 같은 세상에 명함을 주는 그녀로 인해 사람들은 바로 전의를 상실하고 말았다.

빌딩 정문 안으로 들어오자 앤디가 뛰어오며 두 팔 벌려 그녀를 안아 주었다.
"와우! 역시 우리 변호사님이셔. 정말 대단하세요."
"앤디 씨, 이러지 마요. 아직 밖에 기자들 있어요."
"보라고 하세요. 인터뷰 요청 오면 당당하게 말해 주면 되죠, 뭐."
"당당한 건 좋은데 앤디 군, 회사 입장도 좀 생각해 주지."
"우리도 생각해 주고 말이야. 앤디야."
앤디 뒤에서 태리와 해피나이츠 멤버들은 그녀를 웃으며 맞아 주었지만 앤디를 향해선 가볍게 꿀밤을 연타로 먹였다.
"안녕하세요. 첫 출근부터 소란 피워 미안해요."
"소란은 앤디가 피우는 것 같은데요. 어서 오세요, 허선우 변호사님. 변호사님의 첫 출근을 진심으로 환영합니다."
태리의 눈부신 미소를 보며 그녀는 유태리라는 남자가 참 많은 얼굴을 하고 있음을 새삼 깨달았다. 장소에 따라 다른 얼굴을 하는 그는 영락없는 인간 카멜레온이었다.
기자들이 아직 떠나지 않았는지 정문 유리창 밖에서 카메라 플래시가 정신없이 터지는 게 엘리베이터에 비치고 대리

석 바닥에 비쳤다.

해피나이츠가 연예인 전용 엘리베이터를 타러 가자 태리는 임원용 엘리베이터를 타고 그녀를 빌딩 15층 전 층을 사용하고 있는 법무팀으로 안내했다.

엘리베이터에서 내리는 두 사람을 맞이한 건 그녀가 지난번 경찰서에서 만난 이지후 실장이었다.

"어서 오세요, 허선우 변호사님."

"안녕하세요, 실장님. 맞아 주셔서 감사해요."

"허 변호사님 오신다고 법무팀 식구들 모두 기다리고 있으니 들어가시죠."

이 실장을 따라 들어간 화인 법무팀 내부는 장심원보다 크고 넓은 로펌 사무실 그 자체였다. 다른 게 있다면 변호사 명패가 붙어 있는 로펌 사무실과 달리 화인 법무팀의 사무실들엔 부서 명패가 붙어 있었다.

"여기 식구들이 오늘처럼 회사에 모두 출근하는 일인 거의 없는데 허 변호사님 본다고 이렇게 다 모였으니 인사들 나누시죠."

이 실장이 부서 사무실들을 지나 도착한 곳은 대형 회의실이었다. 회의실 안에는 백여 명에 달하는 사람들이 있었고 그녀를 본 사람들은 일제히 그녀를 큰 목소리로 그녀를 맞아 주었다.

이지후 실장처럼 선후배 관계인 사람들이 많은 사람 중에 있었다. 장심원 변호사로서 6년 전까지 법원과 검찰청을 들락거리며 안면을 익힌 사람들까지 있어 그녀는 마치 동창회에 온 기분마저 들었다.

"저조차도 얼굴 한번 보기가 힘든 분들이 허 변호사님 온다고 이렇게 모인 걸 보니까 좀 서운한데요."

"대표님. 그게……."

"알아요, 이 실장님. 허 변호사님이 밖의 소란을 어떻게 대처하는지 궁금해서 모였다는 거 잘 알지요. 그래야 가십의 왕국 우리 화인 식구 아니겠어요."

제대로 정곡을 찔렀지만 유태리의 말에 직원들은 큰 웃음으로 답해 주었다.

"그런데 여러분들의 기대에 허 변호사님이 제대로 부응해 주셨나요?"

"최곱니다."

"지금 허 변호사님 때문에 SNS 뒤집어졌어요, 대표님!"

"대표님, 저희 명함도 허 변호사님 거와 같은 걸로 다시 만들어 주십시오."

이토록 유쾌한 환영 인사가 또 있을까. 유튜브 방송이 모두 거짓이라 해도 6년 전 장심원을 떠난 이유가 같이 자란 박지수의 남자를 빼앗으려 했기 때문이라는 게 변호사 업계에 진실처럼 자리 잡은 지는 꽤 오래되었다.

그럼에도 화인의 법무팀이 그녀를 이토록 환영하는 건 장심원을 떠난 그녀가 보여 준 행적들 때문이었다.

인권 사각지대에 놓인 사람들을 위한 무료 법률 상담 및 변호 지원을 시작부터 끝까지 책임져서 많은 사람을 구제해 줘 매일같이 업계에 회자되었다.

설마 정말 무료겠냐며 의심했던 사람들도 있었지만 받아 낸 손해배상액에서 단 1원도 받지 않았음을 각계의 의뢰인들이 감사하다며 알려 왔었다.

이에 많은 기자가 그녀를 인터뷰하려 했지만 그녀는 모든 인터뷰를 사양했다. 이로써 6년 전 사건은 어느새 지워진 채 그녀에 대한 선망은 애드벌룬이 된 상태였다.

그런 그녀가 화인에 입사한다는 소식과 동시에 불미스러운 유튜브 방송 사건이 벌어지자 화인 법무팀 직원들은 아무런 의견도 내지 않은 채 그녀가 어떻게 일파만파로 커진 사건을 어떻게 처리할 것인지만을 지켜보고 있었다.

그런데 명함이라니. 생각지도 못한 정면 돌파에 사람들은 그저 감탄만 할 뿐이었다.

격한 환영 인사를 받은 그녀가 최종적으로 안내받은 곳은 다른 사무실 명패와 달리 그녀의 이름이 붙어 있는 사무실이었다.

"왜 제 사무실만 명패가 다른가요? 저도 부서에 속해야 하지 않나요?"

"허 변호사님 자체가 부서거든요."

"그 말 너무 무섭네요."

"진짜 무서워해야 할 건 사무실 안에 있으니 들어가시죠. 이 실장님, 지금부터는 제가 허 변호사님과 미팅을 좀 하겠습니다."

"네. 대표님."

문을 열고 들어선 사무실은 정말 무서운 곳이었다. 대체 어떻게 근무를 하라고 식물원 카페를 만들어 놨단 말인가.

"허 변호사님 팬들이 엄청 많더군요. 입사 소식을 들은 분들이 보내온 것들이에요. 개업을 하셨으면 금전수가 많았을 텐데 다들 행운목과 행복나무를 보내셨더라고요. 어때요. 행운과 행복이 넘치는 것 같지 않나요?"

"어떻게……. 이런 거 받으면 안 되는데… 어쩌죠?"

"어쩌긴 뭘 어째요. 받은 행운이랑 행복 마음껏 누리면 되죠. 자아, 이제 우리 따뜻한 차 한 잔 마셔 볼까요? 차! 차는 내가 준비할게요. 잠깐만 앉아 계세요."

사무실 곳곳에 비치된 행운목과 행복나무 화분들 사이 길고 커다란 나무 테이블과 의자는 영락없는 식물원 카페였다. 그리고 카페 같은 모습을 정면으로 바라보는 자리에 그녀의 책상과 의자가 자리하고 있었다.

평온하고 안락해 보이는 사무실이었지만 그녀는 병원 치료실 같고 어린이 병동을 떠올리게 만드는 지금 이 모습이 너무 부담스럽게 느껴지고 있었다.

'태리야, 너는 괜찮니? 기억 장애를 입었다면서 이런 분위기 괜찮은 거야?'

화상 치료를 받으면서 그녀는 심리상담도 많이 받았었다. 할아버지의 수양손녀가 되었지만 그녀는 웃을 수가 없었다. 처음엔 모두 같은 얼굴을 하고 있었던 걸 잊지 않아서였다.

그녀의 상처를 치료해 주고 걱정해 주는 얼굴들이 언제 어느 때 현숙이처럼 변할지 몰라서였다. 그래서 잠을 제대로 못 잤고 아픈 치료에도 참고 또 참았었다.

그런데 반년이 지나고 일 년이 지났는데도 처음 그대로인 할아버지와 할머니를 보곤 그제야 그녀는 울 수 있었고 잠을 잘 수 있게 되었다.

얼어 있던 마음이 녹고 긴장이 풀리니 생각지도 못한 불청객이 찾아왔다. 그 불청객 때문에 그녀는 정신과에서 치료를 받게 되었다. 몇 시간 동안 팔과 다리 화상 치료를 받으면 이어서 정신과 치료실을 가야 했었다.

그녀의 팔과 다리가 입은 화상은 치료만으로 되는 것이 아니었다. 염증 치료가 끝나고 시간이 지나면 피부 이식 수술을 해야 했다. 어린이 병동과 정신과 상담 치료실에서 그녀는 예쁜 꽃들과 어린 새싹 그리고 나뭇잎들을 참 많이 봤었다.

마음을 평온하게 해 주는 연두색, 초록색이 싫은 건 아니었다. 다만 그때를 떠올리게 만드는 게 싫을 뿐이었다.

"자아. 차가 왔습니다, 차."

태리가 그녀 앞에 내려놓은 하얀 머그잔엔 박하 향이 나는 노란 차가 가득 담겨져 있었다.

"박하 향이 참 좋네요."

"제가 좋아하는 유칼립투스 차예요. 변호사님은 어떤 차를 좋아하세요?"

"전 재스민 차요."

"취향이 비슷하니까 기분 좋은데요. 머리 아플 때 마시면 좋아서 마시게 됐죠."

"존경하는 분이 이 차를 즐기시거든요. 그래서 저도 닮아 보려고 마시기 시작했는데 이제는 습관이 되었어요."

"허 변호사님이 존경하는 분이라, 어떤 분이신지."

"제가 입에 올릴 분이 아니라서요. 그런데 이사님, 아니 대표님, 이 사무실에서 저 혼자 근무하는 건가요?"

"대답 전에 먼저 한 가지 정리하고 하죠. 저랑 한 살 차인데 공식적인 직함은 사람들 있을 때만 붙이고 이렇게 있을 땐 이름으로 불렀으면 하는데 어떠세요?"

"네?"

"그렇다고 한 살 차이 가지고 제가 누나라 부르고 싶지 않고요. 전 선우 씨라고 부르고 싶거든요."

"그래도 상사이신데 어떻게… 그건 좀 아닌 것 같아요, 대표님."

"그럼 제가 선우 씨라 부르는 건요."

일곱 살 아이가 누나라 불렀던 기억을 뛰어넘어야 하는 걸까. 이곳이 어딘지를 되새김질하며 거절의 말을 혀 위에 올렸다. 그런데 잔뜩 힘을 준 얼굴을 눈앞에 들이민 태리로 인해 그녀는 웃음을 터트리며 마지못해 고개를 끄덕였다.

"필요한 인력은 충분히 지원해 줄 테니 언제든 요청만 하세요. 다른 분들도 그렇게 팀을 꾸린 거예요."

"네. 그럼 제가 이곳에서 해야 할 일들 먼저 살펴봐야겠네요. 이 실장님께 물어보면 되겠죠?"

"첫날부터 일을 하시려고 하다니. 그건 힘들겠는데요. 선우 씨와의 상견례를 기다리는 분이 계시거든요."

"혹시 사모님이세요?"

"아니, 그걸 어떻게? 힌트도 안 드렸는데."

"저 하나를 데려오기 위해 대표님이 하신 일들은 회사 명예를 작든 크든 실추시킨 거잖아요."

붙잡힌 세희의 과 선배의 말에 의하면 아르바이트생들 중 가장 일을 잘한 학생은 세희였다. 그 말은 세희가 가져온 것들이 범죄와 가장 많이 연루되었다는 뜻이기도 했다. 그런 세희를 그는 무죄 방면시켰다.

세희의 과 선배가 벌인 사건은 결코 작은 사건이 아니어서 지금도 연루된 사람들을 조사 중이었다. 그 정도로 큰 사건인데 화인의 총수가 모를 수가 있겠는가. 게다가 무죄 방면된 학생의 변호인이자 추문에 휩싸인 변호사가 외부에서도 알아주는 화인 법무팀에 입사한다니 얼마나 궁금하겠는가.

"그런 의미로 하는 상견례는 아니에요. 전부터 장심원의 에이스인 허선우 변호사에 대해 궁금해하셨거든요."

"마음 편하라고 해 주신 말 치곤 너무 과하네요. 장심원에서 전 에이스인 적 없어요."

그는 춘천에서 만날 때부터 느꼈던 것을 또다시 느끼게 되었다. 선우는 유난히 겸손이 과한 여자였다.

재회하기 전부터 솔직히 그녀는 정재계에서 탐내던 인재였었다. 박규식 대법원장의 손녀라는 타이틀 때문이 아니라 그녀의 뛰어난 능력 때문이었다.

천재가 아니고선 할 수 없는 짓을 그녀는 해도 너무 많이 했다.

초중고, 대학까지 모두 또래와 같은 절차를 밟은 것이 하나도 없었다. 그건 미국 유명 로스쿨에서도 마찬가지였다. 최상위 성적을 거둬 조기 졸업까지 한 그녀의 선택은 프리랜서 인권 변호사 단체인 민들레였다.

법적 구제에 있어 소외된 사람들을 위해 5년간의 변호 활동을 한 그녀의 다음 선택은 장심원이었다. 대한민국 로펌의 심장이라 불리는 장심원에서 그녀의 활동은 매일 같이 언론과 정재계 호사가들의 입에 올랐었다.

그 정도로 유명 인사였던 그녀가 6년 전 돌연 사라졌을 때 사람들은 그녀가 박규식의 친손녀인 박지수의 약혼자를 유혹한 일로 업계를 떠난 것을 진실로 믿지 않았었다.

얼마든지 상황을 덮거나 변경할 수 있는 능력을 가졌고 그런 배경을 가진 여자가 허선우란 여자여서였다.

그래서 그조차도 그 소문을 한 귀로 듣고 흘렸었는데 막상 만난 허선우란 여자는 수완 좋고 능력 좋은 여자가 아니라 겁먹은 달팽이였다. 많은 풍파를 겪어 세상사 달관한 듯 보이지만 실상 그녀는 안정된 자기만의 공간 속에서만 사는 여자였다.

'당신은 그렇게 조금도 자신을 보여 주지 않으려 했지. 그런데 내 눈엔 보이더라고. 피하고 도망치려고만 하는 당신이 말이야.'

"과한 건 선우 씨의 겸손이죠. 너무 겸손하면 사람들이 질투해요, 선우 씨."

"사실을 너무 곡해하지 말아 주세요, 대표님."

그녀는 최대한 완곡하게 말하곤 찻잔을 들고 탕비실로 들어갔다.

"대표님, 찻물 더 드릴까요?"

"네, 부탁해요."

화제를 돌리려는 빤한 행동을 보는 그의 얼굴에 씁쓸한 표정이 찾아왔다.

'엄마, 누나, 언니 역할 외에는 진짜 초보구나, 당신. 어쩌면 하는 짓마다 아이처럼 다 보이지?'

작품을 진행하는 감독이나 PD의 눈을 가질 이유는 없었지만 그는 명예와 품격을 단번에 잃게 만드는 가장 큰 요인인 여자들의 사냥감이었다.

화인의 후계자인 그에게 있어 사냥은 그의 몫이지 그들의 것이 아니기에 한 치도 용납하지 않았었다.

사냥당하지 않으려 익힌 것이 여자들의 행동이었고 화법이었다. 얼마나 익혔을까. 시간이 흐르니 그들의 행동과 화법이 모두 같은 학교에서 배우고 온 듯 모두 같다는 걸 알게 됐다. 그들의 기술이 능숙하면 할수록 그는 냉정해졌다. 지금 행동을 선우가 아닌 다른 여자가 했다면 그는 귀엽다며 웃어넘겨 줄 터였다.

하지만 선우는 사냥법을 배운 학생이 아니라 그 앞에서 하는 행동은 모두 집으로 숨는 달팽이 같았다.

'순진무구한 여자 같은 당신 행동. 그래, 내 호기심을 잡긴 해. 하지만 난 여자인 당신한텐 관심 없어. 당신과 함께하는 건 어디까지나 당신에 대한 답례일 뿐이야. 그러니까 여자가 되지 마. 난 죽도록 여자가 싫으니까 말이야.'

찻물을 가져와 그의 찻잔과 자신의 찻잔에 따르는 그녀의 장갑 낀 손에 그는 시선을 주며 지그시 입술을 깨물었다.

'김재명, 그동안 행복했지? 자격도 없는 주제에 말이야. 이제 네 고향 지옥으로 가야지.'

"하하하, 정말 대단한 여자야. 우리 은비가 갖고 싶은 이유가 다 있었구나. 은비야, 어떠냐. 더 갖고 싶지?"

"네. 회장님. 너무 갖고 싶어 죽겠어요. 그러니까 빨리 갖다 주세요. 저 이러다 병나요."

"조금만 기다려라, 은비야. 지금 건 맛보기였을 뿐이야. 우리 애들도 저 여자가 어떤 여잔지를 알았으니까 다른 방법을 찾았을 거다. 그러니까 보채지 말고 어서 나를 천국으로 보내 줘야지."

"시간 너무 끌면 회장님 천국은 휴업할 거니까 알아서 하세요."

"그럼 안 되죠, 우리 예쁜 천사님. 최대한 빨리 천사님 앞에 대령해 드리죠."

"좋아요. 그 말 믿고 오늘도 천국으로 모실게요."

말을 끝냄과 동시에 최 회장의 하체로 향한 문은비의 얼굴이 그의 중심을 한껏 품었다.

"헉! 은비야……. 그렇지."

다른 날과 달리 늦은 밤부터 그를 상대하느라 최 회장의 침실에서 잠을 자게 되었다. 몇 시간이나 잤을까. 요란하게 울리는 최 회장의 휴대폰 소리에 일어나니 전화를 받은 최 회장이 TV 화면을 켰다. 그 화면 속에 허선우가 있었다.

그 많은 사람이 에워쌌는데도 한 점의 흐트러짐도 없이 담담하게 가방에서 명함을 꺼내 그들에게 돌렸고 차분하게 그들을 설득했다.

그날 화인 창립 기념 파티에서도 그랬었다. 뜨거웠을 텐데 아무렇지도 않다는 표정으로 파티장을 나가던 그때와 지금 화면 속의 표정이 같았다.

'그 여왕병 못 고쳤구나, 허선우. 정말 다행이야. 누가 네 그 재수 없는 여왕병 고쳐 줬으면 실망했을 텐데 말이야. 내가 고쳐 줄게. 확실하게 철저히 내 발밑에 벌레처럼 기어 다니도록 해 줄게, 선우야.'

어린 날 아버지가 재떨이에 버린 담배의 담뱃불이 꺼지지 않은 것을 보고 그것을 들고 잠든 선우의 팔에 가져가 꺼지도록 지졌을 때 소스라치게 놀라고 아파하던 그때의 모습을 그녀는 빨리 보고 싶었다.

울며 하지 말라고 애원하던 그 모습이 얼마나 행복했는지 그건 아무도 모를 터였다. 그런 희열은 지금까지 느껴 본 적이 없었다. 그건 최 회장과의 섹스에서 느끼는 것과는 전혀 다른 희열이었다.

'선우야, 널 빨리 울리고 싶다.'

예전처럼 선우를 괴롭혀 울리고 싶은 마음은 최 회장의 중심을 만족시키는 문은비의 두 눈을 한껏 미소 짓게 만들었다.

"하악! 은비야! 더, 더……!"

밤새 광란의 몸짓으로 어질러진 침대 위에 다시금 육욕의 향연이 펼쳐지고, 침실 밖 아침 식사를 알리러 온 문병호는 연신 탄식을 하며 주먹 쥔 손으로 제 머리를 연거푸 쳤다.

'병신 같은 새끼. 다 너 때문이야. 문병호, 너 때문이라고. 이 새끼야!'

그의 탄식은 두 시간이 지나서야 밤새도록 한 것도 모자라 아침부터 애비보다 늙은 남자와 질펀하게 정사를 치르고 나오는 딸을 보고 나서야 멈출 수 있었다.

하지만 지금의 탄식도 사치였음을 알기까지가 얼마 남지 않았다는 것을 그는 아직은 알지 못했다.

"어서 와요, 허 변호사."

"안녕하세요, 사모님. 인사드리겠습니다. 허선우라고 합니다."

삼청동에서 아름다운 저택으로 알려진 화인그룹 집안에 들어선 선우를 맞이해 준 여인은 집처럼 아름답고 고운 화인그룹 안주인 정연화였다.

"내 전화 받고 놀랐죠?"

"네, 조금요."

"이리 와 앉아요. 허 변호사는 어떤 차를 좋아하나요?"

"가리는 건 없지만 주로 허브차를 마시고 있어요."

"잘됐네요. 마침 좋은 허브차가 들어왔는데."

언론을 통해 알고는 있었지만 유태리 그의 모친은 정말 아름다운 여인이었다. 부모와 닮은 자식을 보니 서글픈 부러움이 가슴을 콕콕 찔렀다.

 차를 기다리는 동안 그녀는 조심스레 그가 자랐을 집 안을 살펴보았다. 시선 가는 곳마다 잡지 속 한 장면 같은 곳이었다. 그런데 내부가 커서일까. 공기는 따뜻한데 등줄기에 한기가 느껴질 정도로 분위기와 향기가 너무 차가웠다.

 가사도우미 아주머니가 가져온 차를 마시며 그녀는 정연화를 유심히 바라보았다. 변호사가 되자마자 그녀가 한 일은 유태리 납치 사건 조사였다.

 할아버지로부터 들어 태리가 자신과 그 사건에 대해 기억을 잃었다는 건 진작 알고 있었지만 그녀가 한 조사는 납치한 목적과 이유였었다.

 허나 그 사건은 일개 변호사인 그녀로선 접근조차 할 수 없는 사건이어서 포기할 수밖에 없었는데 경찰청에서 근무 중인 대학 친구를 통해 납치의 원인만 알게 되었다.

'아이 엄마한테 버림받은 제비의 복수였대. 내 짬밥으론 여기까지밖에 못 알아냈어.'

 그녀에게 태리에게 죽을 먹여 주던 일들은 바로 어제의 일처럼 생생한 기억이었다. 태리가 하루 세 끼 먹는 죽이 너무 질려 구토까지 했던 기억을 떠올리니 입 안에 머금은 차가 역하기 그지없었다.

장심원에 있을 때 재계의 의뢰를 꽤 받았었다. 그러다 보니 정략혼이 대부분인 재계이기에 그녀는 재계 집안 족보를 공부해야 했었다. 화인그룹에 대해서는 의뢰받은 일이 없었지만 태리와의 인연 때문에 화인그룹 주인과 안주인에 대한 족보를 알게 되었다.

눈앞의 정연화는 대부분의 재계 안방마님과는 다른 친정을 가진 여자였다. 좋게 포장해 금융권 친정이지 실체는 과거 대형 시장 사채업으로 시작해 지금은 대한민국 최고의 대부업을 하고 있는 집안의 딸이었다.

정연화는 태리의 부친인 유 회장과 결혼 전까지 모르는 사람들이 없을 정도로 방탕한 생활을 한 것으로 유명했다. 그런 이유로 모든 정재계의 집안들로부터 혼담을 거절당해 당시 자금난을 겪었던 화인그룹과 결혼할 수 있었다는 것까지가 그녀가 공부한 화인그룹 집안 족보였다.

결혼해서도 끊지 못한 방탕한 생활 때문에 아들이 납치당하는 사건까지 겪은 정연화를 바라보는 시선에서 그녀는 온기를 거둬들였다.

"차 맛 괜찮나요?"

"네. 제가 좋아하는 민트 차네요."

"다행이네요. 그런데 허 변호사, 참 단아해서 사람들한테 인기 많겠어요."

"좋게 봐주셔서 감사합니다."

인사치레의 말인 것 같았지만 그 말 안에서 그녀는 빈정거림을 느꼈고 오늘 자신을 부른 이유를 알아챘다.

"허 변호사 나이가……."

"서른다섯이에요."

"어머나. 그렇게나 많아요? 난 이십 대 후반 정도로만 봤는데."

"변호사로서 제가 많이 부족하다는 걸 기분 좋게 말해 주셔서 감사합니다."

"아니에요, 허 변호사. 오해하지 말아요. 난 공치사는 잘못해요. 정말이에요."

"네."

"그나저나 결혼은 했어요?"

"미혼이에요."

"이런, 이런. 허 변호사 부모님 나처럼 걱정 많으시겠다. 그래도 애인은 있겠죠?"

김재명에게 고아 변호사라는 것은 들어 알고 있었지만 왠지 정연화는 허선우가 어떤 여자인지 궁금했다.

여느 집안의 혼기 찬 자식을 가진 어머니처럼 호기심 반 근심 반 섞은 질문이라면 웃으며 장단에 맞춰 줬을 것이다. 하지만 지금 정연화의 말들은 그녀를 자르기 위한 밑밥임을 알기에 그녀는 완곡하게 답할 준비를 했다.

"저는 고아원 원장 부모님께서 키워 주셨는데 사모님처럼 제 결혼 때문에 걱정이 많으세요. 그런데 전 일을 하는 것이 아직은 좋고 행복해서 가정을 꾸리고 싶다는 생각은 안 하고 있어서요."

"미안해요. 내가 아픈 개인사까지 말하게 해서."

"아니에요. 사모님. 전 고아원에서 자랐고 고아원 원장 부모님이 제 부모님이신 걸 자랑스러워하고 있는걸요."

조금의 틈도 안 보이는 선우를 보며 정연화는 자신에게 이런 일을 시킨 김재명을 향해 이를 빠드득 갈며 원망을 쏟아 부었다.

-연화 씨, 당신 보물인 아들이 말도 안 되는 짓 한 거 알아?

'뜬금없이 갑자기 전화해선 무슨 말이야?'

-당신 아들 태리가 말이야. 당신이 죽어도 지키고 싶은 비밀을 아는 여자를 제 옆에 데려다 놓은 걸 몰라?

'뭐라고? 그게 누군데?'

-허선우.

'허선우가 누군데. 난 그런 이름 몰라.'

-세상 참 무상하네. 다른 건 몰라도 그때 그 일과 연루된 사람들 이름은 기억해야지. 그걸 세월 지났다고 잊어?

'내가 그걸 왜 잊어? 김재명 너, 네 똘마니 문병호랑 문병호 가족, 김성옥, 문현숙. 내가 왜 잊어?'

-또 한 명 있잖아. 태리가 기억 잃기 전까지 불렀다는 그 이름.

'헉! 설마…….'

-그래, 그 허선우야. 문병호네 집에서 당신 아들 태리한테 죽 먹여 줬던 여자애.

'어떻게 그 애가…….'

-고아원 출신 주제에 변호사가 됐더라고. 그것도 아주 유명한 변호사 말이야. 그런데 얘가 정말 보통이 아니거든. 그때 일로 태리한테 접근했을지 몰라. 만일 얘가 태리한테 그때 일 말해서 태리 기억 돌아오기라도 해 봐.

'닥쳐!'

-태리 기억 돌아오면 힘든 건 누굴까?

'원하는 게 뭐야?'

-뭐겠어. 그 여자 내보내라는 거지. 허선우가 태리랑 그때 일 들춰내면 당신이나 나나 좋을 건 없잖아. 안 그래?

어쩔 수 없이 한 결혼이었다. 그냥 평생 돈 많은 집안의 딸로서, 외모 반반한 여자로서 유흥을 즐기며 남자들과 어울려 살고 싶었다.

돈만 많은 부모님이 족벌 있는 집안과 사돈 맺고 싶어 한다는 걸 알았지만 콧방귀 뀌며 무시하고 살았었다. 하지만 결혼하지 않으면 모든 지원을 끊겠다는 말에 화인의 유태영과 결혼했다. 자신에겐 관심 자체조차 없는 남자와 말이다.

부모님은 아이를 낳으라 했고 태어난 아이가 남자든 여자든 그녀의 집안 피가 이어진 아이니 후계자로서 잘 키우라 했다. 유서 깊은 재계 집안이 되는 것이 꿈인 부모님 때문에 유태영과 부부 생활을 한 결과로 자신의 미모를 그대로 물려받은 태리를 낳았다.

아이들을 좋아하고 예뻐했던 적이 한 번도 없었는데 열 달 동안 품고 있어서일까. 제 배 속에서 나온 태리가 그녀는 너무 소중했고 예쁘기 그지없었다. 하루하루 커 가는 태리는 그녀에게 마냥 데면데면했던 태영을 보통의 집 남편으로 아빠로 만들었다.

놀고 싶은 마음 따윈 사라지고 남편의 여자로 아들의 엄마로 살고 싶다고 생각하던 때, 결혼 전 매일같이 다녔던 룸살롱 시크릿 차탈레의 접대부였던 김재명이 시크릿 차탈레의 사장이 되어 찾아왔다.

가게에 모실 부유층 손님들을 소개해 달라며 찾아온 그를 거절했어야 했는데 어울렸던 정도 정이라고 김재명과 다시 어울리게 되었었다. 다시 맛보게 된 유흥의 맛은 보물인 태리를 잊게 만들었다.

소개한 손님들로 가게가 번성하자 김재명은 그녀에게 자신의 여자가 되라고 했다. 화인그룹 안주인이란 타이틀에 붙은 혜택이 얼마나 큰지를 모르지 않으면서도 이혼을 하라고 했다.

자신은 대한민국 최고 조직인 발렌타인파의 후계자라며,

화인그룹 안주인 자리와는 비교도 안 되는 발렌타인파의 안주인 자리에 앉혀 주겠다며 이혼을 종용했다.

그의 여자가 되어 자기 자식을 키우며 발렌타인파를 호령하라는 그의 말에 그제야 태리를 떠올린 그녀는 김재명에게 이별 통보를 했다. 태리를 잊었던 자신을 자책하며 다시 엄마로서 아내로서 또 화인그룹의 안주인으로 돌아왔지만 그녀를 맞이한 건 손님 대하듯 인사하는 아들과 인사조차 없는 남편이었다.

그렇다고 김재명에게로 돌아갈 마음 따윈 생기지 않았다. 돈장사꾼이란 말이 싫어 재계에서도 명문인 화인그룹 아들과 결혼시킨 집안에서 돈장사꾼보다 몇천 배는 바닥인 조직폭력배, 아니 깡패의 아내가 되는 것을 그냥 보고 있겠는가.

그녀의 이별 통보에도 김재명의 집착은 멈추지 않았다. 집에서 일하는 식솔들을 매수해 그들 편으로 꽃과 술 그리고 그녀가 즐기는 브랜드 옷들과 가방을 보냈다. 그 물건들 속에는 모두 무시무시한 협박 메시지가 들어 있었다.

누구에게도 도움을 요청하지 못한 채 그녀는 끙끙 앓으며 냉랭한 아들과 남편만을 바라보았다. 하지만 김재명은 자신을 무시하는 그녀를 바라만 보고 있지 않았다. 보란 듯이 태리를 납치한 것이다.

세상이 무너진다는 게 무엇인지를 알았다.

누가 왜 어린 태리를 납치했는지 의심해 볼 여지도 없이 그녀는 김재명을 바로 의심해 전화를 걸었지만 이미 없는 번호가 되어 있었고 김재명이 운영했었던 시크릿 차탈레는 폐업을 한 상태였다.

김재명의 짓이 틀림없었지만 경찰들이나 남편에게 그녀는 차마 김재명이란 이름 석 자를 말하지 못했다.

'죽어도 말하면 안 돼. 너 때문에 태리가 납치당한 줄 알면 유 사장 너랑 바로 이혼할 거야. 그럼 넌 여기도 못 올 줄 알아. 알았어? 그러니까 죽어도 말하지 마!'

김재명과의 일을 아는 친정에선 그녀에게 김재명 함구령을 수도 없이 못 박았다. 유서 깊은 집안을 향한 친정의 집념은 손자도 소용없었던 것이다.

태리 걱정에 잠도 못 자고 먹지도 못해 폐인이 되어 가는 듯 보이면서도 한편으론 친정과 잃을 것을 계산했던 그녀는 인간 같지도 않은 인간이었다.

경찰이 일하는 식솔들을 하나하나 조사하다 결국 튀어나온 이름 김재명. 그 이름이 나오자마자 사건은 급물살을 탔고 그녀는 두 달여 만에 아들을 만났다. 울며 허선우만 찾다가 그녀를 보자마자 비명을 지르며 기절하는 아들을 말이다.

사건의 진위를 모두 알게 된 남편은 그녀의 친정에 연락했다. 친정이 언론과 검경에 거액의 돈을 써 사건을 모두 덮어 주는 조건으로 그녀와의 이혼을 접었다. 그리고 그녀는 유예 기간을 가진 아내로 남게 되었다.

 친정에서 덮은 그 사건을 태리가 알게 된다면 그녀는 이혼하게 될 것이다. 태리가 납치 사건에 대해 아는 순간 종료되는 유예 기간이었지만 이십 년이 넘도록 유예 기간에 지금처럼 경종이 울린 적은 한 번도 없었다.

 제가 한 짓의 죗값을 부하인 문병호에게 치르게 만든 김재명에게서 연락이 왔을 때도 경종은 울리지 않았었다. 그녀의 힘을 과소평가해서 미안하다며 자신이 필요할 때는 무조건 도와주겠다고 화해를 청했다.

 그때는 자신이 조직폭력배의 손을 빌릴 일이 있겠냐며 코웃음 쳤지만 그 말을 비웃기라도 하듯 재산을 탕진하다 못해 약까지 손대게 만든 남자 접대부에게 빠진 친구 때문에 그에게 전화를 걸어야 했었다.

 그렇게 다시 연결된 김재명과의 인연은 지금까지 이어지고 있었지만 그럼에도 그녀는 김재명을 절대로 만나진 않았다.

'네 부하가 대신 네 죗값을 치르고 있어도 네 죄가 없어진 건 아니야. 그러니까 전화로 만족해. 네가 선 넘으면 난 언제든지 너를 고발할 테니까 말이야.'

 ─그건 걱정하지 마. 나도 그 사건 알려져서 좋을 건 없으니까 말이야.

'절대로 내 주변에 나타나지 마.'

-알았다니까!

김재명이 약속을 지켰기에 그녀는 그동안 유예 기간에 대해서 잊은 채 살고 있었다.

오히려 친정 식구들이 보유해 나가고 있는 화인그룹 주식들을 빌미로 이혼 따윈 걱정 없이 화인을 빼앗아 화인의 진정한 주인이 되는 것에 매달려 왔는데 27년 동안 한 번도 울린 적 없던 경종을 이제 와서 김재명이 울린 것이다.

'화인 장악도 얼마 안 남았는데 왜 이런 일이……. 안 돼, 절대로. 유태영에게서 화인도 빼앗고 이혼 불가 각서도 받아 내야 한단 말이야.'

"사모님? 괜찮으세요?"

"어? 이런, 미안해요."

살아오면서 이토록 한 점의 티끌도 없이 걱정 가득한 눈으로 자신을 바라보는 눈을 유모 외엔 본 적이 없었다. 어쩌면 태리가 아팠을 때 그녀의 눈도 이랬을지 몰랐다.

"열이 오르시는 것 같은데 혹시 혈압이 높으세요?"

"아니에요. 감기 기운이 있어서 그런가 보네요. 괜찮아요."

붉어지는 정연화의 얼굴에 선우는 평정심을 접고 가방에서 뭔가를 꺼내 정연화에게 건네었다.

"수분 미스트랑 매실 가루예요. 얼굴에 열 오를 때 먼저 미스트 뿌리고 매실 가루 물 타서 마시면 열이 금방 가라앉아요."

"어쩜, 세심하기도 하지. 어떻게 이런 걸 다 가지고 다녀요."

"제가 열이 잘 나는 체질이라서 절 키워 주신 분들이 항상 챙겨 주셨어요."

"그랬구나. 고마워요. 그런데 우리 집이 춥나, 장갑을 계속 끼고 있네요?"

"실은 제가 양손에 보기 흉한 흉이 있어서, 보는 분들에게 불쾌감을 줄 정도라 장갑을 항시 끼고 있어요."

"세상에, 어쩌다……. 보기 흉할 정도면 엄청 아팠겠다."

"네. 좀……."

정연화는 매실 가루가 들어간 물을 마시며 선우를 다시금 살펴보았다.

'김재명, 이 허선우가 우리 태리의 기억을 되살릴 거라고? 아냐. 그럴 거면 진작에 왔었겠지. 어제오늘 변호사가 된 것도 아니고 말이야. 아니야. 아니야…….'

사실 허선우는 정연화 그녀가 가장 싫어하는 부류에 속하는 여자였다. 빈틈 하나 없이 너무 반듯한 여자는 자유분방하고 공부에는 관심 없는 그녀와 조금도 맞는 부분이 없어서였다. 지금 사는 이 동네는 허선우 같은 여자가 질리도록 많이 살고 있었다.

어쩌다 마주치기라도 하면 어쩔 수 없이 하는 인사말과 함께 그녀의 뒷담화를 곁들여 우아하고 고상하게 차를 마시는 여자들 말이다. 그런 여자들과 같은 줄 알았는데 조금 전 허선우의 눈빛은 그들과 달랐다.

'하지만 모르잖아. 때를 기다리고 있었을지. 그래, 그럴지도 몰라. 방심하면 안 되지.'

"사모님, 몸도 안 좋으신데 어째서 저를 보자고 하신 건지 여쭤봐도 될까요?"

"음… 그게, 세상을 떠들썩하게 한 허선우 변호사가 어떤 사람인지 궁금하고 회사가 걱정돼서 보자고 했어요."

"제가 심려를 끼쳐드렸네요."

"이렇게 만나고 보니까 내 눈에 허 변호사 참 멋진 여자 같아요. 그런데 자식 가진 엄마로서나 화인의 안주인으로나 걱정이 되네요."

"……."

"지금까지 우리 태리는 스캔들 기사 한 번 난 적 없는데 허 변호사 입사 때문에 말들이 많아요. 우리 화인도 불미스러운 일과는 거리가 먼 회사인데 이미지 손상이 된 것 같더라고요."

정연화가 원하는 게 무엇인지를 알게 되니 잠시 사라졌던 평정심이 바로 제자리를 찾았다.

'사모님, 죄송하지만 사모님의 바람은 제가 이뤄드리지 못할 것 같네요. 절 웃게 해 주는 태리가 너무 욕심나서요. 6년 동안 제대로 한 번 웃어 본 적 없는데…….'

"걱정하시는 게 뭔지 잘 알았습니다. 그런데 사모님, 제가 화인에 입사하게 된 건 화인에서 지금 주력하는 분야에 제 특수한 이력이 필요해서입니다."

"그래요?"

"네. 사모님이 더 잘 아시겠지만 유태리 대표님처럼 유능한 분이 변호 이력 하나만 보고 저에게 스카웃 제안을 하실 분은 아니잖습니까."

"당연하죠. 그래서 우리 화인 이미지가 깨끗하잖아요."

정연화는 자신의 뜻이 한 발 두 발 뒤로 물러서는 것을 느꼈다.

"왜 제가 가십 방송의 주인공이 됐는지는 모르겠지만 유 대표님이 저에 대해 다 알아보시고 나서 저에게 스카우트 제안을 하셨기에 저는 받아들인 것입니다. 그러니 사모님, 앞으로 저의 일이 화인에 폐가 될지 빛이 될지 지켜봐 주시길 부탁드리겠습니다."

최대한 정중하고 완곡하게 마음을 밝힌 선우에게 정연화는 더는 말을 잇지 못했다. 원래 말 잘하는 사람에게 약한 탓도 있지만 선우의 말투가 기분 나쁘지 않아서였다.

정중함을 가장한 비웃는 말투를 너무 들어서인지 그녀는 말투를 상당히 중요시했다. 목을 따뜻하게 어루만져 준 매실차처럼 다정하게 스며드는 선우의 말투에 그녀는 두 손 들고 말았다.

"내가 너무 성급했나 봐요. 허 변호사 말 믿고 나는 지켜보고 있을 테니 우리 화인을 위해서 애써 주세요."

"알겠습니다. 사모님. 그런데 또 하실 말씀 있으신가요?"

"아뇨."

"그럼 저는 이만 회사로 들어가 보도록 하겠습니다."

"바쁜 사람 시간 뺏어서 미안해요. 그나저나 이 매실 차 효과가 정말 빠르네요. 고마워요, 허 변호사."

"도움이 됐다니 다행입니다. 사모님, 차 잘 마셨습니다."

"온 김에 저녁 먹고 가면 좋을 텐데……."

"제가 일을 잘한다고 생각하실 때 초대 부탁드리겠습니다."

"그래요. 꼭 그렇게 할게요. 그럼 잘 가요. 허 변호사."

집에 온 손님이 떠나는 게 이토록 아쉬운 적은 처음이었다. 원하는 걸 얻지도 못했는데도 헤어지는 게 이렇게나 아쉽다니. 인사하며 거실을 나서는 선우를 정연화는 문이 닫힐 때까지 바라보았다.

'김재명. 허선우는 분란 덩어리가 아니야. 네 말대로라면 그 애한테서 너와 같은 썩은 양아치 향기가 나야 하는데 허선우한테는 그런 향이 안 나.'

태리가 그 사건을 기억해 내는 걸 원치 않았다. 그 사건 자체가 회자되어 태리가 알게 되는 것 또한 원치 않았다. 허선우는 분명 그런 분란의 도화선이 맞았지만 그 도화선에 불을 붙일 인물로는 생각되지 않았다.

감기 기운이 있다는 말에 바로 미스트와 매실 가루를 꺼내 주던 모습에 그녀는 순간 태리에게 죽을 먹여 줬다는 말을 떠올렸었다. 제 아들을 납치한 김재명이 아닌 제 아들이 굶지 않도록 해 준 아이였다.

"고맙다고 말해야 하는데……."

정연화는 자신의 느낌을 믿으며 선우가 주고 간 미스트와 매실 가루 봉투를 챙겼다.

4. 악몽이 깨운 마음

"자아, 그러니까 오늘 여러분은 언감생심 전설의 두주불사와 함께 있다는 것을 가문의 영광으로 알고. 오늘 역사를 바꿔 볼 건데, 찬성하십니까?"

"찬성합니다!"

"여기도 찬성!"

맥주 향 가득한 펍 안, 한 일 자로 붙어 있는 테이블을 채운 사람들이 모두 잔을 들어 건배했다. 그 사람들 속에서 앉아 있던 선우 역시도 웃으며 건배하고는 바로 잔을 비웠다. 단숨에 잔을 비우는 선우를 보며 사람들은 자신들도 따라 잔을 비워 보려 했지만 이미 그들은 꽤 마신 상태였다.

선우는 이런 환영회는 처음이었다. 장심원에 입사했을 때는 할아버지의 영향 때문인지, 그때는 고급 한정식집에서 간단하게 반주한 것이 다였다. 펍을 전세 내서인지 화인 식구들만 있는 펍 안에서 그들은 벌써 세 시간이 넘도록 먹고 마시는 중이었다.

"여러분, 저도 껴 주시면 안될까요?"

예고도 없이 등장한 태리의 등장에 일순 사람들이 경직되었다.

"껴 주시면 오늘 회식비 제 사비로 결제해 드리죠."

"어서 오세요, 대표님!"

"대표님, 왜 이제 오셨어요."

격하게 환영받으며 태리는 의자를 가지고 선우의 옆으로 왔다.

"즐거운 시간 보내고 계시나요?"

"어서 오세요, 대표님. 덕분에 좋은 시간 보내고 있어요."

"그런데 오면서 들었는데 전설의 두주불사가 누굽니까, 팀장님?"

"아니, 대표님. 정말 모르세요? 바로 옆에 계시잖아요. 허선우 변호사."

"설마요. 그거 너무 과장된 소문 아닌가요?"

"대표님, 지금 허 변호사가 마신 술이 얼마나 되는 줄 아세요? 저희 세 배는 넘어요, 세 배는."

이미 꼬여 가는 목소리로 말하는 직원의 말에 다른 직원들까지 동조하고 나서자 태리는 믿을 수 없어 아무렇지도 않은 선우의 얼굴을 보았다.

"사실인가요?"

"여기 안주가 맛있더라고요. 그래서 좀 마셨을 뿐인데 그러시네요."

"얼마나 마셨는데요?"

"얼마 안 마셨어요. 소주 10병이랑 양주 10병 정도 마셨어요. 맥주는 지금 시작한 거고요."

"네?"

어이가 없었다. 공부만 한 줄 알았는데 천연덕스럽게 말하는 선우의 주량을 누가 상대할 수 있을까.

"대표님, 예전부터 우리 업계에서 허 변호사 주량 유명했어요. 사흘을 밤새도록 마셔도 끄떡없는 두주불사가 바로 허 변호사예요. 지금까지 꺾은 사람이 없어요, 없어……."

말로만 들었던 선우의 주량을 이겨 보려는 심사로 선우와 속도를 맞춰 마셨던 법무팀장이 테이블 위로 고꾸라졌다.

"이거 너무 무서운데요. 엄두는 안 나지만 그래도 환영회니 저도 건배는 해야겠죠."

겉과 속이 다른 것이 당연한 세계에서 사는 그였다. 연예계 최고 주당들과 자주 대작하다 보니 그 역시 주당으로 알려져 있었다. 술을 두고 부심을 가질 이유는 없건만 어쩐지 선우의 말짱한 모습이 그의 승부욕에 불을 지폈다.

건배가 계속 이어지는 사이 테이블 위로 하나둘씩 고꾸라지는 사람들이 늘어났다. 도중에 돌아가는 사람들도 있었지만 남아서 갈 데까지 가 보겠다는 사람들마저 차례차례 테이블 위로 쓰러지는데 선우는 여전히 멀쩡했고 태리의 얼굴엔 조금씩 취기가 오르기 시작하고 있었다.

"괜찮으세요?"

"괜찮아요. 술맛이 참 좋네요. 선우 씨가 술을 이렇게 좋아하는지 몰랐네요."

"술을 즐기진 않는데 술자리가 있으면 사양 안 하고 마시는 정도예요. 저희 부모님이 술을 잘하셨다는데 내림인가 봐요."

고아원 원장 부모님이 알려 주신, 선우의 돌아가신 친부모는 두 분 다 변호사셨다. 변호사 시험에 합격하고 가장 먼저 한 일은 두 분의 행적을 찾는 일이었다. 아버지는 법조계 인물들로 가득 찬 집안의 차남이자 촉망받는 인재셨고 어머니는 고아원에서 자라 당시 어렵게 공부해 사법고시를 뛰어난 성적으로 치른 유능한 인재셨다.

너무 차이 나는 환경이었지만 두 분은 주변의 반대에도 불구하고 결혼을 하셨고 더불어 검사 옷을 벗고 허름한 동네에서 변호사 사무실을 개업하셨다.

두 분을 아는 분들은 하나같이 돈과 권력을 떠나 오직 사람만을 본 변호사였다고 말해 주었다. 그리고 두 분은 수임료를 소주와 막걸리로 받는 게 일상일 만큼 술을 즐기셨다고도 말해 주었다. 그런 분들의 유전자 때문일까. 그녀의 주량은 상당했다.

"그럼 선우 씨는 술에 취해 본 적이 한 번도 없겠네요."

"음… 네. 한 번도 없어요."

"그런데 왜 그런 일이 일어났을까요?"

"무슨 말씀이세요?"

"6년 전 일이요. 술 취해서 그랬다면서요."

"그건……."

"거짓말할 정도로 그 사람을 사랑했었나요?"

"제겐 불쾌한 질문이라 노 코멘트할게요."

"불쾌했다면 미안해요. 기억력이 좋거든요. 주량이 세다는 걸 알게 되니 그 사건이 생각나서 말이죠."

그의 질문은 불쾌했지만 한편으로 아픈 질문이었다. 이런 질문을 그때 왜 아무도 해 주지 않았는지가 생각난 그녀는 지그시 입술을 깨물었다.

할아버지, 할머니 그리고 양어머니, 아버지, 지수 모두 그녀의 주량을 알고 있었다. 그런데도 그날 일에 대해 누구도 그녀에게 물어봐 주지 않았다. 술 냄새 하나 없는 그녀를 보면서도 말이다.

"대표님은 궁금한 게 참 많은 분 같아요."

"다른 사람들은 물어보지 않아도 다 알아서 말해 주는데 선우 씨는 물어보기 전에는 말해 주지 않아서 그래요. 신비주의가 철칙이에요?"

태리는 정말 궁금했다. 자신이 궁금해하는 것을 말해 주지 않는 그녀가 너무 궁금했다. 이틀 전 그의 모친이 불러 삼청동 본가에 다녀온 것을 알고 있었다. 그런데도 그녀는 말을 해 주지 않았다.

"제가 개인적인 일에는 말주변이 없어요. 그래도 일에 관련된 거라면 쉬지 않고 말할 수 있는데 말이죠."

"변호사가 아닌 게 아쉽네요. 나도 변호사였으면 좋았을 텐데……."

'네가 변호사였어도 그날 일은 말 못 해. 말하는 순간 진짜 검은 머리 짐승이 되거든.'

왜 그날의 기억은 희미해지지 않는 것일까. 그날뿐만 아니라 살아 온 모든 날이 너무도 생생했다.

6년 전 할아버지 집에서 나오기 전까진 그래도 현숙의 집에서 당했던 일들이 잊혀진 것은 아니었어도 떠올릴 일은 없었는데, 할아버지 집에서 나온 날부터 그녀는 제대로 잠을 자 본 적이 없었다.

어린 날의 기억들과 이명서에게 당한 그날의 기억은 그녀에게 잠을 허락하지 않았다. 남들은 술을 마시면 잠을 잘 수 있다는데 그녀에게 술은 기억을 더 생생하게 만들어 줄 뿐이었다.

드르르륵.

재킷 주머니 속에서 휴대폰이 울려 꺼내니 혜빈이었다.

"혜빈아, 무슨 일이야?"

-무슨 일은. 언니 언제 와? 나 여기 춘천이야.

"정화는 어디 가고 네가 왜? 너 학교 어떻게 가려고?"

-휴가 내고 온 거니까 걱정 마시고 얼른 오셔요. 저녁은 먹었어, 언니?

"지금 회식 중이라서 잘 먹고 잘 마시고 있어."

-아무리 회식이어도 춘천까지 오려면 시간 걸리니까 웬만하면 먼저 나와. 더 늦으면 택시 잡기 힘들어.

"알았어, 혜빈아. 일어날게. 먹고 싶은 거 없어? 사 갈게."

-없어. 내가 언니 먹이려고 바리바리 싸 왔으니까 빨리 들어오셔요. 늦으면 원장 엄마, 아빠한테 이를 거야.

"알았어, 지금 일어날게."

우리집 고아원 동생들 중에 원장 엄마, 아빠의 친자식이 아니냐는 말이 나올 정도로 원장 어머니의 잔소리를 붕어빵처럼 똑같이 달고 사는 동생 혜빈이었다.

"혜빈 씨가 빨리 오래요?"

"네. 대표님, 아무래도 저 먼저 일어나야 할 것 같아요. 마음 같아선 더 마시고 싶지만 혜빈이 속상하게 만들면 안 되거든요."

"그럼 혜빈 씨 속상하지 않게 하려면 빨리 떠야겠네요. 자아, 가시죠. 나도 오랜만에 혜빈 씨가 보고 싶네요."

"네?"

"같이 가자고요. 그 집에 지금 이불도 넘치잖아요. 얼른 일어나요. 여러분, 저희 먼저 일어날 테니까 더 끝까지 마시고 싶은 분들은 원 없이 먹고 마시도록 하세요. 그리고 내일은 비공식적인 휴일입니다."

남은 직원들은 그가 지갑에서 꺼낸 개인 카드를 술집 사장에게 주자 원성 대신 환호성과 함께 작별 인사를 했다.

태리의 전용 기사가 선우의 춘천집을 향해 달리기 시작하자 선우는 재차 태리의 춘천집 행을 말렸다.

"대표님은 대표님 집으로 가세요. 춘천에서 출근하려면 힘들어요."

"혼자서 하는 출근 아니니까 걱정 마시고 가시죠. 내가 선우 씨 집에 또 가고 싶어서 얼마나 이런 기회를 기다려 왔는지 아세요?"

"그러셨어요? 저희 집이 호텔처럼 편한 곳은 아니었을 텐데요."

"아뇨. 저희 집하고는 비교도 안 될 만큼 편해서 거기서 살고 싶은데 선우 씨, 방 좀 임대하시죠. 월세는 시세의 세 배 드릴게요."

"저는 임대할 권리가 없어요. 저희 집 방들은 모두 주인들이 있거든요."

"집주인 선우 씨 아니었나요?"

"집은 제 집인데 제가 방들은 우리집 고아원 가족들에게 분양해 줬거든요. 언제든 오고 싶을 때 와서 쉬고 자고 가라고 분양했어요."

성인이 되어 고아원을 퇴소하는 고아원생들에게 자립 지원금이 주어지지만 그 돈은 턱없이 작아 고시원에서의 생활도 힘든 게 현실이었다.

자립 지원금을 노린 전문 사기꾼들에게 당해 빈털터리가 되는 친구들도 부지기수였다. 열악하기 그지없는 고아원생들의 성인 생활 때문에 그녀는 집의 많은 방을 그들에게 제공했다. 그들은 모두 남이 아닌 그녀의 형제자매였으니까. 언니 오빠 동생들을 떠올리자 그들과 울고 웃었던 어린 날들이 예쁜 그림책처럼 펼쳐졌다.

현숙의 집에 가기 전까지 세상이 온통 무지개인 줄 알았던 고아원에서의 기억을 만나자 그녀의 두 눈에 그리움의 눈물방울이 대롱대롱 매달렸다.

"같이 울면 안 돼요?"

"네?"

"한두 번도 아니고 선우 씨 때문에 내가 얼마나 서운한지 알아요?"

"대표님이 왜 저 때문에 서운하신데요? 제가 뭘 어쨌다고."

"궁금증 유발은 기본이요, 옆에 사람이 있어도 혼자 있는 것처럼 혼자 울고 웃는 건 일상이잖아요."

"대표님. 그 말은 제가 미쳤다는 말 같은데요."

"헉!"

여과 없이 직진해서 들어온 말에 태리는 순간 놀라고 말았다.

"절대로 아니에요, 선우 씨. 제가 문장력 성적은 최고인데 이상하게 말할 땐 포장을 못 해서 그래요."

어린 날 기억을 잃은 그를 부모님은 심리치료를 받게 했다. 처음엔 읽은 책을 가지고 이야기하고 그린 그림을 가지고 이야기를 했었다.

학교를 가게 되었을 땐 학교에서의 일들과 집에서의 일들을 담당의에게 상세하게 이야기하게 됐는데 그러다 보니 어느새 그는 수다쟁이가 되어 있었다. 그러나 아무한테나 그러는 것은 아니고, 한정된 사람 앞에서만 수다를 떠는 수다쟁이였다.

하고 싶은 말이 많은 건 아니었다. 그는 궁금하게 만드는 사람과의 수다를 좋아했다. 선우에게 궁금한 게 한두 가지가 아닌데 선우는 그의 궁금증을 차단하려는 듯 열 마디 중의 한 마디만 해 주곤 그걸 답이라며 끊어 냈다.

그가 원한 수다가 이뤄졌으면 좋았으련만 차단하는 선우 때문에 보이고 싶지 않은 민낯을 보여 주게 되었다.

포장은커녕 조롱과 나쁜 마음이 섞인 칼날의 말을 말이다.

"원인 제공을 한 저의 탓도 있지만 그렇다고 대표님의 진심을 외면하면 예의가 아니니 50%만 수용해 드릴게요."

"0.1%도 수용하지 마세요. 50%씩이나 수용했다가 몇 %로 저한테 돌려주시려고요? 저는 되로 주고 말로 받는 그런 거 싫어해요."

춘천집에 도착할 때까지 주거니 받거니 옥신각신 선우와 태리는 지치지 않고 말을 했다. 그 덕에 운전기사는 라디오 코미디 프로를 듣고 있는 양 웃느라 졸음을 느낄 새가 없을 정도였다.

집에 도착하자 혜빈이 반가워하며 두 사람을 맞아 주었다.

"어서 오세요, 유 대표님."

"잘 지냈어요, 혜빈 씨? 내가 그동안 혜빈 씨가 여기서 만들어 준 요리가 생각나서 얼마나 고생했는지 모르죠?"

오는 길에 선우로부터 요리학과 학생이거나 레스토랑 셰프인 줄 알았던 혜빈이 지금 조리학과 강사라는 걸 들었다.

"그럼 진작 연락 주시지 그러셨어요. 미리 만들어 놨을 텐데……."

"괜찮아요. 그런데 내일 아침 주실 거죠?"

"그럼요. 먹고 싶으신 거 있으세요?"

"무엇이든 다 좋아요."

"유 대표님은 그 말이 제일 무서운 말인 거 모르시죠. 아무튼 내일 아침은 걱정 마시고 얼른 쉬세요. 유 대표님 주무실 방은 저기 109호실이에요."

"고마워요. 그럼 두 숙녀분께서도 잘 쉬시고 내일 만나요."

겨우 하룻밤의 인연이 닿았던 곳인데 낯설기는커녕 오히려 그리웠다는 느낌마저 드는 집 안의 풍경이었다. 그는 선우와 혜빈이 자신들의 방으로 들어가자 처음에 왔을 때처럼 집 안을 고루 둘러보며 선우가 말해 줬던 층별 디자인 이야기를 떠올렸다.

'우리집 고아원생들의 행복했던 과거와 밝은 현재, 끝없는 도약을 그려 놓은 거예요. 겨우 벽면이지만 밝고 기운찬 기운을 받으면 우리 모두 행복할 수 있을 것 같아서요.'

그녀의 말을 듣고 나서 그런지 마음은 편해지고 행복한 기운이 가슴으로 스며드는 기분이었다.

'당신의 세상엔 우리집 고아원 형제자매들뿐이네. 그 세상에 다른 사람은 들어갈 수 없는 거야?'

어쩐지 그녀의 세상에 자신이 들어가지 못한 것 같자 기분이 급속도로 하강했다.

'이상해. 정말. 허선우 당신 없이 산 세월이 27년이야. 기억을 찾았어도 당신은 내게 은인일 뿐 그 이상도 이하도 아니야. 그런데 이상해… 너무 이상해…….'

이해할 수 없는 자신의 마음에 휘청거리며 혜빈이 말한 109호실 문을 열었다.

"싫어! 그만해! 아프단 말이야! 싫어! 엄마! 엄마! 어딨어요? 엄마!"
"언니, 괜찮아. 괜찮아, 언니······."
"아파! 엄마, 나 뜨거워요. 나 좀 살려 줘요. 엄마!"
"언니, 언니··· 우리 언니 어떡해. 언니······."
언제 잠이 들었던가. 갑자기 들려오는 소리에 잠이 깨었다.
"엄마, 뜨거워요. 아파··· 아악!"
너무도 고통스러운 절규는 선우의 것이었다. 침대에서 벌떡 일어나 방을 뛰쳐나간 그는 바로 선우의 방문을 두들겼다.
"무슨 일입니까?"
"싫어! 그만해. 제발 그만해, 현숙아! 아악!"
"언니, 꿈이야. 다 지난 일이야, 언니······."
"문 여세요!"
주먹으로 문을 두드리다 못해 그는 몸으로 문을 부딪쳤다.
"문 열어요, 혜빈 씨!"
"대표님······."
문을 연 혜빈은 눈물범벅이었고 방 안 침대 위 선우는 제 머리를 뜯고 있었다.
"이게 무슨··· 선우 씨!"

앞뒤 안 재고 침대 위로 달려간 그는 선우의 두 팔을 잡아 내리고 몸을 제 품 안에 가두었다.

"이러지 마요, 선우 씨……."

"엄마, 뜨거워요……. 엄마, 나 좀… 제발 나 좀 살려 줘요, 엄마……."

"선우 씨……. 선우 씨……."

"언니는 지금 대표님 말 못 들어요. 꿈에서 깰 때까지는 계속 저래요. 흑……."

"선우 씨가 왜 이러는 거예요?"

"언니가 어릴 때 화상으로 학대당했거든요. 그래서 그 트라우마로 악몽에 시달려요."

"약 같은 건 없나요? 그때 보니까 여기 응급약도 많던데."

"언니 지금 수면제 먹은 상태예요."

"약을 먹었는데 이런다고요?"

몸부림치며 울부짖는 선우의 눈물에 그의 가슴이 젖어 갔다.

"6년 전부터 언니는 불면증을 앓고 있어요. 그래서 언제 어느 때 쓰러질지 몰라 수면제를 먹는데 문제는 수면제 먹은 날은 꼭 악몽에 시달려서 한 시간 동안은 이런 상태가 되어요."

"한 시간 동안이나요?"

"네. 어제까지 같이 있던 동생이 언니가 잠을 안 잔 지 오일 됐다는 말을 해서 동생 보내고 제가 온 거예요."

"혜빈 씨, 이젠 내가 있을 테니 가서 쉬세요. 혜빈 씨가 쉬어야 내일 내가 아침 얻어먹을 수 있잖아요. 그러니까 얼른 가서 쉬어요."

"안 돼요, 대표님. 대표님은 손님인데 어떻게……."

"나 손님 아니에요. 그러니까 아무 걱정 말아요. 어서 가요, 어서."

"하지만……."

"혜빈 씨, 지금은 나도 선우 씨랑 같은 고통을 가진 사람이란 것만 말해 줄게요."

혜빈이 마지못해 방을 나가자 태리는 멈출 줄 모르고 품 안에서 절규하는 선우를 으스러져라 껴안았다.

'이렇게나 아팠구나, 당신……. 이토록 아팠으면서 왜 찾지 않았어? 나는 기억을 잃었지만 당신은 아니잖아. 혼자서 얼마나 아파했던 거야… 이 바보야!'

"아파요, 엄마… 엄마, 나 좀 살려 줘요, 제발……. 현숙아, 그만해……. 뜨거워. 뜨거워, 현숙아……."

27년 전 일곱 살 그의 하루는 어두웠었다. 잠을 자도 안 자도 밥 먹을 때도 그에겐 온통 어둠뿐이었다. 그 어둠 속에서 선우는 유일한 빛이었고 소리였다.

'이렇게 아팠는데도 참았구나. 당신이 너무 참아서, 그래서 문현숙이 재미없다고 한 거구나. 그래서였어. 그래서…….'

우는 소리를 들어 본 적이 없었다. 선우가 읽어 주는 동화책을 듣다 잠이 들었던 그가 잠을 깨는 건 냄새 때문이었다.

지지직 소리가 들리면 타는 냄새가 났다. 그 냄새는 너무 고약했고 무서웠다. 그 냄새가 무엇인지 또 그 방에서 무슨 일이 일어나는지 그는 전혀 알 수 없었다.

"제발 하지 마. 너무 아파. 제발… 그만해, 제발……. 현숙아……."

"선우 씨, 어디가 아파요? 말해 봐요. 팔이 아파요, 발이 아파요?"

"다 아파요. 손도 발도 다 아파요. 나 좀 살려 줘요."

"내가 구해 줄게요. 아픈 거 다 낫게 해 줄게요."

"아파요. 너무 아파요… 현숙이가… 와요. 현숙이가……."

"이제 괜찮아요. 문현숙 내가 잡아 줄게요. 잡아서 내가 혼내 줄게요, 선우 씨. 그러니까 깨요. 이젠 괜찮아요. 선우 씨."

선우의 등을 쓸어내리고 눈물로 얼룩진 얼굴을 닦아 주었다. 아프다 말하면 어디가 아프냐 물었고 살려 달라 하면 살려 주겠다 했다. 꿈인 줄 알아도 그의 목소리가 들리도록 계속 그녀의 절규에 답을 해 줬다.

어린 날 악몽에 시달리던 그에게 의사가 해 줬던 것처럼 선우의 악몽에 동참한 것이다.

그의 목소리를 들은 것일까. 선우의 울음이 잦아들었다. 괴로워하며 몸부림치던 것도 조금씩 사그라지자 등을 계속 쓸어내리던 팔을 내리며 그는 선우를 안은 채 침대 위에 누웠다.

'그때 당신이 이렇게 나를 안아 줬었지. 나보다 작았던 당

신이 말이야.'

선우가 그의 온기를 모두 느낄 수 있도록 두 팔로 두 다리로 감싼 그는 쉬지 않고 선우의 얼굴과 머리 등을 쓰다듬어 주었다.

"선우 씨, 당신 아프게 한 그 문현숙 내가 반드시 대가 치르게 만들 거야."

안은 선우의 머리에 얼굴을 묻으며 그는 다시금 복수를 다졌다.

'내 기억이 돌아오지 않길 바랐겠지. 김재명 그리고 문병호 가족들. 그런데 내가 다 기억났거든. 그러니까 기다리고 있어, 당신들.'

원장 어머니의 품속인가 싶었다. 아니, 삼청동 할머니 품속인가 싶었다. 너무 따뜻하고 안온했다. 세상 근심 모두 잊게 만드는 이 행복감을 만나다니. 품에서 떠나고 싶지 않아 품 안으로 얼굴을 밀어 넣으니 어머니가, 할머니가 그녀를 더 힘주어 안아 주었다.

꿈이라는 걸 알았다. 원장 어머니가 고아원 아이들을 두고 이곳에 올 리 없으니까. 또 할머니는 돌아가셨잖은가.

'이런 꿈도 있구나. 너무 행복해.'

입가에 지어지는 미소가 눈가를 웃게 만들었다. 행복한 마음에 코끝으로 들어오는 향기마저 빨아 마셨다.

"흐음……?"

들이마신 낯선 향에 그녀의 두 눈이 떠졌다.

"이게 무슨……?"

꿈이 아니었다. 그녀는 어머니, 할머니의 품이 아닌 남자의 품 안에 있었다.

"대표님?"

방은 분명 그녀의 방이었다.

"잘 잤어요? 선우 씨 덕분에 나는 잘 잤는데."

그녀를 바라보는 태리의 눈빛은 부담스럽기 그지없었다.

자신이 수면제를 먹으면 악몽을 꾸고 그 꿈 때문에 소란을 피운다는 걸 알고 있었다. 그 때문에 어제 혜빈이 온 것인데 설마 그 소란 때문에 이런 일이 벌어졌다니. 발끝부터 시작된 뜨거운 열기가 순식간에 그녀를 덮쳤다.

"제가 말도 안 되는 폐를 끼쳤네요. 죄송해요, 대표님."

부끄럽고 수치스러워 침대에서 일어나려는데 태리는 그녀를 놓아주지를 않았다.

"혼자 결정하지 말아요. 선우 씨가 무슨 폐를 끼쳤는데요. 나도 같은 경험이 있어서 내가 받은 치료 방식으로 선우 씨를 안고 잔 것뿐이에요."

"대표님이 저랑 같은 경험을 했다고요?"

"그래요. 어릴 때 납치를 당해서 그때 충격으로 기억은 잃었는데 기억은 못 하면서 뭔지 모를 악몽에 시달렸거든요.

너무 심각해서 정신과 치료를 받았어요."

"지금도 그러세요?"

"아뇨. 치료가 됐는지 악몽은 안 꾸고 있어요."

"그랬군요. 고마워요, 대표님. 저도 어쩌면 악몽에서 벗어날지 모르겠네요."

그녀는 간절히 바라고 바랐다. 제발 악몽을 꾸지 않기를 말이다.

"아직 남은 치료가 있으니까 일어나지 말아요."

일어나려 버둥거리는 그녀의 양어깨를 누르며 그가 얼굴을 내렸다. 남자와 이런 자세를 취해 본 적 없는 그녀였다.

"대표님……."

"쉿."

내려온 얼굴을 도저히 볼 수 없어 눈을 감는데 머리를 쓸어내리는 그의 손길이 느껴지더니 갑자기 이마가 뜨거워졌다.

쪼옥.

"내일은 해가 뜬다."

"대표님……."

"마지막 치료예요. 악몽을 쫓아내는 주문이니까 무서우면 주문을 외워요. 내일은 해가 뜬다, 내일은 해가 뜬다."

왜 이리도 편해지는 기분이 드는 것인지. 그저 말일 뿐이고 노래 가사 말일 뿐인데 눈물이 날 것만 같았다.

"눈물 금지예요. 눈이 너무 부어서 지금 울면 눈이 많이 아플 거예요. 빨리 눈물 막아야겠다."

침대 옆에 있는 티슈 대신 태리는 당장이라도 울 것 같은 선우를 힘주어 껴안아 제 가운에 선우의 얼굴이 묻히도록 했다.

"오늘부터 아무 걱정 말고 자요."

"고마워요, 대표님."

"태리예요. 내 이름, 불러 봐요."

"그건 좀……."

"안 불러 주면 회사에다 소문낼 거예요. 나 선우 씨랑 같이 잤다고."

"그런 협박이 어딨어요."

"여기 있지요. 아무튼 어제 우리 둘이 같이 술집 나가는 걸 본 증인도 많겠다. 어떡할래요?"

"…태리 씨."

"듣기 좋네요."

엘리트 모범생일수록 얕고 어린애 같은 수법에 잘 넘어간다는 건 삼척동자도 다 알고 있다지만 여전히 통하는 것에 내심 놀라는 그였다.

화인에 입사한 지 얼마 안 됐건만 선우의 업무 추진력은 놀라울 정도였다. 법무팀 미처리 업무들을 토대로 자신이 해야 할 업무들을 정리해 팀을 구성하더니 바로 연간 계획을 세워 월별 업무 진행 목표를 법무팀 전체와 공유했다.

시간이 비면 법무팀에 내려가 그녀의 사무실을 찾았는데 팀원들과 열띤 토론을 하는 그녀는 빈틈 하나 볼 수 없는 전장의 장군 그 자체였다. 그런 여자가 지금 품 안의 어린아이 같은 여자와 동일 인물이라니 그저 놀라울 뿐이었다.

똑똑똑.

"일어나셨어요?"

"네. 혜빈 씨."

"아침 준비됐으니까 얼른 오세요."

혜빈의 말에 기다렸다는 듯 품 안에서 선우가 빠져나가자 휑한 바람에 한기가 느껴졌다.

뒤도 안 돌아보고 욕실로 들어가는 선우를 보며 침대에서 일어난 그는 밤새 선우를 안고 있었던 팔을 들어 통증이 느껴졌지만 크게 기지개를 켰다.

"운동부터 해야겠는데. 이제 매일 선우 씨를 안고 자려면 말이야."

"작업 때문에 바쁘신 분이 어쩐 일로 나를 다 찾아왔어."

"누나, 터지겠다. 그놈의 색기 어떻게 안 돼?"

"내 색기에 넘어갈 정도면 너 김재명 아들 자리 반납해."

"나 정도나 되니까 감당하는 거야. 다른 놈들 같으면 누나

보는 것만으로 벌써 쌌을 거야. 대체 비결이 뭐야?"

문은비를 누나라 부르는 남자는 박지수의 남편인 이명서였다.

두 사람은 하루 이틀의 친분이 아닌 듯 성적인 말을 거리낌 없이 나누며 중식 요리로 유명한 JS호텔 중식당 VIP 룸에서 중화요리를 먹는 중이었다.

"비결? 너는 할 수 없는 한 우물만 판 게 비결이지."

"내가 왜 할 수 없어. 누나가 내 여자 돼 준다면 나도 한 우물만 팔 수 있다고."

"지랄한다. 내가 널 몰라? 네 욕심이 조직에서 서열 1위라는 거 모르는 사람 있어? 그건 우리 회장님이나 네 아빠 모두 인정한 거잖아."

"욕심 많다고 다 가질 순 없는 거잖아. 누나도 못 갖고 말이야."

"야, 이명서. 주접떨지 마. 너 또 지수랑 싸워서 온 거잖아. 그런데, 지수 집 들어간 지 얼마 안 됐는데 또 싸웠어?"

이명서는 발렌타인과 부두목인 김재명이 범법자인 자신의 성을 줄 수 없어 돈을 주고 산 성을 붙여서 키울 정도로 애지중지하는 아들이었다.

최충렬의 보호 아래 있는 동안 그녀는 제 부모가 누구 때문에 감옥에 간 줄도 모르고 이명서와 남매처럼 지내었다.

듣는 귀가 있으니 김재명 때문에 양친이 감옥에 간 것을 알게 됐고 그 김재명의 아들이 이명서인 것을 알게 됐다. 하지만 알면 뭣 하겠는가. 가진 것이 아무것도 없는 그녀인데 김재명에게 욕을 할 수 있나, 이명서를 때릴 수 있나.

최 회장의 여자가 되기 위해 시간을 들여 갈고닦았던 것처럼 김재명에 대한 복수도 때를 보며 기다렸던 그녀에게 기회는 의외로 빨리 왔다.

최 회장의 여자가 되면서 그녀는 김재명에게 인사를 받고 필요할 때는 김재명과 이명서를 부릴 수 위치가 되었다. 머리가 좋은 이명서는 그녀의 위치가 달라지자마자 가장 먼저 그녀가 관리하는 클럽에서 만난 지수를 연결해 달라 부탁했다.

수십 년 동안 부유층 여자들을 상대로 온갖 못된 짓을 해 조직의 부를 확장시켜 부두목이 된 김재명의 아들답게 명서 역시 제 야망을 위해선 못 할 짓이 없는 놈이었다.

마침 지수의 집에서 살고 있는 선우가 쫓겨나길 바라고 있던 터라 명서의 부탁은 순조롭게 이뤄졌다. 게다가 부탁을 들어주면서 그녀가 붙인 조건도 순조롭게 이뤄졌다. 명서가 너무 쉽게 선우를 그 집에서 쫓겨나도록 만든 것이다.

'그래. 이 녀석이 그 일 하나는 제대로 해 줬어. 문제는 그거뿐이라는 거지.'

지수와의 결혼이 성사가 된 이후로 명서는 피는 속일 수 없다고, 여자들에게 작업을 쉬지 않고 해 지수와의 불화가 끊이질 않았다. 그때마다 찾아와 부탁을 한 게 한두 번이 아니었다.

"누나, 요 근래 지수랑 만난 적 있어?"

"아니. 요즘 바빠서 연락도 못 했어. 왜?"

"지수가 전 같지가 않아."

"내가 전부터 말했지. 부부 문제는 상담소로 가라고."

짙은 회색 비즈니스 슈트를 입은 명서는 특별히 잘생긴 외모는 아니었지만 이상할 정도로 여자들의 시선을 끄는 매력이 넘쳐나는 남자였다. 타고난 언변으로 몇 마디의 말로 여자들을 뒤로 넘어가게 만드는 그에게 지수 역시도 단번에 넘어갔었다.

"지수가 이혼하재."

"휴우……. 야, 그건 너희 일상 언어잖아."

"나도 그런 줄 알았는데 이번엔 달라, 누나. 전에는 싸울 때마다 이혼하자는 거였는데 이번에 싸우지도 않았는데 이혼하재."

"그건 좀 이상하네. 왜 이혼하자는데?"

"자기 인생이 뭔가 어긋났는데, 그 어긋난 게 무엇인지 찾고 싶대."

"고상하신 집안 따님은 인생 찾는 법도 다르네. 그런데 뭐가 문젠데. 너 지수 사랑해서 결혼한 것도 아니잖아. 지수 아버지 정년퇴직해서 너 밀어줄 배경도 안 되고. 까짓것 이혼해 줘."

"안 돼!"

"왜?"

"때가 아니니까."

국내 최대 조직 중의 하나인 발렌타인파 부두목을 아버지로 둔 그였다. 어머니는 아버지 때문에 남편한테 이혼당했는데도 찾아와 아버지의 온갖 몹쓸 짓에 이용당해 그를 낳고 약물 중독으로 죽었다.

절대로 이 세상에선 내세울 수 없는 자신의 가정사였다. 지수와의 결혼사진 속 그의 가족들이라 찍혀 있는 사람들 중에 진짜는 단 한 명도 없지만 그의 SNS 메인에 걸려 있는 사진은 바로 그 사진이었다.

신랑 가족들은 평이했지만 신부 가족들은 대통령도 갖지 못할 초호화 유명 인사들이었다. 법조계 최고 인사들과 경찰청장이 그의 배경이 되어 서 있는 사진은 그의 명함조차 필요 없게 만들었다.

명함보다 더 큰 위력을 가진 사진을 지수와 이혼하여 잃어버릴 순 없었다. 지금 그가 하고 있는 작업이 용이한 것도 모두 그 사진 때문이었다.

"이혼은 할 거야. 이번 작업 제대로 끝나면 그때는 내가 먼저 이혼하자고 할 거야."

"그럼 그렇지. 그래서 나한테 원하는 게 뭐야?"

"말은 안 하는데 지수가 많이 힘들어하는 것 같아. 누나가 만나서 위로 좀 해 줘. 어긋난 인생이니 하는 것도 다 힘들어서 하는 말 같거든."

생각지도 못한 명서의 말에 문은비의 치켜 올라간 두 눈이 놀라 커졌다. 상대방의 마음 같은 건 전혀 안중에 두지 않는 게 마음이 맞아 친남매처럼 지낼 수 있었던 두 사람이었다. 그런데 지금까지 한 번도 한 적 없는 말을 명서가 하고 있었다.

"지금 내가 들은 게 이명서가 한 말 맞아? 지수가 힘들어한다는 게 보였어, 네가?"

"좋든 싫든 6년을 살았는데 그 정도는 당연히 보이지."

"결혼 한번 무섭네. 알았어. 그럼 내가 지수 위로해 주면 넌 뭘 줄 거야? 나 이제 작은 거로는 안 한다."

"큰 거야, 아주."

"너한테나 크지, 나한테도 클까."

그동안 명서가 화해 부탁을 할 때마다 그녀는 화해의 대가를 톡톡히 받아 냈다. 대부분 명서가 작업 중인 여자들로부터 빼낸 주식이었다.

처음엔 얼마 안 되는 소량이었지만 그것도 모아 보니 꽤 많아져 그녀의 차명 통장이 나날이 무거워지는 중이었다.

"화인그룹 후계자 유태리."

"뭐?"

"양주그룹 사고 전담 변호사가 내 친구잖아. 그 친구가 사람 좀 찾아 달라고 하는데 그 사람이 문현숙인 거야. 찾는 사람은 화인의 유태리고."

떠올리기조차 싫은 자신의 이름을 유태리가 찾는다니. 갑자기 등골이 송연해지는 그녀였다.

"유태리가 왜 문현숙을 찾는대?"

"변호사들 친목 모임인 단체 채팅방에서 나온 말인데 화인의 유태리가 오래전 납치당한 곳에서 자신을 보살펴 준 사람을 찾는다는 거야. 그때 사건으로 기억을 잃었는데 다른 건 기억이 하나도 안 나도 문현숙이란 이름만 생각난다는 거야."

뭔가 잘못되었다. 유태리를 보살펴 준 기억 따윈 없었다. 오히려 반응 없는 선우에게 질려 유태리에게 담배를 가져갔다가 선우에게 저지당한 적이 몇 번 있지만 말이다. 선우를 옆에 둔 걸 보고 기억을 찾은 줄 알았었다. 그런데 자신을 찾는다니.

"정말 문현숙만 기억이 났대?"

"그래. 27년 만에 기억난 게, 문현숙이 자신을 돌봐 줬던 기억이었대. 그래서 너무 찾고 싶어서 안달이 났대."

'선우가 보살펴 줬는데 왜 선우를 나로 기억하는 거지?'

"누나, 이름 커밍아웃하고 유태리 한번 만나 봐. 혹시 알아 화인의 안방마님이 될지?"

머릿속에서 색색의 등이 켜졌다. 빨간 등만 켜졌다면 위험 신호일 텐데 온갖 색등이 켜져 혼란스러웠지만 그녀가 바란 허선우라는 장난감을 갖는 데 있어 길이 보였다.

'김재명이 움직였는데도 화인은 선우를 내치지 못했어. 그렇다면, 내가 유태리의 은인이 된다면……'

"명서야, 네가 작업 좀 해 줘야겠다."

"누나, 그럼 화인의 안주인이 되는 거야?"

"그딴 건 관심 없어. 난 내 장난감 찾으러 가는 거니까."

"장난감?"

"그래, 내 장난감 허선우."

아파하던 선우의 모습을 떠올리자 솟구치는 쾌감이 너무 황홀해 부르르 떨리는 몸으로 그녀는 명서가 따라 준 술을 한 번에 마셔 버렸다.

5. 덫에 걸린 인어공주

 박규식 대법원장의 저택은 동네에서 꽤 유명한 고택이었다. 퇴임 후에도 존경받는 집주인으로 인해 문전성시를 이루는 이 집 앞을 얼마나 많이 지나쳤던가. 대문을 바라보는 태리의 표정은 몹시도 어두웠다.
 하고 많은 동네 중에 그와 같은 동네에서 그의 집에서 불과 10분 거리밖에 안 되는 거리에서 살고 있으면서 어떻게 한 번도 마주친 적이 없었던 것일까.
 원망할 마음 따윈 없었다. 마주칠 수 없었던 이유를 모르지 않으니까. 선우가 그처럼 정상적인 몸이었다면 한 살 밖에 차이 나지 않으니 같은 학교를 다닐 수 있었겠지만 선우는 학교를 다니지 못했다.

이 집과 병원에서 치료를 받으며 십 대 시절을 보냈다는 조사 내용을 읽으며 그는 마음 안에서 문현숙을 수백 번 죽였었다.

이렇게나 가까운 곳에서 선우가 십수 년을 살았다는 것이 믿기지 않는 것보다 한 번도 만나지 못한 안타까움으로 그는 대문 앞 초인종을 눌렀다.

-어떻게 오셨나요?

"박 원장님과 약속한 유태리라고 합니다."

-네.

문이 열리자 그는 궁궐 안 연못 정원 같은 대문 안 풍경을 스치듯 보며 현관으로 들어갔다.

현관문 앞에서 그를 맞아 준 건 박우식의 아내인 심연경이었다.

"어서 오세요."

"화인의 유태리입니다. 박 원장님을 뵈러 왔는데……."

"아버님은 정원에서 기다리고 계세요. 이쪽으로 오세요."

밖의 정원이라 생각했던 것과 달리 심연경을 따라간 곳은 밖의 정원 풍경이 한눈에 보이는 유리로 된 발코니 정원이었다. 낯설지 않은 발코니 풍경과 테이블 위 찻잔들이 춘천 선우의 집 발코니 풍경과 겹쳐졌다.

장소는 다르지만 같은 발코니 풍경에서 그는 선우를 만났다.

'이곳을 떠나고 싶지 않았구나, 당신…….'
"아버님, 유태리 씨 오셨어요."

박 원장은 발코니 테이블 의자에서 슈트 차림으로 서류를 보고 있었다. 칠십 대인 박 원장은 여전히 발군의 저력을 보여 주는 변호사로 명성이 자자한 분이었다.

"어서 와요, 유태리 대표."
"처음 뵙겠습니다. 박 원장님."
"차는 여기서 마실 테니 자네는 볼일 보게나."
"네. 아버님."

심연경이 나가자 박 원장은 태리를 발코니로 이끌어 밖의 정원 풍경이 한 폭의 그림처럼 보이는 자리에 그를 앉혔다.

"그 자리가 정원 풍경이 제일 잘 보이는 자리라네."
"선우 씨네 집 1층 계절 풍경이 왜 아름다운지 알 것 같습니다. 이곳에서 이런 풍경을 수십 년 동안 봤을 것 아닙니까."
"선우의 집에 이런 풍경이 있단 말인가?"
"네. 3층짜리 집인데 1층은 사계절이, 2층은 전국 지도가, 3층은 우주가 그려져 있습니다. 참! 제가 휴대폰 사진으로 찍은 게 있는데 보시겠어요?"

태리가 휴대폰 사진으로 찍은 선우의 집을 보여 주자 박 원장은 기다렸다는 듯 사진 보기에 몰두했다.

박 원장이 꼼꼼하게 사진 한 장 한 장을 보는 모습에 그는 선우가 박 원장에게 내쫓긴 것이 아님을 알 수 있었다.

조사한 내용엔 박 원장의 손녀인 박지수의 남자를 유혹한 일로 선우가 이 집에서 쫓겨난 것으로 나와 있었다.

그런데 그의 회사에 허선우가 입사했다는 소식을 들었다며 오늘 만남을 만든 건 박 원장이었다. 만남의 목적은 박 원장이 선우에 대해 물어보고 싶은 것이 있다는 이유에서였다.

'유 대표 본가가 우리 집과 같은 동네인 걸 아네. 괜찮다면 퇴근길에 나랑 차 한 잔 마셔 줄 수 있겠나?'

처음엔 선우를 내쫓은 사람이다 싶어 거절하고 싶었지만 박 원장의 너무나도 정중한 부탁을 그는 차마 거절할 수가 없었다.

"이 발코니 풍경은······."

"알아채셨습니까? 여기와 너무 똑같죠."

"그렇구만. 딱 여기군."

"네. 저도 여기 들어오자마자 선우 씨네 발코니인 줄 알고 놀랐습니다."

"하나도 잊지 않았어······."

그의 춘천집 사진이 선우 사진이라도 되는 듯 박 원장은 연신 쓰다듬었다.

"보고 싶으십니까?"

"품을 떠났다고 제 새끼 버리는 부모 봤나? 부모는 언제나

자식을 오매불망하며 산다네."

"제가 본 선우 씨도 박 원장님과 같은 느낌이었습니다."

"그런가."

테이블 위 전기 포터 전원을 누르며 그 옆에 놓여 있는 컵 바구니를 태리에게 밀었다. 색색의 컵들 중에서 태리가 고른 색은 녹색 컵이었다.

태리가 고른 컵 색을 본 박 원장은 놀라며 태리를 다시금 살펴보곤 입가에 미소를 지었다. 포터의 전원이 꺼지자 박 원장이 태리의 컵에 포터에 든 것을 따라 주었다. 히비스커스 차였다. 녹색 컵 속의 붉은 차는 마치 한 송이 히비스커스 자체였다.

"선우가 허브차를 즐겨서 나도 마시게 되었는데 이 집에선 나 혼자만 마시고 있어서 자네한테 티타임을 요청했다네. 괜찮은가?"

"네. 허브차는 저도 좋아해서 즐겨 마십니다."

눈앞의 박 원장은 선우와 닮은 곳을 찾아야 할 이유가 없는 사람이었다. 그런데 선우와 혈연관계가 아닌 박 원장의 얼굴에서 그는 선우와 닮은 것을 보게 되었다.

웃을 때 왼쪽 입꼬리가 먼저 올라가는 것이 닮았고 차를 마시는 그를 바라보는 걱정하는 눈길이 닮았다.

법정에서 산군 중의 산군이라는 사람이 이토록 온화한 기운을 풍기다니. 하지만 온화함 이면에서 느껴지는 슬픔마저도 선우를 떠올리게 했다.

"유 대표, 우리 선우는 지난겨울 춘천에서 처음 만난 건가?"

"네."

태리의 답변에 갖고 있던 희망의 불꽃이 꺼지자 박 원장은 터져 나오는 한숨을 겨우 들이마시며 차를 들이켰다. 오랫동안 품고 있었던 희망이 제대로 꽃을 피울 줄 알았는데 허망하게 사라져 가는 것에 그는 찻잔에 남은 차를 슬픈 눈으로 하염없이 바라보며 그날의 선우를 떠올렸다.

경찰서에서 선우를 주시하게 된 건 한여름의 긴팔도 이상한데 블라우스의 양팔을 적시고 있는 고름 때문이었다. 상처가 낫기도 전에 지져진 팔에는 딱지는 없고 온통 피고름과 진물투성이였다.

법조계 생활을 하면서 온갖 흉폭한 살인 상해 사건을 목도한 그였건만 이제 겨우 여덟 살인 아이의 팔과 발에 생긴 상처는 소름이 돋을 만큼 공포스러웠다.

담뱃불에 지져져 엉망이 된 아이의 모습에 고아원 원장 부모가 절규하고 기절했다. 아이를 제 딸의 말동무로 데려갔다는 문병호란 자는 눈앞의 화인그룹 후계자인 유태리를 납치한 인물이었다.

문병호가 한 짓이냐고 물으니 아이는 아니라고 했다. 문병호 가족을 다그쳤지만 그들 역시 아니라고 했다. 문병호와 그의 아내는 유태리 납치 사건으로 형을 살게 되었다.

선우의 화상은 하루 이틀 사이에 입은 것이 아닌 지속적으로 입은 것이었다. 분명 선우에게 화상을 입힌 것은 문병호 가족이 맞는데 증거가 없었다. 그때 그가 생각한 증인이 유태리였었다.

당시 사건 일지엔 수사에 혼선을 주려고 제 딸 옷을 입힌 선우와 유태리가 한 방에 있었다고 기록되어 있었다. 그리고 유태리는 화인그룹 집안 차에 태워져 병원에 가서도 선우를 찾았다고 나와 있었다.

그 기록을 보고 그는 화인그룹으로 찾아갔었다. 선우 또한 태리의 행방을 걱정했던 것을 보아 둘이 친했을 거라는 생각 때문이었다. 혹시나 문병호 가족이 선우에게 한 짓을 알지 않을까 하는 마음으로 찾아간 그에게 유태리의 부친이 전해 준 소식은 유태리의 기억 상실이었다.

결국 선우에게 화상을 입힌 범인은 27년 동안 미궁에 갇혔지만 그는 잊지 않고 있었다. 출소한 문병호 부부의 소식을 법조계 범죄 조직 소식통을 통해 들으며 유사 사건이 일어나는지 항시 보고받았었다.

다행이라고 해야 할지 선우가 당한 것과 같은 일은 전혀 벌어지지 않았다. 사정을 아는 후배가 이제는 잊고 살아도 되지 않겠느냐 했다. 하지만 하루하루 노쇠해지는 몸과 달리 선우의 상처는 자신이 겪은 양 생생해지는데 어떻게 잊을 수 있겠는가.

이런 그에게 선우가 유태리의 파트너로 창립 파티에 참석했다는 소식은 그토록 기다려 온 희망의 불씨였다. 그 불씨는 화인 법무팀에 선우가 입사하게 되면서 불꽃이 되었다. 혹여 유태리가 기억을 찾아 선우를 만난 것이 아닐까 싶었는데 그건 그의 헛된 희망이었던 것이다.

"원장님."

"……."

"원장님?"

"미안하네. 내가 생각이 너무 많다 보니. 실례를 했군그래."

"아닙니다. 그런데 선우 씨와는 혈연관계가 아닌 걸로 아는데 선우 씨가 원장님을 많이 닮은 것 같습니다."

"선우가 나를?"

"네. 웃으실 때 입꼬리 눈꼬리가 올라가는 모양이 복사판 같습니다."

"허허… 그건 말일세, 선우가 내 흉내를 내다 보니 그렇게 된 거라네."

"네?"

"팔불출 할애비 같지만 선우가 존경하는 사람 일 위가 나라네. 선우는 자기가 존경하는 사람을 닮고 싶다고 했거든. 내가 하지 말라고 해도 내 웃는 얼굴이 좋다고 흉내를 내다 보니 나랑 닮게 된 거라네."

"하하하. 정말요?"

"그렇다네. 선우 어릴 때 내가 존경하는 사람처럼 살다 보면 언젠가 너도 존경받는 사람이 되어 있을 거라고 했었지."

얼마 만에 하는 선우의 자랑질인가 싶었다. 선우는 그의 집에 온 날로부터 그와 아내의 너무도 어여쁘고 소중한 보물이 되었다.

핏줄인 지수 또한 보물이었기에 집안에 보물이 늘었다며 얼마나 기뻐했던가. 지수는 가만히 있어도 화려하고 아름다워 세상의 모든 벌과 나비들이 날아와 탐을 내는 장미였다.

반면 선우는 오월의 민들레였다. 처음엔 홀로 피어도 이후 홀씨가 돼서 사방을 민들레꽃밭으로 만들어 사람들의 마음을 평온하게 해 주는 민들레처럼, 선우는 하루하루 제 노력을 퍼트려 사람들에게 기쁨을 주었었다.

선우가 기쁨을 줄 때마다 얼마나 자랑을 했던가. 그 자랑을 지금 그는 6년 만에 하고 있었다. 희망의 불꽃은 사라졌지만 박 원장은 그동안 궁금했던 선우에 대해 태리에게 쉼 없이 물으며 웃고 또 웃었다.

어느새 저녁 식사 시간이 되었는지 지수의 모친이 들어와 식사 여부를 물었다.

"시간이 이렇게 된 줄을 몰랐네. 유 대표, 어떻게 우리 찬 구경 좀 하겠나?"

"죄송합니다, 원장님. 저는 지금 춘천으로 가야 해서 오늘 식사는 어려울 것 같습니다."

"아니, 이 시간에 춘천으로 간다고?"

"네. 선우 씨가 식사도 거르고 일만 하는 것 같아서 제가 같이 저녁 같이 먹자고 했습니다. 제가 어렵게 모셔 온 분인데 그 정도는 해야 할 것 같아서요."

"유 대표, 혹시 우리 선우 아픈가?"

"네?"

"선우는 아프지 않은 이상 일 때문에 식사를 거르지 않거든. 숨기지 말고 이야기해 주게."

선우의 이야기로 미소 충만했던 박 원장의 표정이 급격하게 어두워지면서 매섭게 변하자 그는 걱정으로 가득한 박 원장의 눈을 바라보며 긴 숨을 내쉬고는 고개를 끄덕였다.

"그렇구만. 유 대표, 잠깐만."

박 원장의 손짓에 자리에서 일어난 그는 박 원장의 뒤를 따라 2층 계단으로 올라가 낯설지 않은 향이 나는 방으로 들어갔다.

박 원장이 불을 켜자 그는 방 안 곳곳에서 선우를 보았다. 말하지 않아도 방주인이 누군지를 알 수 있었다. 춘천 방안 구조와 다를 게 없는 방안이었다.

"선우 씨 방이군요. 그런데 이 방, 선우 씨만 오면 될 것 같은데 일부러 안 치우신 건가요?"

"방 주인이 치워야지 누가 치우겠나."

"…그렇군요."

박 원장의 말에서 선우가 돌아올 것이란 믿음을 저리도록 느낄 수 있었다. 하지만 이렇게나 애틋한 조손 사이인데 어째서 선우는 떠난 것이고 왜 박 원장은 떠나는 선우를 잡지 않은 것인지 도무지 이해가 가지 않았다.

"가서 선우 만나면 이걸 꼭 전해 주게."

박 원장이 몸을 숙여 침대 밑에서 연두색 캐리어를 꺼내더니 그에게 건네주었다.

"뭔지 열어 봐도 될까요?"

"상관없네."

바닥에 누인 캐리어를 열자 처음 보는 기구와 두꺼운 장갑들과 옷들이 한가득했다.

"이게 뭔가요?"

"보온 제품들일세. 선우가 여름까지는 추위를 많이 타거든."

"전부터 사용하던 건가요?"

"아닐세. 전에 사용하던 건 옷장에 그대로 있고 이건 모두 신제품들일세. 전에 것들보다 훨씬 좋은 것들이지."

"이 장갑은 선우 씨가 끼고 있는 장갑이랑 비슷해서 하루 종일 끼고 있어도 될 것 같네요. 이 발목 보호대도 얇아서 양말 신은 것 같겠어요."

제품 하나하나를 살펴보며 선우의 팔과 발목에 어울릴지 아닐지를 판단하는 태리를 보며 박 원장은 그제야 선우의 팔과 발에 대해 서로 이야기를 나누지 않았다는 것을 알아챘다.

잃어버린 기억을 찾았는지에 대한 의문 때문에 만난 태리인데 차를 마시는 사이 태리를 선우의 남자로 생각하고 있었던 것이다. 하지만 그의 실수로 치부하기엔 선우에 대해 말하는 태리는 직장 상사를 넘어서 있었다.

미혼인 부하 여직원 집에서 저녁을 같이한다는 미혼인 남자 상관을 어떻게 일 관계로만 생각할 수 있겠는가 말이다. 더군다나 모든 걸 알고 있는 양 제품들의 용도를 보고 있기까지 하니 그로선 착각할 수밖에 없었던 것이다.

"유 대표, 자네 혹시 알고 있는 건가. 선우……."

"네. 선우 씨의 팔과 발목에 화상 상처가 있는 건, 봐서 알고 있습니다."

아무렇지 않게 선우의 화상을 말하는 태리에게서 박 원장은 자신이 실수한 것이 아님에 안도의 숨을 내쉬었다.

선우의 화상 상처에 대해 아는 사람들은 있어도 상처를 본 사람들은 많지 않았다. 그의 가족들과 의료진들 그리고 선우의 고아원 식구들 정도였다.

상처가 너무 흉측해 선우가 사람들에게 보이는 것을 꺼려서였다. 그래서 일 년 삼백육십오 일 매일 장갑을 끼고 사는데 그 상처를 유태리는 어떻게 본 것일까.

"보여 준 건가, 보게 된 건가?"

"저희 회사 창립 기념일에 뜨거운 물이 선우 씨 팔에 쏟아지는 사고가 있었습니다. 그때 치료하는 과정에서 보게 되었습니다."

"뭐라고? 선우는 괜찮나? 걔 팔은 작은 화상도 입으면 안 되는데, 지금은 어떤가?"

"걱정 마십시오, 괜찮습니다. 아무튼 그때 일로 선우 씨 화상 상처가 신경 쓰였는데 원장님께서 이렇게 챙겨 주시니까 안심이 됩니다."

"선우가 상처에 대해 말해 주던가?"

"화상을 크게 입었다고만 말해 줬습니다. 그런 상처는 마음에도 상처를 입혔을 것 같아 자세한 건 묻지 않았습니다."

"그렇게까지 생각해 주다니 고맙네, 유 대표. 오늘은 차 한 잔이었지만 다음엔 내가 식사 초대 정식으로 할 테니 꼭 받아 주게나."

"초대해 주시는 날만 기다리고 있겠습니다. 원장님."

가는 시간이 멈춰 주길 바라는 날이 아내가 눈을 감던 날 말고 또 있을 줄은 몰랐다. 오랜 지기도 아니고 업계 동료도 가족도 아닌 오늘 처음 만난 이 젊은 남자와 계속 이야기를 할 수 있도록 시간이 조금만 더 멈춰 주기를 박 원장은 바라고 바랐다.

현관까지 나와 배웅해 주는 박 원장을 뒤로한 채 캐리어를 들고나오는 태리는 묵직한 마음이 너무 답답해 차에 오르자마자 연거푸 큰 숨을 터트렸다.

박 원장이 무엇을 바라고 그를 초대한 것인지 모르지 않았다. 기억을 찾은 뒤로 열어 본 봉인된 사건에서 그는 뜻밖의 인물의 이름을 발견했다. 바로 지금 만난 박규식 원장이었다. 본가와 그가 있는 병원을 찾아와 허선우를 기억하는지에 대해 물어봐 달라고 했고 그가 기억을 찾으면 꼭 연락을 해 달라는 부탁을 간곡하게 했다는 내용이 있었다.

봉인된 경찰 자료에도 박규식 원장의 이름이 있었다. 문병호 가족에게 허선우 학대 건을 취조해 달라고 요청을 수차례 한 사람이 박 원장이었다.

하지만 문병호 가족은 모두 아니라고 했고 학대 당사자인 선우조차도 아니라고 했다. 문현숙이 문병호가 피운 담배로 선우를 괴롭히는 것을 보며 술 냄새 풍기며 깔깔거리던 문병호와 김성옥이었다.

그들은 부정하는 게 당연했을 것이다. 문현숙에게 그 짓은 학대가 아니라 놀이였으니까. 유치원 친구들이 장난감을 가지고 놀 때처럼 문현숙이 그랬다. 오늘은 어디를 지질까 하던 문현숙의 목소리는 장난감을 가지고 노는 친구들과 너무 똑같았었다.

그들에겐 놀이였으니까 부정했겠지만 왜 선우는 말하지 않았던 것일까. 어릴 때야 몰라서 그랬다 쳐도, 왜 성인이 되어서도 그들을 단죄하지 않은 것인지, 봉인된 과거는 그에게 많은 질문을 던졌다.

'죄송합니다, 원장님. 지금은 기다려 주십시오. 아직은 때

가 아닙니다. 선우 씨는 단죄하지 않았지만 저는 그들을 단죄할 겁니다.'

굳은 마음에 한 치의 틈도 보이지 않도록 마음에 다시금 콘크리트를 쏟아부으며 태리는 선우가 있는 춘천집으로 속도를 높였다.

처음 만난 감정 앞에 선우는 어쩔 줄을 모르고 있었다. 자신만의 방을 갖게 된 날로부터 그녀는 방 안에서 언제나 혼자였었다. 수십 명의 고아원 가족들이 와서 방이 모자랄 때와 악몽이 시작되었을 때를 제외하곤 방 안엔 그녀 혼자뿐이었다.

혼자인 건 당연한 건데 지금 그녀는 기다리고 있었다. 혜빈이가 아닌 남자 유태리를 기다리고 있었다.

한 사흘 악몽을 꾸지 않았기에 그녀는 태리에게 방에 오지 말라고 했었다. 태리는 치료라 말했지만 의사도 아니면서 그녀를 안고 자는 태리는 남자였다. 주문이라며 매일같이 잠들 때와 깨어서도 해 주는 뽀뽀는 그녀에겐 낯선 감정들을 만나게 했다.

이성에 대한 경험이 전혀 없는 그녀였다. 조금만 관심을 가지면 의외로 쉽게 개인의 비밀이 공유되는 곳이 그녀가 속

한 곳이었다. 삼복더위에도 벗지 않은 장갑과 우수한 성적 때문에 눈에 띄자 그녀가 박규식 대법원장의 손녀라는 것이 알려지고 많은 동급생과 선배들이 관심을 보이며 애정 공세를 폈었다.

하지만 얼마 못 가서 그녀가 수양손녀라고 알려지자 관심은 지나가는 바람이 되었고 그 바람을 다시는 만난 적이 없었다.

학내에서 그들이 건네준 커피를 마시며 몇 마디 나눈 것을 이성 경험이라 할 수 있을까. 지금처럼, 심장이 말하는 것처럼 두근두근거리고 오늘 그와 보낸 시간들로 춘천 하늘 별빛이 한 번에 쏟아져 내리는 것처럼 황홀해지는 이런 기분은 처음인데 말이다.

다른 날과 달리 늦게 집에 온 그는 크리스마스 선물보다 더 큰 선물을 가져왔다. 그가 전해 준 할아버지의 선물에 한동안 쏟아지는 눈물을 주체할 수가 없었다.

"이거 잘 때 입고 자면 좋을 것 같지 않아요? 입어 봐요, 얼른."

우는 그녀와 달리 뭐가 그리도 좋은지 태리는 열 조끼를 입혀 주고 장갑을 끼워 주었다. 얼마나 따뜻한지 확인한다며 자신도 입어 보고 장갑을 끼어 보고는 할아버지 선물에 눈독까지 들였다.

"이거 나 좀 빌려줄래요? 아니다. 많으니까 나 하나 줘요.

조끼는 나한테는 너무 작은데 장갑은 좀 끼어도 따뜻하니까 너무 좋네요."

"어떻게 대표님이 할아버지한테 이걸 받아 오신 거예요?"

"박 원장님이 호출하셨어요. 귀한 손녀를 데려간 놈이 어떤 놈인지 확인하시고 싶으셨던 것 같아요."

"제대로 말해 주세요. 할아버지가 정말 불러서 만나신 거예요?"

"그렇다니까요. 그리고 진짜로 화인의 유태리가 어떤 인간인지 확인하려고 부른 거예요. 그리고 그 결과가 이거예요."

"할아버지는 건강하세요?"

그녀에게 있어서 하루도 궁금하지 않은 적 없고 매시간 보고 싶은 사람은 할아버지뿐이었다.

가방 안에서 나온 할아버지의 선물들을 가슴에 안으니 할아버지의 따뜻한 마음이 스며드는 것 같았다.

"선우 씨가 안아야 할 건 그게 아니라 물건을 가져온 나 아닌가요?"

"고마워요, 대표님."

"내가 그동안 안 게 있는데, 선우 씨의 고맙다는 말은 모두 말뿐이더라고요."

"네?"

"정말 고맙다면 뭔가가 있어야 하는데 선우 씨는 하나도 없잖아요. 밥 한 번을 사 주기를 하나, 뽀뽀 한 번을 해 주기를 하나."

"밥은 제가 산다고 했는데 여기서 먹는 게 더 좋다고 해서 그런 거잖아요. 그리고 뽀뽀는… 그런 건… 아이들도 아니고 어떻게 해야 할지. 흡!"

별안간 남의 입술이 그녀의 입술을 삼키더니 쪼옥 소리를 내며 빨고는 바로 떠났다.

"…이게 무슨……."

"애들 뽀뽀는 아는 것 같은데 어른 뽀뽀는 모르는 것 같아서요. 선우 씨. 앞으로 나한테 고마우면 어른 뽀뽀 해 줘야 해요, 꼭. 알았죠?"

"대표님, 애 취급하지 마세요. 아무리 제가 경험이 없어도 그렇지 뽀뽀와 키스 차이도 모르는 줄 아세요?"

성인이 되면서 술에 취하면 세상 여자가 모두 미인으로 보이는지 수컷의 본능을 발휘하고 싶은 남자들을 많이도 봤었다. 물론 그들에게 손가락 하나 허용한 적 없었지만 말이다.

그가 그녀에게 한 키스는 성희롱이었다. 화를 내야 맞는데 어째서 화는커녕 머리에선 부끄러워하고 가슴은 미친 듯 두근거리는 것일까.

"선우 씨가 애는 아니지만 어른도 아니잖아요. 내가 매일 여기 춘천으로 오는 이유 잊었어요? 선우 씨, 나한테 지금 환자잖아요."

또다시 시작된 그의 궤변에 그녀는 할 말을 잃었다. 27년이란 세월이 흘렀다고 해도 그렇지 이렇게까지 변할 수가 있는 것일까. 지금의 유태리는 27년 전의 유태리와 달라도 너무 달랐다.

일곱 살 태리는 참는 것도 잘했고 말수가 적은 아이였었다. 그래서 고아원의 아픈 동생 돌보듯 해야 했었다. 화장실을 가고 싶지 않은지, 배는 안 고픈지, 목은 안 마른지. 하나에서 열까지 물어보며 챙겨 줘야 했었다.

또 예의는 얼마나 발랐던가. 그녀가 하나씩 챙길 때마다 고마워요 미안해요를 한 번도 잊지 않았던 태리였다. 그랬던 아이가 어른이 된 모습이 이렇다니. 아무래도 일곱 살 태리는 꿈인 듯싶었다.

"대표님, 저 수면제 안 먹어도 될 것 같으니까 이제는 안 오셔도 돼요. 저 악몽 안 꾼 지 벌써 사흘째잖아요."

"그거야 차도를 보인 것뿐이지 완전 치료가 된 건 아니죠. 최소 한 달 이상은 악몽 안 꿔야 수면제 없이도 잘 수 있는 거예요. 겨우 사흘 가지고 내 치료 피할 생각은 말아요."

거실에 펼쳐 놓은 할아버지의 선물들을 다시 가방 안에 넣은 태리가 마치 제집인 양 주방으로 가더니 물이 든 컵을 가져와 그녀에 건네주었다.

"선우 씨는 잘 준비가 되어 있지만 난 아직 준비가 안 됐으니까 먼저 가서 약 먹고 있어요. 내가 빨리 씻고 올게요."

악몽 때문에 지르는 소리에 달려오는 건 너무 비효율적이라며 일주일 전부터 그는 그녀의 침대에서 그녀와 함께 잠이 들었다. 약을 먹은 후 잠들 때까지 그는 그녀에게 책을 읽어 주었다. 27년 전 그녀가 동화책을 읽어 주었던 것처럼 그녀가 좋아하는 책들을 읽어 주었다.

그때의 기억은 찾지 못했다면서 어떻게 그녀가 위인전을 좋아하는 것을 알고, 위인전 책들을 가져와서는 읽어 주고 있었다.

아직 끝까지 들은 책은 없었지만 그의 목소리는 삼청동에서 할아버지, 할머니가 불러 주었던 자장가처럼 평안했.

'오늘은 어떤 책을 읽어 줄까. 아니, 오늘은 어디까지 들을 수 있을까. 끝까지 듣고 싶은데… 들을 수 있을까.'

시간이 지날수록 태리의 생각으로 가득 찬 머리와 심장을 주체하기 힘들어지자 그녀는 결국 먹지 않으려 했던 수면제를 먹으며 자조했다.

'훗! 허선우, 어쩌다 네가 주제도 모르고 남자를 다 생각하니. 잊어버려. 신기루야. 알지? 신기루.'

그녀가 속해 일하는 세상에서 벗을 수 없는 장갑 때문에 자존감을 잃어 본 적은 없었다. 하지만 그건 어디까지나 그녀가 실력만을 중시하는 세상에 있었기에 가능한 일이었지 그 세상 밖으로 나오면 그녀는 고아에다 무서운 흉터를 가진 여자일 뿐이었다.

할아버지, 할머니는 답답한데 집에서까지 장갑을 끼고 있냐며 장갑을 못 끼게 하셨다. 한여름엔 날 더운데 무슨 바지냐며 예쁜 원피스를 사다 주셨었다. 지수가 밥 생각이 없다고 한 것이 사실은 그녀의 흉터가 구역질 나서였고 배 아프다고 한 지수의 모친도 같은 이유에서였음을 모른 채 말이다.

가족이라 부르라고 했던 사람들조차 받아들이지 못한 흉터는 그녀에게서 자존감을 앗아 갔다.

'허선우, 정신 차려! 일 밖의 세상은 네 세상이 아니야. 너 잊었어? 너한테 초대받지 않은 악몽이라고 했던 그 말… 넌 잊으면 안 되잖아.'

이불속으로 몸을 누이는 그녀의 눈가에서 또르르 눈물방울이 흘러내렸다.

'문현숙은 나에게만 악몽을 줬어. 그런데 내 흉터가 얼마나 많은 사람에게 악몽을 꾸게 할까. 잊지 말자, 허선우. 악몽은 너 하나로 족해.'

더는 다질 게 없는 마음을 또 다지며 그녀는 눈을 감고 빨리 잠이 오기를 기다렸다

"무슨 생각을 하느라 사람 온 줄을 몰라요?"

이불속으로 들어오는 태리로 인해 침대가 출렁이고 이불속 온기가 바람이 되어 얼굴을 스치곤 날아갔다. 아직 오지 않은 잠을 자는 척은 할 수 없었다.

"빨리 왔네요."

"하루 중에 이 시간이 가장 좋은데 늦을 수 있나요. 왜 그렇

게 떨어져 있어요. 선우 씨, 아직도 화 안 풀렸어요?"

"화 안 났어요. 오늘은 뭘 읽어 주실 거예요?"

"오늘은 동화책이에요. 제가 제일 좋아하는 불멸의 권선징악 해피 엔딩 스토리 인어공주예요."

침대 머리 판에 몸을 기대며 태리는 선우를 제 허벅지 위에 뉘었다. 책장을 넘기며 인어공주를 읽기 시작하는 태리의 얼굴엔 거실에서 있을 때와 달리 무슨 일인지 결의가 가득 차 있었다.

[미끼 물고 잡힌 곰치가 내일 시장에 나옵니다.]

씻고 나오는데 진동음이 울려 확인한 휴대폰에 찍힌 문자는 오늘 읽을 책을 간디에서 인어공주로 바꾸게 만들었다.

인어공주는 이 문자가 오기를 바라면서 가방 안에 항상 준비해 둔 것이었다. 인어공주를 읽어 내려가며 그는 선우의 머리카락을 연신 쓸어내렸다.

선우는 태리가 좋아한다는 인어공주를 좋아하지 않았다. 사랑하는 사람과의 사랑을 이루지 못한 채 물거품이 된 게 어떻게 해피 엔딩인가. 물거품이 되어서 잃어버린 목소리를 찾고 공기 요정이 되었어도 사랑은 이루지 못했지 않은가.

사랑을 이루지 못한 게 싫어 좋아하지 않는 인어공주지만 태리의 목소리를 듣고 싶은 마음에 아무 말도 없이 들었다.

'나도 어릴 땐 태리가 어떤 책을 좋아하는지 모르고 다 읽어 줬잖아. 그런데 이상하네. 인어공주는 권선징악하고는 거

리가 먼 이야긴데 웬 권선징악?'

내용이 이상했다. 인어공주가 바다에 빠진 왕자를 구해 육지로 올려보내고 이웃 나라 공주가 구해야 하는데 마녀가 나왔다.

'마녀 우르슬라? 바닷가재 세바스찬? 설마 이 책?'

고개 들어 태리가 들고 있는 책을 본 그녀는 머릿속에 가득했던 고민이 순식간에 사라지는 것에 어이가 없었다. 그가 읽어 주고 있는 인어공주는 고아원 어린 동생들에게 셀 수 없이 읽어 주었던 동화책 인어공주가 아닌 만화 영화로 나왔던 인어공주였다.

만화 영화 인어공주는 권선징악이었고 해피 엔딩이니 그녀도 싫어할 이유는 없었지만 만화 영화 스토리로 만든 책을 다른 날보다 더 힘주어 읽고 있는 태리는 그녀를 웃으며 잠들 수 있게 해 주었다.

동화책이 거의 끝나갈 무렵 색색거리는 숨소리가 들려오자 그는 읽던 책을 덮으며 선우의 귓가로 얼굴을 가져갔다.

"미안해요, 선우 씨. 당신은 앞으로 인어공주가 될 거예요. 아주 잠깐일 테니까 나를 믿고 기다려 줘요. 부디 나를 꼭 믿어 줘요. 선우 씨……."

선우의 귓가에 조용히 자신의 마음을 말하는 그의 목소리는 더없이 절절했다.

"굿나잇. 선우 씨, 오늘도 악몽은 찾아오지 않을 거니까 편하게 푹 자고 나랑 같은 아침 맞이해요."

주문 같은 밤 인사를 마친 그는 선우를 품에 안고 눈을 감았다. 이제는 품 안에 그녀가 없으면 밤이 아닌 것 같은 그였다.

제 살인 양 제 몸인 양 품속에 스며든 선우의 온기를 느끼며 그는 선우의 팔에서 조심스레 장갑을 벗겨 냈다.

선우의 흉터를 볼 때마다 고통을 느끼는 그였지만 외면할 수는 없었다. 하루 이틀도 아니고 십수 년째 장갑 속에 갇혀 있는 팔이 너무도 불쌍했다. 잘 때조차 끼고 있다는 건 그녀 조차도 받아들이지 못하고 있어서가 아니겠는가.

올록볼록한 두 팔을 어루만지며 눈을 감는 그는 오늘도 어제와 같은 바람을 되새김질했다.

'당신의 악몽이 내게로 옮겨 오기를 바라요. 당신이 내 악몽을 가져간 것처럼요.'

하지만 바람은 바람일 뿐이었다. 그것도 덧없는 바람이었다.

"싫어! 그만해. 현숙아, 제발⋯ 부탁이야, 현숙아⋯ 나 너무 아파⋯⋯. 제발⋯⋯."

"선우 씨. 괜찮아요. 괜찮아요."

"허어어어엉엉, 아파, 아파요⋯⋯. 살려 줘요. 제발⋯ 그만해. 그만하라고!"

몇 시간이나 잤을까. 악몽에 시달리는 선우가 몸부림을 쳤다. 발로 차고 제 머리카락을 쥐어뜯으며 절규하는 선우를 침대에서 일어난 태리는 온 힘을 다해 껴안았다.

"괜찮아요. 선우 씨. 꿈이에요, 꿈! 얼른 깨요. 내가 있으니까 걱정 말고 얼른 깨요, 선우 씨……."

"아파요……. 너무 아파요. 살려 주세요… 엄마……."

"꿈이라서 아픈 거예요. 꿈 깨면 안 아파요. 선우 씨, 내 목소리 들리죠? 선우 씨… 나예요. 유태리. 유태리라고요. 선우 씨."

"싫어! 싫단 말이야! 제발 그만해 줘, 현숙아. 제발……."

절규하는 선우의 얼굴이 눈물범벅이 되었다. 그가 문현숙으로 보였는지 가느다란 두 팔이 그의 가슴을 때리고 두 다리는 그에게서 벗어나려 발버둥을 쳤다.

"선우 씨……. 그래요, 나를 때려요. 마음껏 때려요. 참지 말고 때려요, 선우 씨……."

담뱃불로 지지며 깔깔거리는 현숙에게서 벗어나고 싶은데 팔과 다리가 움직이질 않았다. 그녀는 그저 애원할 뿐이었다. 하지 말라고 해도, 방 안이 살타는 연기로 가득 찼는데도 현숙은 그저 좋아서 환호하며 지졌다.

죽을 것만 같아서 살려 달라고 하는데도 웃는 현숙의 웃음소리는 끝이 보이지 않는 동굴이었다. 동굴 안을 울리는 웃음소리는 현숙의 담뱃불보다 무서웠다.

'아프다고 말해!'

치이이이… 하얀 연기와 함께 팔이 지져졌다.

'살려 달라고 말해!'

치이이이… 팔꿈치 안쪽이 지져졌다.

'말 안 해? 말 안 하면 다 지져 줄 거야. 눈코입 모두 다 지질 거야.'
'이래도 말 안 해?'

얼굴로 다가오는 담뱃불에 그녀는 이제 죽는구나 싶었지만 살고 싶었다.
"현숙아. 살려 줘. 제발 부탁이야, 현숙아!"
말을 안 하는 게 아니었다. 그녀는 제발 하지 말라고 살려 달라고 말하고 있는데 목소리가 나오지 않고 있었던 것이다. 점점 더 다가오는 담뱃불이 너무 무서웠다.
"하지 마! 하지 말란 말이야! 하지 마!"
"선우 씨, 참지 말고 때려요. 선우 씨. 내가 있어요. 선우 씨."
웃는 현숙의 얼굴이 찢어지고 그 사이로 태리의 목소리가 들려오더니 동굴도 담뱃불도 사라졌다. 하지만 목소리가 진짜일까. 저 목소리를 따라가면 살 수 있을까. 현숙이보다 더 무서운 게 있으면 어떻게 하지. 담뱃불보다 더 아픈 게 있으면 어떻게 하지.

눈앞의 태리가 진짜 같지 않았다. 가면 쓴 현숙인 것만 같아 무서워 꿈에서 빠져나왔어도 그녀는 부들부들 떨었다.

"무서워……."

"선우 씨, 괜찮아요. 꿈은 끝났어요. 선우 씨, 내가 누구예요."

"…무서워……. 무서워요… 너무 무서워요……."

"선우 씨… 나예요. 유태리."

눈을 뜬 선우는 한겨울 물속에 빠졌다 나온 사람처럼 덜덜 떨었다. 애처롭기 그지없는 눈물 범벅된 얼굴을 쓰다듬으며 그는 선우를 진정시키기 위해 이불을 둘러 주었다.

"말했어요……. 살려 달라고 빌었어요. 하지 말라고 했는데… 말 안 한다고 지졌어요. 말했어요. 말했다고요……. 허어어어엉엉……."

"알아요. 내가 알아요. 선우 씨, 울지 마요."

선우의 떨림을 가라앉히려 연신 어루만지고 쓰다듬는데도 얼마나 무서운 꿈인지 떨림은 쉽사리 가라앉지를 않았다.

이불만으로 안 될 것 같아 그는 침대 위에 누인 선우를 내려보며 얼굴을 잡아 자신의 시선과 맞추었다.

"선우 씨, 문현숙은 없어요. 지금 당신한테 나밖에 없어요. 봐요. 내가 누구예요. 네?"

"……."

"내가 누군지 잊었어요?"

"…유태리."

"그래요. 나 유태리예요. 그리고 또 말해 봐요. 나 유태리가 누구예요?"

"…회사 대표이사님."

"그리고 또요?"

악몽에서 깬 선우는 아이와도 같았다. 꿈에서 깨었어도 여전히 꿈속에 있는 것처럼 공포에서 벗어나지 못해 두려움에 휩싸여 있는 선우를 그는 능숙하게 현실의 세계로 천천히 데리고 나왔다.

"……."

"또 있잖아요. 생각해 봐요. 나 유태리가 회사 대표이사이기만 해요?"

"…몰라요."

"그럼 내가 여자예요, 남자예요?"

"남자요."

이상한 그의 질문에 답하는 사이 선우의 눈에선 눈물이 사라지고 떨림은 작아지고 있었다.

"그래요. 나 남자예요. 그런데 당신은 뭐죠? 나처럼 남자 아니면 여자?"

"여자예요."

바보인 줄 아는 걸까. 아니, 악몽 때문에 바보가 된 줄 아는 걸까. 얼굴을 잡은 손의 힘 때문에 그를 외면할 수가 없었다.

"맞아요. 당신은 여자고 나는 남자예요. 지금부터 키스를 하면 되는 남자와 여자."

"네? 읍!"

놀라 벌어진 그녀의 입술을 그는 놓치지 않고 냉큼 삼켜 물었다. 남자로서 십 대도 아니고 뽀뽀만 하느라 그동안 얼마나 힘들었는지 몰랐다. 그가 속한 세계가 스킨십이 자연스러운 세계인만큼 가벼운 입맞춤은 셀 수 없이 많았지만 키스는 처음이었다.

"하아······."

그가 처음인 것처럼 마찬가지로 처음인 그녀였다. 죽는 날까지 사랑은 고사하고 키스 한 번 못 할 거라 생각했는데 어떻게 이런 일이 일어난 것일까.

빨릴수록 커지는 그녀의 입술은 이불속에서 얽혀 있는 그의 하반신을 열풍에 휩싸이게 하더니 한 번도 만난 적 없는 욕망을 초대했다.

이렇게나 맛있는 갈증은 처음이었다. 그를 밀어 내지 않는 그녀의 입술 사이 속 샘은 꿀이었고 감로수였다.

처음으로 빼앗긴 입술 안에서 그녀의 입술이 제 것이라도 되는 것처럼 아프도록 빨아 마시더니 돌연 소리 지르느라 아픈 목 안으로 부드럽고 달콤한 그의 타액이 쏟아졌다.

처음 만난 그의 맛은 욕심내고 싶을 정도로 너무 맛있고 황홀했다.

"하아……."

더 마시고 싶은 마음이 두 팔을 들어 올리게 하고 그의 목을 껴안게 했다.

"선우 씨……."

"대표님……."

"이름으로 불러요."

"태리 씨……."

"고마워요."

"읍!"

그녀에게 꿈에서 깨었어도 사라지지 않았던 악몽의 여운은 더 이상 존재하지 않았다. 다른 사람들은 몰라도 자신만큼은 바랄 수 없고 바라서도 안 됐던 키스가 치료의 목적인 줄 알면서도 그녀는 그저 고마울 뿐이었다.

'고마워요, 태리 씨.'

기약 없을 키스이기에 그가 바라는 것을 모두 내주고 그녀 또한 아무리 마셔도 가라앉지 않은 갈증 때문에 그의 것을 남김없이 마시고 또 마셨다.

얼마나 마셨을까. 그녀의 입술에서 아릿한 피 맛이 나자 입술을 뗀 그는 그녀의 퉁퉁 부은 두 눈과 이마, 젖은 양 볼과 턱에 모두 입맞춤을 했다.

그의 행동에 놀라 목에 감은 두 팔을 내리다가 그녀는 장갑이 벗겨진 제 팔을 보고 소스라치게 놀라 그를 밀었다.

"장갑!"

"장갑은 왜요?"

"내 장갑 어딨어요?"

"잘 때는 벗어야죠. 장갑이 잠옷은 아니잖아요."

"안 돼요!"

 황홀한 꿈이 산산이 부서지는 소리가 귓가를 울리는데 그는 아무렇지도 않은 얼굴로 그녀의 두 팔을 잡아 입가로 가져갔다.

"안 돼요!"

"눈, 코, 입 다 되는데 팔은 왜 안 되는데요? 이 팔, 선우 씨 거 아니에요?"

"태리 씨!"

 흉측한 팔에 그의 입술이 닿았다. 너무 흉해서 구역질이 날 것 같다는 그녀의 팔에 닿은 그의 입술은 팔 곳곳에 촘촘하게 입맞춤을 했다. 오른팔에 이어 왼팔에 입술을 가져가 흉터 곳곳에 입맞춤을 하는 그의 모습은 마치 성스러운 의식 같아서 그녀는 차마 숨소리조차 내지 못한 채 그저 지켜만 보았다.

 '다시는 못 꿀 꿈을 꾸고 있는 거야. 그런 거야, 허선우. 이게 꿈이 아니라면 말도 안 돼. 나조차도 역겨운 흉터인데 어떻게 아무것도 모르는 태리가······.'

"선우 씨, 보약 좀 먹어야겠어요. 팔이 이게 뭐예요? 너무 말랐잖아요. 그리고 피부가 너무 거칠어요. 이게 다 영양이 부족해서 그런 거예요. 출근하면 비서 보낼 테니까 같이 한방병원으로 가요."

"전 괜찮으니까 비서분 보내지 마세요. 제가 뭐라고 비서분이랑 보약 지으러 한방병원을 가요. 가도 저 혼자 갈 테니까 걱정 마세요."

"선우 씨는 괜찮을지 모르겠지만 난 안 괜찮아요. 선우 씨 입술은 밤새도록 키스하고 싶을 정도로 도톰한데, 이 팔 봐요. 입술처럼 키스했다간 이 팔 부서질걸요."

"설마요."

너무 기쁜 말이었다. 신의 장난이든 꿈의 연장이든 지금은 뭐든 좋았다. 이토록 행복한 꿈이라면 말이다.

"선우 씨, 나 두 번 말 하는 거 싫어하는 거 잊지 말아요. 자아, 아직 새벽 3시밖에 안 됐으니까 이제 자요."

"네. 그럼 태리 씨도 가서 편히 자세요."

다행이라고 해야 할지는 몰라도 악몽은 한 번만 찾아올 뿐 한 번 깨면 두 번은 꾸지 않았기에 그녀는 그가 자신의 침실로 갈 것이라 생각했다.

"가긴 어딜 가요. 이 집에서 난 선우 씨 두고는 어디 안 가요."
"저 이제 악몽 안 꿔요."
"내가 꿀 것 같아서요. 내가 꾸면 그땐 선우 씨가 안아 줘요, 알았죠?"

"네."

어린아이들의 소꿉장난이 이보다 더 유치할까. 그의 말대로 그와 그녀는 남자와 여자였다. 그것도 서른 넘은 성인 남녀였다. 핏줄도 아니고 더군다나 회사 상사와 부하 직원이 한 침대에서 잠을 자는 건 분명 정상이 아니었다.

'훗. 서른다섯 내 인생에 단 하루라도 정상인 날이 있었나. 생일이 부모님의 제삿날이질 않나, 반대하는 결혼 해서 죽은 거라고 핏줄을 외면하는 친가까지. 이 얼마나 드라마틱하고 비정상적인 생인가.'

키스가 불러온 황홀경을 질투한 생각이 멈출 줄을 모르자 포기한 채 두 눈을 질끈 감는데 귓가로 뜨거운 그의 숨결이 쏟아졌다.

"선우 씨, 얼른 자요. 나 진짜 남자가 될 것 같으니까."

"네."

6. 전초전

 이보다 더 끔찍한 악몽이 있을까. 이런 상황, 아니 이런 재회는 상상조차 해 본 적 없었다. 이 때문에 그런 말을 했던가.
 "선우 씨, 이유는 묻지 말고 무조건 나를 믿겠다고. 무조건 나를 믿겠다고 약속해 줘요."
 오늘 아침, 태리는 출근하자마자 사무실로 그녀를 불러서 자신을 믿겠다는 약속을 받아 냈다. 가타부타 어떤 설명도 없이 무조건 자신을 믿어야 한다는 그의 얼굴이 너무 간절해 그녀는 알겠노라 했었다.
 처음 본 태리의 얼굴은 다른 날과 달리 업무에 집중할 수가 없게 만들더니 팀원들과 식사를 하고 티타임을 할 때까지도 사라지지 않아 그녀를 불안하게 만들었다. 간절한 그의 눈빛이 빨리 도망가라고 하는 것만 같아서였다.

도망가라고 느낀 그대로 했어야 했는데 어째서 따르지 않았던 것일까. 6년 전에도 그랬는데 또다시 심장이 알고 쿵쾅거리는 걸 무시한 대가에 그녀는 망연자실하고 말았다.

오전에 늦어진 일을 마무리하려는데 예상치 못한 손님을 맞이하게 되었다. 이지후 실장과 양주의 문은비 본부장이었다.

"허 변호사, 바빠요?"

"아뇨. 실장님. 안녕하세요, 문은비 본부장님. 오랜만에 뵈어요."

"허 변호사. 이분과 구면이에요?"

"네. 지난 창립 기념일 파티 때 인사 나눴어요. 그런데 양주 본부장님이 제 사무실엔 무슨 일로?"

문은비의 입술 끝점은 여전히 그녀를 긴장시키고 온몸을 보는 순간 바로 굳게 만들었다.

"허선우 변호사가 보고 싶어서 왔어요."

육감적인 몸매가 그대로 드러나는 보라색 바지 정장 슈트를 입은 문은비는 창립 기념 파티에서 봤을 때보다 훨씬 화려해 보였다.

"네. 왜 저를?"

"구면이라니까 소개가 쉽겠네요. 허 변호사, 이분은 오늘 양주의 총괄 본부장이 아닌 우리 유태리 대표님이 찾으시는 문현숙 씨로서 오게 되었어요."

"……."

"허 변호사?"

왜 기절을 허락하지 않는 걸까. 아니, 차라리 죽여 주지 왜 저 악마의 웃음을 보게 만드는 걸까.

"문현숙이라고……."

"그래요. 내 개명 전 이름이 문현숙이에요. 유태리 대표님과는 오래전 인연이 있었는데 기억 상실로 잊고 있었다가 얼마 전에 기억나 나를 찾는다고 해서 왔어요."

화살통 같은 현숙의 눈빛에서 수만 개의 화살이 그녀를 향해 날아와 박히고 그녀는 숨조차 쉴 수 없을 것 같은데 문현숙의 웃음은 멈추지 않고 있었다.

"…그랬군요."

제발 죽게 해 달라는 애원을 외면하는 하늘에 원망 대신 분노가 치밀어 올랐다. 이대로 죽을 게 아니라면 문현숙 앞에서 쓰러져 조롱당하고 싶지는 않았다. 27년 전의 죽어도 잊지 못할 그 잔인한 웃음 앞에서는 말이다.

안간힘을 쓰며 붙잡은 평정심으로 그녀는 눈가에 둥근 선을 만들었다.

"찾는다고 해서 오긴 했지만 화인에 내가 아는 사람이 있어야지요. 그래서 허 변호사를 찾아왔어요."

"대표님은 미팅하셨고요?"

"아뇨, 아직요. 허 변호사. 미안하지만 같이 가 줄래요? 너무 오래전 일인데 유태리 대표가 나를 기억한다는 게 좀 불안해서요."

 말을 잘해야 했다. 태리가 기억을 찾았다는 것도 놀라운데 문현숙을 찾는다니. 도무지 감을 잡을 수 없는데 무슨 말을 해야 할까. 27년 전 그의 기억 속에 그녀가 아닌 문현숙이 있다니. 게다가 문현숙은 그녀를 창립 기념 파티에서 처음 만난 걸로 말하고 있지 않은가.

 "…그래요. 동행해 드릴게요. 제가 어떤 도움이 될지는 모르겠지만요."

 그녀의 대답이 의외였던 것일까. 순간 현숙의 눈이 놀라 커지더니 바로 환하게 웃으며 고맙다며 그녀의 두 손을 잡고 흔들었다.

 "실장님, 대표님은 지금 사무실에 계시나요?"

 "네. 지금 사무실에서 문현숙 씨를 기다리고 계세요."

 "그럼 지체할 것 없이 가야겠네요. 가요, 문 본부장님."

 "허 변호사, 현숙이라 불러 줘요. 개인 사정이 있어 이름을 개명한 건데 솔직히 난 은비란 이름보다 현숙이 더 좋거든요."

 "그래요. 문현숙 본부장님."

 '거짓말. 이름 바꿔 달라고, 안 바꿔 주면 죽겠다고 나를 지지던 담뱃불을 제 팔에 가져가 제 부모 기함하게 만들었던 게 한두 번이었니?'

자기 이름은 촌스러운데 고아 주제에 왜 공주 같은 이름이냐며 저는 썬우라고 부르고 제 엄마한테는 허썬이라고 부르게 했었다.

 현숙은 자신을 기억하는 선우가 참는 얼굴이 너무 마음에 들었다.

 '괜히 변호사로 먹고사는 게 아니었구나, 허선우. 그런데 어쩌니. 선우야, 넌 지금 나랑 있는 게 끔찍해서 죽고 싶지? 난 너무 행복해서 죽을 것 같은데 말이야.'

 유태리가 기억해야 할 사람은 자신이 아닌 허선우였다. 그래서 곁에 둔 줄 알았는데 아니었던가. 혹여 자신에 대한 보복으로 허선우가 유태리를 꼬드겨 찾은 것은 아닌가 싶어 태리보다 선우를 먼저 찾았다.

 문현숙이란 이름을 듣자마자 바로 지옥으로 떨어진 것 같은 얼굴을 하는 선우를 보며 그녀는 그 자리에서 자지러지도록 웃고 싶었다. 그녀의 장난감은 주인을 잊지 않고 있었던 것이다.

 '주인님이 왔으면 달려와 엎드려야지, 감히 고개 빳빳이 쳐들고 나를 봐? 그 버릇 제대로 고쳐 줄게, 선우야. 네 버릇 고쳐 줄 거 생각하니까 나 너무 흥분된다. 어쩌니, 응? 선우야?'

 그녀의 손아래 괴로워할 선우를 떠올리니 후끈 달아오른 그녀의 다리 사이 속 깊고 은밀한 샘이 넘쳐 뜨겁게 흘러내렸다.

 선우가 자신을 잊지 않은 것을 확인한 것은 좋았지만 그녀는 태리가 자신을 찾는다는 말을 들으면서부터 가진 불안을 떨쳐 버릴 수는 없었다.

그래서 선우에게 알은체를 하지 않았다. 선우 또한 알은체를 하지 않는데 자신이 먼저 알은체를 할 이유는 없었다.

사실 자신에게만 즐거운 선우와의 추억이지 세상에 알려지면 그녀에게 불행을 가져올 게 뻔한 추억이라는 걸 모를 정도는 바보는 아니었다.

'허선우. 네가 언제까지 나를 모르는 척하는지 지켜봐 줄게.'

암살과 살인이 잦다 보니 발레타인의 심장인 양주의 회장실과 임원실은 무기로 쓸 수 있는 난 화분과 칼과 도끼 그리고 총이 대량 진열되어 있는 장식장으로 들어차 있었다. 유일하게 그녀의 사무실만 꽃과 그림으로 채워져 있는데 아무튼 어떤 사무실도 일과는 거리가 먼 사무실이었다.

그런 사무실들만 보다 광고에서 많이 본 멋진 사무실을 보자 그녀는 사무실의 위용에 태어나 처음으로 위축되었다.

"대표님, 문현숙 씨 오셨습니다."

"현숙 누나!"

의자에서 일어나 성큼성큼 큰 걸음으로 현숙에게로 온 태리는 대뜸 현숙을 두 팔 벌려 안았다.

"대표님……."

젊은 남자에게 한 번도 안겨 본 적 없는 문현숙이었다. 최 회장의 여자라는 걸 알기에 누구도 감히 접근하지 못한 데다 최 회장에게 만족하고 있기에 그녀는 누구의 손길도 허락하지 않았다. 동생이랍시고 따르는 이명서조차도 그녀에게 손가락 하나 대질 못했다.

"너무 보고 싶었어요. 누나."

젊은 남자의 향기라는 게 이렇게 좋은 것이었나 싶었다. 코끝이 아릴 정도로 청량하고 머릿속이 황홀해지는 이런 향은 처음이었다.

"정말요?"

"그럼요. 기억을 찾은 순간부터 내내 잠도 못 잘 만큼 누나가 얼마나 보고 싶었는데요."

"유 대표님, 기억을 잃었었어요?"

포옹을 푼 태리가 현숙의 손을 잡고 소파에 나란히 앉는 것을 보자 선우는 질끈 눈을 감아 버렸다. 보고 싶지 않았다. 할 수 있다면 귀조차 막고 싶었다.

"네, 누나. 27년 전 그때 납치 충격 때문인지 기억을 잃었어요. 해리성 기억 상실증이라고 하더라고요."

"어머나, 세상에……. 얼마나 충격이 컸으면……."

"그래서 그때 일은 지금까지 잊고 살았는데 우리 창립 기념일 파티에서 누나를 본 뒤로 누나가 잊혀지지 않더라고요. 또 이상하게 이름도 그 이름이 아닌 것 같다는 생각이 들어서 내가 아는 문 씨 이름들을 생각했어요."

"그렇게까지나……."

"그런데 누나를 생각나게 하는 이름은 없었어요. 하지만 누나 생각이 자꾸만 나서 다시 또 찾아봤죠. 이번엔 우리 화인그룹 전체 여자 사원 이름들을 보면서 찾았는데, 그때 현숙이란 이름이 누나를 기억나게 한 거예요."

애틋한 태리의 목소리에 눈이 떠지고 말았다. 태리는 수십 년 만에 상봉한 이산가족인 양 감격스러운 얼굴로 현숙을 뚫어지게 바라보고 있었다.

저런 태리는 불과 반년밖에 안 됐지만 본 적이 없었다.

"문 씨에 현숙을 붙이니까 27년 동안 내가 잊고 있던 사람이 생각난 거예요. 누나, 미안해요. 이제야 기억해서……. 누나가 나를 얼마나 챙겨 줬는데. 매일 나 죽 먹여 주느라고 얼마나 힘들었어요."

'죽이라고? 유태리, 그거 나야. 나라고, 태리야!'

믿을 수가 없었다. 죽을 먹여 준 건 현숙이 아니라 그녀였다. 그런데 어떻게 현숙으로 기억한단 말인가. 어떻게…….

믿기지 않는 건 현숙도 마찬가지였다. 자신은 태리에게 죽 한 숟가락도 먹여 준 적이 없었다. 태리에게 죽을 먹여 주고 씻기고 옷을 갈아입혀 준 것도 모두 선우였다.

"그때 일들이 모두 기억난 거야?"

"아뇨. 그랬으면 더 좋을 텐데 아쉽게도 누나가 죽 먹여 준 거랑 화장실 데려가 준 거, 또 화장실에서 나 씻겨 주고 옷 갈아입혀 준 거 그런 것들만 기억났어요."

"정말?"

"네. 누나. 그래도 이게 다 파티에서 누나를 만났기 때문에 가능한 거였어요. 나는 정말 27년 동안 돌아오지 않아서 생각도 하지 말고 살자, 했거든요."

"그랬구나. 태리야. 나도 너무 오래된 일이라 솔직히 잊고 살았어. 그런데 파티에서 널 보니까 마음이 좀 걸리더라."

"그럼 그때 알은체를 해 주지 그랬어요."

"어떻게 내가 너를 알은체를 하니. 읍!"

"누나!"

문현숙이 입을 막고 눈물을 흘리자 더는 볼 수가 없어 그녀는 다시 눈을 질끈 감아 버렸다. 두 달 가까이 그녀에게 태리는 동생이었고 친구였다. 동화책을 읽어 주지 못할 땐 태리가 잠들 때까지 고아원 동생들 이야기를 해 줬고 태리는 유치원 친구들 이야기를 해 줬었다.

태리의 기억에 존재해야 할 사람은 문현숙이 아니라 그녀여야 하는데 어째서 문현숙이 된 걸까. 파티장에서 잠깐 만난 것 때문에 기억을 찾다니 도무지 이해할 수가 없었다.

'태리야, 네 기억은 오류 난 거야. 아니야, 문현숙이 아니라고!'

"널 납치한 사람이 우리 아버진데 내가 어떻게 널 알은체를 할 수 있어. 난 범인의 딸이잖아."

"알아요. 누나. 하지만 누나 부모님은 죗값 치렀잖아요. 나한테 중요한 건 누나뿐이에요."

"정말?"

"네. 누나, 내가 누나 만나면 가장 먼저 가고 싶은 곳이 있는데 같이 가요."

"어딘데?"

"미리 말하면 재미없잖아요. 얼른 가요."

태리가 벌떡 소파에서 일어나 현숙의 손을 잡은 채 사무실을 나서려 하자 현숙이 언제 울었냐는 듯 화사한 얼굴로 잡히지 않은 손을 흔들었다.

"허 변호사님, 우리 또 만나요."

"네. 안녕히 가세요, 문현숙 본부장님."

법정에서 과장된 제스처와 격한 변론을 하지 않는 변호사로 알려진 그녀는 거짓을 병적으로 싫어하는 것으로도 유명했다. 하지만 지금 그녀는 태어나 처음으로 과장되게 웃으며 문현숙을 보냈다.

"이 실장님, 저 먼저 퇴근해도 될까요?"

사무실에 이 실장과 남게 되자 그녀는 표정을 긴 숨을 토해내며 절박한 눈빛으로 이 실장에게 물었다.

"그럼요, 춘천 집으로 갈 건가요?"

"네."

"허 변호사, 사무실에 가지 말고 차 대기 중이니까 지금 바로 지하 4층으로 내려가요. 차 타고 가서 아무 생각 말고 푹 쉬고요."

"제 차도 있는데요."

"나중에 모두 말해 줄 테니 지금은 그냥 대기시킨 차 타고 가요."

그녀가 지하 4층으로 안 갈까 봐 걱정되었는지 이 실장은 그녀를 데리고 함께 엘리베이터를 타고 지하 4층으로 내려갔다.

엘리베이터에서 내린 그녀를 기다리고 있던 사람은 화인 비서실 직원이었다. 직원을 따라 차 뒷좌석에 탄 그녀는 좌석에 그녀의 가방이 올려져 있는 것을 보며 머리를 기대곤 눈을 감았다.

자신이 태리의 어떤 계획에 휘말린 것은 알겠으나 지금은 생각하고 싶지 않았다. 악몽보다 더한 것을 겪은 충격이 좀처럼 가시질 않아서였다. 눈을 감았는데도 현숙의 얼굴이 떠나지를 않았다.

겨우 여덟 살, 아홉 살이었던 그녀와 문현숙이었다. 부잣집 아이의 친구가 되기 위해 고아원을 떠나던 날 얼마나 행복했던가. 문병호를 따라 그 집에 들어서면서 두근거리는 심장을 안고 현숙과의 만남을 고대했었다.

그녀의 마음과 달리 문현숙이 한 살 어린 그녀에게 구구단과 한글을 배우는 것이 못마땅해 화가 나 있는 줄도 모르고 말이다.

첫날부터 당하진 않았다. 아니, 일주일간은 당하지 않았다. 고아원 원장 부모님의 가정방문이 있어서였다. 그 일주일간 그녀는 현숙의 선생님이었고 현숙의 숙제를 대신해 주는 아이였었지만 그래도 그 일주일은 행복했다.

방문한 원장 부모님이 돌아가시자마자 지옥이 될 줄도 모른 채 마냥 웃었던 그녀였었다. 그 지옥을 떠올리고 싶지 않은데 사라지지 않는 현숙의 얼굴이 그 집에서의 일들을 생생하게 재생시켰다.

'하늘에 계신 어머니, 아버지. 이래도 저 살아야 할까요? 어떻게 태리가 저한테 이럴 수 있죠? 어떻게 나는 기억 못하면서 어떻게 내가 아닌 문현숙을 기억할 수 있어요. 어떻게… 어떻게!'

설움이 복받쳐 오르자 그녀는 손을 들어 입을 막고는 터지려는 오열을 피가 나도록 입술을 깨물며 삼키고 또 삼켰다.

'선우야, 울지 마. 네가 울면 현숙이가 웃어. 네가 울면 현숙이가 너를 다 지질 거야. 선우야, 울지 마…….'

오래전 현숙에게 당할 때마다 자신에게 했던 말까지 재생되자 그녀는 더는 참을 수가 없었다.

"저… 잠깐만 차 좀 세워 주시겠어요?"

"왜 어디 아프세요, 허 변호사님?"

"아뇨. 잠깐만 세워 주세요. 제발요."

"네, 잠시만요."

놀란 비서실 직원이 차를 세운 곳은 넓은 팔 차선 도로 갓길이었다. 차가 서자마자 차에서 내린 그녀는 참았던 눈물을 터트리며 오열했다.

"흑흑흑. 어어어엉엉엉… 허우우우엉엉……."

막힘없는 도로를 내달리는 차들이 내는 소음에 그녀의 울음이 묻혔지만 보는 이가 울컥할 정도로 서럽게 우는 선우의 울음은 이유를 모르는 비서실 직원의 눈가를 붉어지게 만들었다.

얼마나 울었을까. 서 있기 힘들 정도로 기력을 소진하고 나서야 그녀는 울음을 멈추고 차에 오를 수 있었다.

"여긴……."

막힘없이 달린다 싶으면 얼마 못 가 정체하기를 수십 차례 반복하던 차가 멈춘 곳은 화인 소속 연예인들이 많이 살고 있어 유명한 상암동 고급 아파트 주차장이었다.

"허 변호사님, 이걸 가지고 올라가세요."

직원이 건네준 케이스에는 현관 비밀번호가 적혀 있는 메모지와 그의 명함이 들어 있었다.

"그럼 편히 쉬시고요. 필요하신 게 있으면 전화 주세요."

직원은 그녀가 엘리베이터에 타는 것을 보고 나서야 차로 돌아갔다. 메모지에 적혀 있는 아파트 호수는 20층 2호였다. 비밀번호를 누르고 현관문을 열자 그녀는 이 집이 누구의 집인지를 바로 알 수 있었다.

들어선 집 안에선 온통 그의 향기가 나고 있었다. 춘천집만큼이나 큰 집 안엔 온통 책들뿐이었다. 왜 이곳에 그녀를 오게 한 건지 궁금해 집 안 곳곳을 살펴보았다. 문고리가 달린 방은 모두 열어 보고 욕실과 주방에 라운지 바까지 구석구석 살펴보았다.

별다른 느낌을 받지 못한 채 마지막 문을 연 그녀는 방 안에서 흘러나오는 페퍼민트 향에 휩싸인 채 방 안에 들어서게 됐다.

수십 개의 아로마 램프가 비치되어 있는 방 안은 그의 침실이었지만 침대 위 준비되어 있는 부드러운 잠옷과 페퍼민트 향은 그녀를 위한 것이었다.

"유태리, 이게 뭐야?"

그저 아무 생각 없이 받아들이면 되는 것일까. 마음을 편안하게 해 주는 페퍼민트 향을 맡으며 이 침대에 누워 있으면 되는 것일까.

'그럼 되는 거니, 태리야? 응?'

무슨 의도로 그녀를 이곳으로 보냈는지 알 수가 없는데 따라야 한다니. 그저 무조건 자신을 믿어 달라고 한 태리의 말 때문에 따라 주는 게 맞는 것일까.

그녀는 침대에 걸터앉으며 페퍼민트 향에 흠뻑 젖은 잠옷에 얼굴을 묻었다.

"태리야……."

"현숙 씨, 오늘 식사 괜찮았어요?"
"네, 사모님. 저 태어나서 이런 식사 처음인데 이런 과분한 대접을 제가 받아도 되는 건지, 정신이 없네요."
"과분하긴요. 더해 줘도 모자랄 판인데……."
국빈급만 이용할 수 있다는 서울 최대 호텔 VVIP 룸 식사에 정신이 없다는 현숙의 말은 진심이었다. 대한민국 최고만 찾아다니며 미식을 즐겨 온 그녀였지만 오늘의 식사는 듣도 보도 못한 식사였다.

아무리 돈이 많아도 유서 깊은 재벌가의 위력 앞에선 무용지물이라더니 오늘 식사가 그랬다. 돈으로는 예약이 안 되는 셰프들이 오직 지금의 네 명을 위해서만 해 준 요리는 맛도 맛이지만 요리 하나하나가 박물관의 예술품 자체였다.

황홀하기 그지없는 처음 접한 요리에 정신을 빼앗기다 보니 식탁 위의 사람들과 요리 맛에 대한 말밖에 할 수가 없었다.

모든 요리가 다 나왔나 싶을 때쯤 황금빛 수프가 나오자 배부른 시점에 웬 수프지 하면서도 떠서 먹는데, 식탁 위 사람들의 시선이 일제히 그녀에게 몰렸다.

"어때요, 현숙 씨 입맛에 맞아요?"
"네. 사모님. 처음 먹는 수픈데 맛이 너무 신기해요. 무슨 수픈가요?"

최 회장과 세상의 산해진미는 다 먹었다고 생각했는데 아무런 맛도 안 나는 수프는 처음이었다. 그래도 대접한다고 준비한 음식인 것 같아 그릇을 다 비우긴 했다.

"제비집 수프예요. 현숙 씨가 우리 태리한테 죽을 모두 떠먹여 줬다면서요. 어린 나이에 힘들었을 텐데……."

"어린아이 수발은 어른도 힘든데. 정말 고마워요, 현숙 씨."

"누나, 내가 기억을 잃으면서 죽도 싫어하게 된 거 알아요?"

"그랬어? 죽이 얼마나 질렸으면… 미안해, 태리야."

"처음엔 그래서 그런 줄 알았는데, 누나 때문이었어요."

"뭐라고? 왜?"

"누나와 못 만난다는 충격 때문에 누나와의 추억인 죽을 싫어하게 된 거더라고요."

"우리도 질려서 그런 줄 알았어요. 그런데 지금까지 죽이나 수프라면 쳐다도 안 보던 태리가 누나에게 최고의 죽을 선물한다고 이 수프를 준비한 거예요."

태리의 모친이 감격해 눈가를 훔치고, 태리는 수프 그릇을 비웠다.

"이젠 행사 때마다 네 앞에만 놓이지 않았던 수프가 놓이겠구나, 태리야."

"네, 아버지. 누나, 누나는 내 평생 은인이야. 27년 전에 내가 배고프지 않도록 죽을 먹여 줬잖아. 그런데 이젠 27년 동안 못 먹었던 죽을 먹게 해 주다니. 누나… 고마워."

"나도 고마워요. 그리고… 미안해요, 현숙 씨. 우리 화인그룹 설립 이래 그런 사건은 처음이어서 아들의 마음을 제대로 살피지를 못했어요."

"네……."

"세상에 알려질까 싶어 그 사건을 덮었던 건데, 내 아들에게 있어 중요한 사람을 잊게 만든 거였다니. 현숙 씨, 이 고맙고 미안한 마음 죽을 때까지 잊지 않을게요."

"회장님……."

맞은편에 앉아 있는 태리의 부친, 아니 화인그룹 회장은 셰프들에게 그녀는 화인그룹의 은인이나 다름없는 사람이니 언제 어느 때든 그녀가 오면 오너 일가 대하듯 하라 명했다.

지금까지 재벌가를 부러워한 적이 없었는데 90도 각도로 인사하며 무조건 복종하는 발렌타인의 분위기가 아니라, 자연스럽게 셰프와 요리에 관해 대화를 나누는 세 사람을 보니 어쩐지 초라해지는 그녀였다.

"정말 아니에요, 사모님. 제가 한 일이 뭐 있다고 이런 대접을 받나요."

"왜 한 일이 없어요. 우리 화인의 후계자를 살려 줬는데. 안 그래요, 여보?"

"그럼. 경찰이 건강한 우리 태리를 구할 수 있었던 건 모두 현숙 씨 덕분이지. 현숙 씨가 우리 태리를 매 끼니마다 먹여 줬으니까 태리가 건강했던 거라고. 정말 고마워요, 현숙 씨."

"그만하세요, 회장님. 태리를 납치한 사람들이 제 부모님이라는 거 전 지금까지 잊어 본 적이 없어요. 죗값은 저도 치러야 하는데 어리다는 이유로 면죄부를 받은 게 저는 태리에게 미안할 뿐이에요."

"세상에… 요즘 세상에 현숙 씨 같은 사람이 있다니……. 그렇게 착한 심성으로 어떻게 살아왔어요?"

"누나가 그동안 많이 힘들게 살았더라고요. 부모님 때문에 어쩔 수 없이 양주그룹에서 일하고 있는데 무보수로 착취당하고 있더라고요."

"뭐야? 아니, 지금이 어떤 세상인데 착취라니!"

"아니에요. 회장님. 최 회장님은 저에게 고마운 분이세요. 저희 부모님이 감옥에 가서 오갈 데 없는 저를 거둬 주셨는데 제가 어떻게 보수를 바라겠어요. 저는 지금 은혜를 갚고 있는 거예요."

"어머나, 현숙 씨. 그건 아니죠. 일을 했으면 보수를 받아야 마땅해요!"

"그래. 그건 태리 엄마 말이 맞아. 현숙 씨, 오늘이라도 짐 싸서 우리 집으로 와요."

"저도 그랬으면 좋겠는데 누나가 안 된대요."

"아니, 왜?"

"회장님, 그게요. 부끄럽지만 과거 저희 부모님이 최 회장님의 조직에 충성을 맹세한 조직원이라 제가 나가면 배신자가 되거든요. 그럼 최 회장님은 배신자의 대가를 저희 부모님에게 치르게 할 게 뻔하거든요."

입고 있는 화려한 옷과 안 어울리는 순진무구한 표정을 한 현숙은 태리의 속을 연신 뒤집어 놓았다.

사무실에서 나와 한강의 정취를 그대로 느낄 수 있는 화인 계열 호텔에서 식사를 하는 동안 그는 현숙과 많은 말들을 나눴다.

그녀가 말할 때마다 그는 조사한 내용들을 떠올리며 비교하다 어느 순간부터는 포기하고 그녀의 말만을 들으며 기억에 저장해 두었다. 물론 만난 순간부터 손목에 찬 시계가 녹음하고 있는 것은 별개였다.

그녀에 대해 적힌 보고서는 한 사람의 조사로 이뤄진 것이 아닌 수십 명의 사람이 철저하게 조사한 보고서였다. 그녀가 한 말들 중 유일한 진실은 두 가지였다. 문현숙의 부모가 발렌타인파의 조직원이라는 것과 최 회장이 문현숙을 거둬 줬다는 것이었다.

하지만 힘들게 자라온 어린 시절을 비롯해서 최 회장으로부터 혹사당하고 있다는 식의 말들은 정말 어이가 없을 정도였다.

그녀가 발렌타인파의 실세라는 건 발렌타인파 조직 사람이라면 모르는 사람들이 없었다. 더군다나 그녀는 최 회장의 정부 수준이 아니라 거의 아내인 것으로 알려져 있었다.

보고서와 함께 첨부된 사진들 속엔 백화점 명품관을 쇼핑하는 그녀와 뒤에서 수행하는 조직원들이 있었다.

거짓말을 사실처럼 말하며 눈물까지 보이는 문현숙은 그동안 그가 본 최고의 배우 중의 배우였다.

거짓인 줄 알고 연기인 줄 알지만 그럼에도 그는 문현숙을 믿어야 했다. 아니, 진심으로 믿는 척을 해야 했다.

억지로 웃는 눈가에 경련이 일어 눈을 감았다 뜨자 부친이 걱정스러운 눈으로 그를 보고 있었다.

부친을 걱정시킨 것이 죄송해 그는 웃으며 부친에게 걱정하지 마시라는 눈빛을 보냈다.

'아버지, 제 기억이 돌아온 이상 김재명과 문현숙이 지옥으로 가는 건 시간문제니까 걱정 마세요.'

부친은 그가 기억을 찾은 것을 유일하게 알고 있었다. 그가 찾은 기억 속엔 부친이 그토록 알고 싶어 했던 납치의 이유와 진짜 납치범이 있었던 것이다.

그랬기에 부친은 그의 복수에 조력을 해 주고 계셨다. 당장 오늘 이 식사 자리만 해도 그의 이름으로는 만들어질 수 없는 자리였다. 수십 년간 부친이 쌓아 올린 명망 때문에 가능한 이 자리를 만든 이유는 문현숙에게 진심을 다하고 있음을 보여 주기 위해서였다.

문현숙이 연기에 몰두하면 할수록 문현숙에게서 경계가 사라지고 있음을 느꼈지만 그는 경계를 풀지 않은 채 문현숙의 하얗고 매끈한 손을 꼭 잡아 주었다.

"절대로 누나와 누나 부모님이 해를 입도록 두지 않을 거예요. 누나, 조금만 기다려 줘요. 우리가 방법을 찾아볼 테니까요."

"태리야……."

"현숙 씨, 우리 태리가 한번 마음먹으면 무조건 성공하니까 믿고 맡겨요. 태리야, 하루빨리 현숙 씨 우리 집으로 데리고 오자. 얼마나 힘들고 무섭겠니."

"걱정 마세요, 어머니."

현숙의 손을 잡고 있던 손을 놓은 그는 모친의 손을 더해 다시 잡고 두 여자의 손에 믿음을 주듯 힘을 주었다.

오늘 같은 날이 있을 줄은 상상도 못 했던 정연화는 지금 이 자리가 그저 행복할 뿐이었다. 다시는 웃는 모습을 못 볼 줄 알았던 아들이 웃었고 집 안에서 일하는 도우미들에게만 웃어 주고 다정했던 남편이 그녀를 다정하게 불러 주고 웃어 주었다.

그저 웃는 것뿐인데도 행복했고 두 사람을 웃게 해 준 문현숙이 고맙고 예쁠 뿐이었다. 아들의 웃음이 어떤 웃음인지도 모르고 말이다.

화기애애한 분위기 속 노크와 함께 룸으로 유 회장의 비서가 들어왔다.

"최 실장. 어지간한 것들은 최 실장 선에서 끝내라고 했잖나."

"죄송합니다, 회장님. 그런데 박 선생님의 면담 요청이라서……."

"박 선생님이시라고? 태리야, 얼른 가 봐야겠구나."

"네. 최 실장님, 박 선생님께 지금 바로 출발한다고 전해 주십시오."

"알겠습니다."

"누나, 우리 화인에서 엄청 공들이고 있는 분이라서 가 봐야 할 것 같아. 오늘은 여기서 헤어지고 우리 내일 또 만나자. 내일 괜찮은 거지?"

"중요한 일인 것 같은데 얼른 가. 내일은 내가 전화할게. 태리야."

"알았어. 꼭 연락 줘, 누나. 아버지, 어머니. 누나 좀 부탁드려요."

룸 밖으로까지 나온 문현숙을 꼭 껴안아 주고 그는 엘리베이터를 타고 내려가 주차장에 대기 중인 비서실 직원에게로 갔다.

"춘천으로 갔다고요?"

"네, 대표님."

"어째서⋯ 무슨 일 있었나요?"

"아뇨. 대표님 아파트로 올라가시고 3시간쯤 지나 허 변호사님이 잘 쉬셨다며 집으로 가신다는 문자를 보내오셨어요."

"……."

선우가 춘천집으로 갈 거란 생각은 하지 못했다. 떠난 그녀를 돌아오게 할 수도 없으니 방법은 평소대로 그가 춘천집으로 가는 것이었다.

"대표님……."

"비서실 차로 가지고 오셨죠?"

"네. 여기 키입니다."

발렌타인파 조직의 눈이 혹시 그에게 따라붙지 않을까 싶어 그는 얼마 전부터 회사일 외에 이동 시엔 비서실에서 상비용으로 보유하고 있는 차들을 번갈아 가며 타고 다녔다. 번거롭지만 선우를 지키기 위해선 어쩔 수 없었다.

"그럼 나는 춘천으로 갈 테니 내 차 타고 퇴근하세요."

"네, 대표님."

직원이 세워 둔 차에 오르며 내비게이션에 선우의 춘천집 주소를 입력했다. 호텔을 나와 춘천을 향해 달리며 그는 차창에 보이는 도시의 야경 속에서 선우의 얼굴을 떠올렸다. 때가 되면 말하겠지만 아직은 아니었다. 아니, 절대로 안 됐다.

선우는 천부적인 연기의 재능을 가진 문현숙이 아니었다. 아픈 걸 참는 걸로는 기네스북에 올리고 싶을 정도였지만 허선우 그녀는 말을 하지 않을지언정 연기를 할 수는 없는 여자였다.

기억을 찾은 뒤에야 알았다. 그녀는 처음부터 그가 누군지 알고 있었기에 일곱 살 그를 대하듯 살펴 주고 챙겨 주었던 것이다.

그러면서도 그에게 말하지 않았다. 문현숙 앞에서도 그녀는 말하지 않았다. 그뿐만일까. 박 원장에게도 그녀는 말하지 않았다. 악몽 속에선 살려 달라고, 그만하라고 소리 지르는 사람이 악몽에서 깨면 함묵증에 걸린 것처럼 그 일에 대해선 한마디도 하지 않았다. 처음엔 이유를 알지 못했다. 지금도 다 알지는 못했다. 다만 그는 느꼈을 뿐이었다. 박 원장이 보고 싶고 그리워도 참고 있다는 것이 언제부턴가 느껴졌다.

그에게 있어 허선우란 여자는 일 외에는 모두 참는 여자였다. 그런 선우에게 사실을 말하고 자신처럼 연기하기를 바라라고?

그건 긴 시간에 걸쳐 풍파를 겪으며 둥글어진 자갈에게 순식간에 모래가 되라는 것이나 다름없었다. 그는 선우의 상처를 절대로 간과하지 않았다. 이번 일로 어쩌면 더 악몽에 시달리겠지만 악몽의 근원을 없애기 위해선 어쩔 수 없는 일이었다.

혼자 춘천집으로 간 선우를 생각하는 것만으로도 그의 가슴이 미어졌다.

'제발 울지 마요, 선우 씨······.'

혹시라도 혼자서 우는 것은 아닐까 생각하는 그의 눈이 붉어지더니 곧 눈물방울이 흘러내렸다.
 선우가 울지 않기를 바라는 마음은 언제부턴가 그의 소망이 되어 버렸다. 소속 배우들의 연기에 감동한 적은 있어도 울거나 가슴 아파한 적은 없었다. 모친을 비롯해 여자들의 눈물에 감정 낭비하는 일 따윈 없었는데 허선우라는 여자를 생각할 때마다 가슴은 미어지고 눈물이 났다.

 오랜만에 혼자 잠을 자야 한다고 생각하니 쏜살같이 두려움이 찾아왔다.
 "안 자면 되지, 뭐. 하룻밤 새는 게 대수인가. 그래도 모르니까 불 먼저 켜 볼까?"
 혹시 잠들까 봐 무서워 그녀는 혼자였을 때 하루의 일과처럼 했던 일을 시작했다. 주방 입구 안쪽에 있는 안전기 뚜껑을 열어 스위치를 켜기 시작했다. 옥상의 비상등을 시작으로 층별 모든 방의 불을 켰다.
 한 사람이라도 있으면 괜찮지만 아무도 없을 땐 어두운 건 무조건 싫고 무서웠다. 그건 불 끄고 자는 동안 현숙의 담뱃불에 지져진 탓이었다. 현숙의 집을 나왔어도 밤에 자는 것을 두려워해 한때는 불면증까지 겪어야 했었다.
 집 전체가 환하게 밝아지자 그녀는 포트 전원을 켜고 마실 차를 준비했다. 두 시간 정도였지만 태리의 집에서 페퍼민트 향을 맡은 것이 꽤 효과적이었다. 마음이 진정되고 보니 그 집에서 더는 시간을 보내면 안 될 것 같아 직원에게 문자를 보내고 아파트를 나왔다.

회사로 가 주차장에 있는 자신의 차를 타고 집으로 오는 내내 태리에게 반드시 관철시킬 몇 가지를 되뇌고 되뇌었다.

태리가 문현숙과 무슨 짓을 하든 그녀와는 상관이 없었다. 문현숙이 그녀에게만 악몽이지 태리에게 악몽은 아니잖은가. 27년 전 태리는 그녀를 괴롭히는 문현숙을 어린 나이임에도 절대로 용서하지 않겠다고 했었다. 어른이 돼서 큰 벌을 줄 거라고도 했었다.

'그래, 그랬어. 그런데 기억을 잃었잖아. 기억 못 한다잖아, 허선우.'

기억을 찾는다 해도 1, 2년의 일도 아니고 겨우 일곱 살 나이에 한 말들을 기억할 수 있을까. 희망조차 가질 수가 없었다. 아니, 안 갖는 게 나았다. 모든 걸 말해 줄 게 아니라면 말이다.

'안 돼! 절대 말해선 안 돼!'

문현숙 때문에 감정에 휘둘리느라 중요한 걸 잊고 있었다. 왜 그동안 태리에게 27년 전의 일을 말하지 못했는지를 말이다.

재벌가 후계자가 한 달이 넘도록 납치를 당했는데 그 사건은 철저히 은폐된 상태였다. 그 이유가 무엇인지를 아는 사람은 없지만 대략적으로 짐작하는 사람들은 많았다. 유태리 납치 사건은 돈 때문도 아니고 원한 관계 때문도 아닌 정말 이유를 알 수 없는 납치 사건이었다. 그런데다 잡힌 납치범은 발렌타인파 조직원이었다. 청렴한 기업으로 소문난 화인의 후계자를 조직 폭력배가 납치를 했다는 건 분명 알려지면 안 될 말 못 할 사연이 있다는 게 아니겠는가.

그동안 변호사 생활을 하면서 그녀가 알게 된 건 은폐된 사건들은 상처가 드러날까 봐 또는 추문을 두려워해서 일어났다는 거였다.

그런 이유 때문이든 아니면 그녀는 짐작조차 할 수 없는 일 때문이든 어쨌든 화인이 압력을 넣어 은폐한 사건을 그녀의 감정 때문에 드러나게 한다는 건 태리에게도 상처가 될 터였다.

그러니까 참아야 했다. 아무리 문현숙이 죽을 만큼 싫어도 참아야 했다.

'유태리, 네가 내게 인어공주의 왕자가 될 줄은 상상도 못 했어. 정말 말하고 싶더라. 문현숙이 아니라 나라고 말하고 싶었어.'

다 끓은 포터의 물을 붓자 코끝으로 올라오는 라벤더 향을 맡으며 그녀는 발코니로 나갔다. 달빛보다 더 크고 넓게 마당을 비추는 마당을 둘러싼 등기구들의 불빛을 바라보는 그녀의 얼굴엔 외로움이 가득 차 있었다.

6년 동안 혼자 살아온 그녀였다. 고아원 가족들이 오는 특별한 날 아니고선 그녀는 6년 동안 언제나 혼자였었다. 보고 싶은 사람들은 있어 보고 싶은 마음에 운 적은 있지만 외로움을 느낀 적은 한 번도 없었다.

'내일이면 만날 사람이잖아. 오늘도 얼굴 봤잖아. 심지어 그 사람 집에서 잠도 잤잖아. 그런데 왜 이러는 거니, 허선우?'

할아버지도 보고 싶고 돌아가신 할머니도 보고 싶었다. 지수도 아저씨, 아줌마도 보고 싶었다. 마냥 보고 싶고 그리웠다. 하지만 그뿐이었다. 그들을 그리워하고 보고 싶어 하는 마음이 외로움을 동반한 적은 없었다.

'태리야, 네가 보고 싶어. 아니, 네가 지금 내 옆에 있었으면 좋겠어. 네 품에서 잤으면 좋겠어. 네가 없어서 나 너무 외로워. 이런 마음 뭔지 모르겠어, 태리야. 네가 안다면 알려 줘. 태리야… 유태리…….'

마시려고 가져온 차를 그저 들고 있는 채 그녀는 달빛과 불빛이 어우러진 마당을 하염없이 바라만 보았다.

얼마나 바라보고 있었을까. 바람이 불어 마당에 공연장을 만드는 나무들의 춤사위가 시작되었다. 이렇게 나무들이 춤추고 있는 걸 보면 언제나 할아버지를 떠올렸었다. 눈앞에 펼쳐진 정경이 할아버지가 좋아하는 나무들의 사물놀이 한마당이어서였다.

할아버지를 생각나게 하는 호쾌한 사물놀이 공연인데 할

아버지가 아닌 태리가 보였다. 신명 나 상모놀이를 하고 있는 나무 그림자들 속에 태리가 있었다. 모두가 같은 옷을 입고 춤을 추고 있는데 혼자만 다른 색을 한 태리가 있었다. 아니, 빠르게 가까워지고 있었다.
'어떻게……?'
이런 꿈이 있다니. 아무리 피하려고 해도 피할 수 없는 악몽처럼 제아무리 바래도 이뤄지지 않는 꿈이 있다는 걸 너무 오래전에 몸에 익힌 그녀였다. 그녀에게 꿈이란 돌아가신 부모님이었다. 돌아가신 분들을 어떻게 바란단 말인가.
그녀는 투정한 것뿐이었다. 너무 보고 싶어서, 보고 싶은 데다 외롭기까지 하니까 투정 부린 것뿐이었다. 바라서는 안 되는 줄 아는 사람을 어떻게 바라겠는가. 혼잣말조차 못 할 만큼 제 마음만 괴롭히면 되는 줄 알고 살아온 그녀였다.
'아냐, 꿈이야. 꿈이라고, 허선우!'
들고 있는 찻잔을 내리고 그녀는 꿈에서 깨려 장갑 낀 두 손으로 양 볼을 때렸다.
'꿈 깨! 꿈 깨라고. 태리가 아냐. 태리가 아니라고!'
꿈이라기엔 너무 가까워진 태리의 모습에 머리를 흔들며 다시 볼을 때리려는 그녀의 두 손을 잡는 손이 있었다.
"선우 씨, 나 왔어요."
태리의 목소리였다. 꿈이 아니었다. 눈앞의 태리는 꿈속의 태리가 아닌 진짜 유태리였다.

"어떻게……."

"아직 치료 안 끝났잖아요."

"그 때문에 왔다고요? 거짓말."

"선우 씨, 내가 거짓말하는 것 같아요?"

"……."

꽃사슴처럼 그렁그렁한 눈으로 그를 바라보는 선우는 너무 순수하다 못해 언제부턴가 그의 본능 안에서 뛰쳐나올 태세였던 남자의 고삐를 풀어 버렸다. 결국 참지 못한 그는 선우를 끌어안았다.

"헉! 대표님……."

"휴우……. 그래요, 거짓말이에요. 사실은 당신이 보고 싶어서 왔어요."

"왜요?"

이건 분명 신의 장난이거나 꿈일 터였다. 그토록 만나고 싶었다는 문현숙을 만난 사람이 그녀가 보고 싶어서 왔다니 그의 말을 믿어야 하는 걸까. 믿고 싶지만, 너무 믿기 힘든 말인데 믿으라고.

"당신에게 남자가 되고 싶어서요."

"그건 저에게 대표님의 여자가 되라는 말인가요?"

"그래요. 내 여자가 돼 줘요."

"어떤 여자요. 대표님의 성적 욕구를 위한 여자 말인가요? 그런 욕구를 채워 줄 여자는 대표님 주변에 많을 텐데요."

태리의 품에서 나오며 그녀는 제 마음의 반대말을 토해 내기 시작했다. 그녀가 보고 싶은 유태리는 화인의 유태리가 아닌 남자 유태리였다. 따뜻한 품을 가지고 마음 편안해지는 목소리로 그녀를 안아 주는 남자 유태리였다. 그녀도 말하고 싶었다. 내 남자가 되어 달라고 말하고 싶고 당신에게 여자가 되고 싶노라 말하고 싶지만 그녀는 여자로서는 자신감을 단 하나도 갖고 있지 않았다.

 6년 전, 어떤 남자가 맨정신으로 너 같은 괴물을 안겠냐며 비아냥거리고 조롱하던 이명서는 제로였던 여자로서의 자신감을 마이너스로 만들어 놓았었다.

 바라는 말이었지만 바랄 수 없는 말이기에 그녀의 마음은 반대말밖에 할 수가 없었다.

 "그런 말로 비하하지 말아요. 내 여자가 돼 달라는 말, 장난 아니에요. 성적 욕구? 선우 씨. 나 배설하는 동물 아니에요. 마음이 향하는 여자를 안고 싶은 남자예요, 난."

 "다시 생각하세요. 아닐 거예요. 그동안 제게 해 주신 일들 솔직히 제겐 과분한 일이었어요 하지만 거기까지만이에요. 더는 안 돼요, 대표님."

 "그놈의 대표님 소리 그만해요. 내 이름 불러요, 선우 씨. 난 유태리예요!"

 "싫어요."

 그녀의 거부를 예상 못 한 건 아니었기에 사업 계획처럼 순서를 밟아 계단을 걸어 올라가듯 그녀 안으로 들어가려 했었다. 그러나 그녀를 안고 싶고 갖고 싶은 본능이, 아니 그녀를 사랑하고 싶은 마음이 그의 계획을 순식간에 휴지 조각으로 만들어 버렸다.

"선우 씨, 나 봐요. 어서……."

"피곤해서 쉬고 싶어요. 대표님도 늦었으니 들어가서 쉬세요. 아니면 돌아가시던… 읍!"

발코니에서 나가려는 그녀를 낚아챈 팔이 그녀를 그의 품에 가두고, 놀라 벌어진 그녀의 입술은 그에게 삼켜졌다.

"하아… 대표님……."

"아무 말도 하지 마요."

고삐 풀려 뛰쳐나온 그 안의 남자는 통제 불능이었다.

"하아……."

격렬한 키스는 숨소리마저 삼켜 버려 그녀는 그의 품에서 나오려 했지만 되레 그의 품에 더 깊이 갇힐 뿐이었다. 숨소리까지 탐하는 이 키스는 부드러웠지만 강렬했던 첫 키스와 달랐다. 그녀의 모든 걸 앗아 갈 것만 같은 키스인데 왠지 거부할 수가 없었다.

빨아 삼키면 삼킬수록 더 뜨거운 것을 원하는 본능의 발화에 더 이상 참지 못한 그는 품에 안긴 그녀를 들어 올렸다.

"헉!"

"더는 안 될 것 같아요."

그녀를 안은 채 그가 향한 곳은 그녀의 침실이었다. 아이였던 시절과 병원에 입원했을 때를 제외하고는 안겨서 침대에 뉘어진 적이 없었다. 뉘어진 그녀 위에 회사에서 본 슈트 차림의 그가 있었다. 이 침대에서 그와 함께 보낸 밤이 하루 이틀이 아닌데 어째서 두근거리는 걸까. 무엇을 기대하기에 100미터 질주라도 한 것처럼 심장이 헐떡거리는 걸까.

그녀 위에서 재킷을 벗고 넥타이를 푸는 그가 처음 만나는 남자처럼 낯설기 그지없으니 무서워야 하는데 가슴은 두근거릴 뿐이었다.

'태리야, 정말 내가 네게 여자일 수 있는 거니?'

정말 그가 원한다면 이 순간은 그의 여자가 되고 싶었다. 그녀의 상처를 모르는 사람들 중에 그녀를 여자로 대하려는 사람들이 없었던 건 아니었지만 누구의 여자도 되고 싶었던 적은 없었다. 어릴 때부터 그토록 바란 소망 중의 하나였는데도 말이다.

그녀는 세상 사람들이 수군거리지 않을 관계에 귀속되는 것을 소망했었다. 내 남자, 내 가족, 내 남편이란 말. 얼마나 행복한 말인가. 자신에게 허락된 말들이 아닌데 그녀에게 태리는 내 여자가 되어 달라 말했다.

뜨거운 숨결을 쏟아지는 가운데 그가 입술을 겹쳐 왔다.

"내가 아직도 대표님인가요?"

"태리 씨……."

"그래요. 나 태리예요."

다시 시작된 키스에 두 팔이 올려지고 그의 어깨를 끌어안았다. 자신에게 남자가 된 그에게 그녀 또한 여자가 되고 싶었다.

너무 뜨거워 탈 것 같은 입술이 찬 공기를 만났다 싶은 순간 목덜미에 불길이 솟구쳤다.

"하읏!"

뜨거운 게 싫은 그녀였다. 불도 싫고 여름도 싫은 그녀인데 이 뜨거움은 싫지 않았다. 싫기는커녕 너무 황홀해 아무런 생각조차 할 수가 없었다.

그의 입술을 만난 살결이 황홀경에 빠지는 사이 그의 손길을 만난 그녀의 몸은 발끝부터 뜨거워지는 야릇한 경험에 어찌할 바를 모르고 있었다.

언제나처럼 셔츠에 청바지를 입고 있는 그녀의 셔츠 단추에 그의 손길이 멈추고 거친 숨을 몰아쉬며 일어난 그가 그녀를 일으켜 그의 허벅지 위에 앉혔다.

"선우 씨."

"네."

"마지막 남은 이성으로 기회를 줄게요. 내 여자가 돼 주겠어요?"

"태리 씨의 착각이 아니라면 당신 여자가 될게요."

"착각 아니에요. 나는 허선우 씨에게 내 여자가 돼 달라고 한 거예요."

"알았어요."

"지금부터 당신을 안고 가질 거예요. 도망가면 안 돼요."

"도망 안 가요."

셔츠 단추가 하나둘씩 풀어지고 아이보리 색 캐미솔이 드러나자 조심스레 셔츠를 벗긴 그의 손이 장갑에까지 닿았다. 그러자 그녀의 손이 제지했다.

"장갑은 그냥 끼고 있을게요."

"안 돼요. 난 허선우란 여자의 모든 것을 갖고 싶은 거예요."

장갑을 벗겨 내는 그의 손길은 더없이 부드러웠지만 바로 캐미솔과 브래지어를 벗겨 내는 그는 거침이 없었다.

누구에게도 드러낸 적 없는 그녀의 몸이 작은 장벽조차 없이 그에게 보여지자 부끄러움이라는 불길에 몸이 달아올랐다.

그에게 그녀는 하얀 눈밭 위에 떨어진 아름다운 동백꽃 같았고 봄날 바람에 떨어진 순결한 벚꽃 잎 같았다.

깨질까 두려운 보물처럼 조심히 침대 위에 누인 그녀를 바라보며 그는 서둘러 셔츠와 바지를 벗었다. 신체 검사와 군대 생활을 제외하곤 누구에게도 신체를 드러내 본 적 없는 그였다. 집안 전속 트레이너가 부러워할 정도로 군살 하나 없이 탄탄한 몸은 그가 누구보다 열심히 단련해서였다.

다시는 납치 따위 같은 건 당하고 싶지 않다는 마음이 만들어 낸 결과물로, 헬스장이 아닌 유도와 검도를 비롯해 태권도에 격투기까지 몸을 단련할 수 있는 운동이라면 가리지 않았었다.

그의 나신에 놀라 그녀가 눈을 감자 그는 순간 의기양양해져 웃음을 지었다.

'나 발가벗겨서 씻겨 줄 때는 언제고……. 당신 그때 내 엄마 아니었다고. 알아요, 허선우 씨?'

정상적으로 보이나 정상적이지 않은 그의 부모를 보고 자랐다. 기억을 찾으니 그의 부모에게 사랑이란 존재할 수가 없었다. 진짜 사랑 따위 없는 것이 맞다고 생각했다. 이렇게나 사랑스러운 여자를 안게 될 줄을 모르고 말이다.

맑고 투명한 선우를 온전히 갖고 싶어 하는 남자가 입술로 선우의 몸에 제 이름을 새기듯 열꽃을 만들었다. 그의 입술이 닿을 때마다 놀라 움찔대는 여린 여체는 그에겐 더없이 큰 자극만 되었다.

목덜미를 시작해 조금씩 아래로 아래로 내려오며 열꽃 밭을 만드는데 큼직한 그의 손에 커다란 꽃송이 두 개가 잡히었다. 꽃잎 한 장 한 장을 이로 물어뜯어 낼 때마다 향기롭고 달큰한 향이 그를 사로잡았다. 꽃잎이 떨어지는 곳에 열꽃을 만들고 꽃술을 한입에 머금었다.

입 안에 꽃술 향이 퍼지고 그는 정신없이 꽃술을 탐하고 탐했다.

"아흑!"

꽃술이 뽑히도록 빨아 마시는 그에게 선우의 신음도 자극일뿐이었다. 온통 열꽃 밭이 된 줄 모르는 선우는 그저 이 상황이 너무 신기할 뿐이었다. 그의 입술이 지날 때마다 몸속 곳곳에서 이상한 열기가 분수 물줄기처럼 솟아올랐다. 야릇하고 조금은 부끄러운 기분에 그녀의 얼굴에도 열꽃이 피었다.

정신없이 꽃술을 탐닉하던 본능은 이제 제어를 상실해 꽃술보다 더한 향과 맛을 찾아 나섰다. 머금었던 꽃술을 내어주고 꽃술 아래서 아래로 그리고 또 아래로 열꽃 길을 따라 내려갔다. 이내 입술이 숲을 만나자 올 곳을 온 듯 망설임 없이 바로 꽃술보다 더 향기롭고 달큰한 꿀이 있는 숲 안으로 거침없이 들어갔다.

"헉! 태리 씨……."

남자의 본능이 알았다. 이곳이 그가 바란 정점인 것을. 이곳을 가지면 완벽하게 허선우 이 여자를 자기가 갖는 것임을 알았다. 불뚝 선 본능이 회심의 미소를 짓고, 비밀의 숲에서 얼굴을 든 그는 그녀의 가냘픈 두 다리를 열어 제 길을 만들었다.

"선우 씨. 무슨 일이 있어도 나만 본다고 약속해요. 어서."
"태리 씨……."
"어서 빨리요!"

"알았어요. 그럴게요. 아아흑!"

죽고 싶을 만큼 아팠던 지져지는 고통은 아니었다. 찢어지는 것 같고 어딘가가 떨어져 나가는 것 같았다.

"나 본다고 했잖아요."

처음 만나는 남성이 너무 아파 고개를 돌리려는 그녀의 얼굴을 잡고는 키스를 퍼부었다.

"아흑! 하아……."

누가 가르쳐 준 것도 아닌데 프로그램의 지시라도 받은 로봇처럼 두 다리가 그를 감싸 안았다. 허공에 흉측한 두 다리가 너울춤을 추고 흉측한 두 팔은 떨어질까 두려워 매달리는 아이처럼 그의 등을 껴안고 있었다.

그가 들어갈 때마다 신음을 터트리는 여자가 아름다웠다. 어떻게든 신음을 참아 보려 입술을 깨무는 여자가 너무 사랑스러워 그는 키스를 멈출 수가 없었다.

선우와 재회하기 전까지 그는 일반적인 남자가 아니었다. 남자라면 누구나 겪는 생리 현상인 몽정의 경험이 단 한 번도 없었던 그가 선우를 만난 뒤로부터 매일 밤마다 꿈에서 그녀를 안고 분화했었다.

얼마나 황홀한 쾌감이었는지 선우는 절대로 모를 터였다. 그런데 꿈속의 선우가 아닌 현실의 선우는 천국 그 자체였다. 더 느끼고 싶고 더 갖고 싶어 부드럽고 하얀 그녀의 둔부를 움켜쥐고 더 깊고 크게 그녀를 가졌다.

"아흑! 태리 씨!"

질주하는 격렬한 움직임에 그의 등을 잡고 있던 여린 팔이 풀어지고 허리를 감고 있던 두 다리도 풀어졌다.

"헉헉… 선우 씨, 눈 떠요. 나 보라고요. 선우 씨!"

한 줄의 도화선에 붙은 불이 폭죽을 터트리며 두 사람에게 신세계를 보여 줬다. 밤하늘을 수놓던 불꽃놀이가 이보다 더 화려할까. 여름 밤바다에 열리는 불꽃 축제가 이보다 더 황홀할까.

'여자가 된다는 게 이런 거였어……. 행복하니, 허선우?'

질주가 끝나고 그녀 위로 무너져 내린 그의 등을 쓰다듬는 그녀의 두 눈은 눈물을 담고 있었다.

'행복해서 울고 싶다는 사람이 되고 싶었는데……. 행복하니까 정말 울고 싶다.'

선우의 큰 꽃송이로 무너져내린 그는 세상 다 가진 남자였다. 그가 모두 빨아 마신 줄 알았는데 여전히 향기로운 선우의 향기를 맡으며 선우의 몸에서 일어난 그는 선우의 손을 잡아 입으로 가져갔다. 손등과 손바닥에 있는 흉터 하나하나에 입을 맞추고 팔로 이어진 흉터들에도 천천히 그리고 조심스레 입을 맞췄다.

한 손에 그치지 않은 그의 입맞춤은 남은 한 손으로 이어졌고 두 다리도 그의 입술을 만났다.

"태리 씨……."

"말했잖아요. 모두 가질 거라고."

"그래도 이건……."

"나 주는 게 그렇게 아까워요?"

"그런 게 아닌 거 알잖아요."

"몰라요. 선우 씨, 이 흉터 이제 선우 씨 거 아니에요. 오직 내 거예요. 잊지 마요."

"그런 말까지 안 해도 돼요, 태리 씨. 내 흉터는 사람들을 기분 나쁘게 하는 흉터예요. 그러니까 그냥 두세요."

역겹기 그지없는 그녀의 흉터에 일일이 입맞춤을 해 준 태리의 배려가 고마웠다. 하지만 더 이상의 배려는 사양하고 싶었다.

"누가 그래요, 역겹다고? 내 눈엔 아팠을 당신밖에 보이지 않는데 말이에요. 선우 씨."

"태리 씨……."

"울지 마요. 나도 행복해서 울고 싶단 말이에요."

더 이상의 말은 필요 없었다. 같은 마음인 걸 안 순간 선우는 태리의 목을 껴안아 그의 입술에 처음으로 입술을 먼저 가져갔다.

그것은 태리의 남성을 정식으로 초대한다는 초대장이었기에 태리의 남성은 기다렸다는 듯 처음보다 더 크고 깊게 선우를 안고 안았다. 이 밤이 마지막인 것처럼.

❄

 너무 행복해서 울고 싶은 누군가의 밤과 달리 여느 때 같지 않은 최 회장으로 인해 현숙의 밤은 불만족스러워 이마에 핏대가 선 밤이었다.
 "아잉, 회장님 또……."
 "은비야……. 도저히 안 되겠구나. 미안하다."
 "뭐예요. 요즘 대체 왜 그러세요?"
 현숙은 한창 달려야 할 시간의 반도 채우지 못한 채 축 늘어져 버린 최 회장의 몸이 이해가 가질 않았다. 아직 이런 식으로 처질 나이도 아니고 그렇다고 건강에 문제가 생긴 최 회장이 아니었다.
 이런 날이 벌써 일주일이 넘어 그녀의 욕구불만은 하늘을 찌를 태세였다.
 "회장님, 저 말고 다른 애 안아요?"
 "은비야, 그게 무슨 말이야. 네가 있는데 내가 왜?"
 "그게 아니라면 이상하잖아요. 윤 박사도 회장님 건강에 문제 없다고 했는데 제가 좋아하는 회장님의 보물이 왜 이러냐고요?"
 "나도 이상해서 죽을 것 같다, 은비야. 내가 네 몸에 환장한 놈이라는 거 모르는 놈 있어?"
 "그럼 뭐 해요? 내가 이렇게 흘려도 소용없잖아요, 회장님!"

"윤 박사 그놈도 못 믿겠어. 내일 당장 다른 병원에서 검사해 보마."

"저도 같이 갈까요?"

"그러면야 나야 좋지만 이 바닥에서 여자 데리고 병원 다닌다는 소문 나면 안 좋은 거 알잖아. 나 혼자 다녀올 테니까 너는 그 화인의 후계자 놈이나 잘 후려 놔. 얼마나 좋은 기회냐, 우리 양주에 말이야."

늘어져 있어도 최 회장의 것을 애무하는 현숙의 표정이 복잡미묘했다. 여자로서 최 회장을 싫어하지 않았다. 그녀의 애무는 최 회장과의 섹스를 다시 할 수 있기를 바라는 마음 때문이지만 아무렇지도 않게 유태리를 입에 올리는 최 회장은 죽이고 싶을 정도로 미웠다.

'유태리를 후려 놓으라고? 회장님, 그런 건 당신 오른팔 김재명이한테 시켜요. 유태리는 김재명이 만든 인연인 거 잊으셨어요? 회장님이 김재명한테 잡힌 약점 때문에 김재명이 저지른 죄 우리 부모님이 뒤집어쓴 거, 내가 모를 줄 알았어요?'

그저 양친이 발렌타인파 조직원이라서 조직 대장의 명령에 따라 어쩔 수 없이 유태리 납치범으로서 감옥에 간 줄 알았는데 세상에 영원한 비밀이 없다는 말이 맞았다.

오래전, 별관 그녀만의 놀이방에서 새로 들인 장난감을 데리고 놀다 나오는 길에 김재명 부자가 나누는 말을 듣게 되었다.

"너 또 사고 쳤다며? 그러다 너 이혼당해, 인마."

"내가 누구 자식인데 이혼당해요. 그나저나 역시 대단한 우리 아버지시라니까. 이번 건은 파이가 커서 힘들 줄 알았는데 이번에도 회장님이 해결해 주신 거예요?"

"그럼 회장님이 하시지, 내가 무슨 수로 해결하냐?"

돈에 대한 집착 때문에 좋은 머리를 허구한 날 기업 경리과 여자들만 건드리는 데 쓰는 이명서였다. 지수와 결혼하기 전까지 외모, 매너, 학벌 좋은 그에게 넘어간 여자들이 이명서에게 바친 돈은 수십억에 달했다.

허나 꼬리가 길면 잡히는 법. 여직원의 고발로 경찰들에게 잡혀간 게 한두 번이 아니었는데 신기한 건 하나같이 무죄 방면되었다는 것이다. 그런데 그게 다 최 회장이 해결해 준거라니.

"아버지, 솔직히 불어 봐요. 회장님이 왜 그렇게 아버지가 부탁하는 일이라면 물불 안 가리고 다 들어주는지. 뭐 있죠?"

"맨입으로 되냐, 그게?"

"부모 자식 사이잖아요."

"저 아쉬울 때만 부모 자식 간이지."

"알았어요, 알았어. 오늘 가서 큰 걸로 한 장 보낼게요."

"그래야지. 아무리 혈연관계라도 계산은 확실해야 해. 너 지금 내가 하는 말은 진짜 너만 알아야 한다. 알았어?"

"당연하죠. 장사 하루 이틀 한 것도 아니고. 빨리 말해 봐요."

"예전에 내가 네 엄마 만들어 주려고 했던 여자한테 차인 게 열받아서 그 여자 아들 납치했던 거 알지?"

"알죠. 그래서 내가 의심한 거예요. 납치는 아버지가 했는데 왜 감방은 현숙이 누나 부모님이 갔나 해서요. 서열로 치면 현숙이 누나 아버지가 아버지보다 높았잖아요."

"최 회장이 한 번에 지옥으로 가게 될 사건을 내가 알게 됐거든."

"역시. 그 사건이 뭔데요?"

"당시 정권 반대파 수장들 살인 사건."

"네?"

"엄청 굵직한 거물들이었는데 애들 시켜서 죽이지 않고 최 회장이 직접 죽였어. 그 사람들 죽인 증거물 내가 갖고 있거든."

"그래서……."

"그래. 최 회장이 증거물을 차와 함께 태우라고 기사한테 시켰는데 그 기사가 내 똘마니였거든. 그 덕에 내가 증거물로 최 회장 협박해서 살게 된 거야. 뭐, 병호 형님에게 미안하게 됐지만 말이다."

"그런 핵폭탄을 가지고 계셨단 말이에요? 그럼 진작에 회장님 자리에 앉으셨어야죠."

"이 세계가 밖의 세상이랑 같은 줄 알아? 여긴 실력이 아니라 충성과 신의로 인정받아야 하는 세계야, 자식아. 병호 형님이라면 몰라도……."

"아버지도 참, 여태 뭐 했어요?"

"이 녀석이 기껏 키워 줬더니. 내가 너 키우려고 조직에 충성하지 못한 거잖아. 내가 감방 들어갔으면 네가 지금 이렇게 번듯하게 살 수 있었겠냐? 멀리서 찾지 말고 현숙이 봐라. 아버지뻘 남자랑 시도 때도 없이 뒹구는 것 봐."

"알아요. 아버지가 저만 보고 살아오신 거 아는데, 아깝잖아요. 그런 핵폭탄을 쥐고 회장님 자리에 못 앉는 거."

"그 자리 앉는 순간 사흘 안에 내 모가지 광화문에 걸리느니 맘 편히 회장님의 오른팔로서 사는 게 좋다."

"그 증거는 잘 가지고 계시죠?"

"아니. 돌려줬어."

"아니, 그걸 왜요?"

"회장님이 그러시더라. 봐줄 만큼 봐줬으니 증거물 돌려주지 않으면 너와 내 목숨을 조직에 맡기겠다고. 그러니 어떡해. 이 조직이 어떤 조직인데."

"그래도 그렇죠. 아이고, 아까워라……."

"조직에 알려지는 순간 너랑 나는 바로 갈려서 사료 되는데 어떻게 안 주냐? 돌려주면 우리 부자 뒤는 평생 봐주시겠다고 해서 돌려준 거니 걱정하지 마라. 그리고 적당히 사고 쳐."

"알았어요."

가증스럽고 역겨운 김재명 부자의 대화를 엿들은 그날, 그녀는 제 자식 키우려고 조직 따윈 안중에도 없었던 김재명 대신 충성을 다 바쳐 감방에 들어간 아버지가 불쌍하기는커녕 밉고 증오스러웠다.

김재명이 이명서를 애지중지하는 것을 보며 얼마나 부러워했던가. 김재명이 납치한 유태리를 그녀의 집에 맡기지 않았더라면 이명서가 받는 사랑과는 비교도 안 될 만큼 사랑받고 살았을 터였다.

세상이 경멸하는 조직 폭력배의 충성 따위가 대체 뭐라고. 김재명 같은 남창도 제 새끼를 지켰는데 어째서 아버지는 그녀를 버렸단 말인가.

사탕처럼 입 안에서 혀로 굴리고 빨기를 얼마나 했을까. 입 안에 남자가 가득 차자 기다렸다는 듯 빨리 최 회장만이 탐한 그곳에 넣었다.

"회장님, 빨리요!"

"알았다. 좋아. 좋아. 읏! 은비야, 가자!"

다시 시작된 욕망의 시간에 최 회장이 아우토반을 달리는 스포츠카가 되자 현숙은 환호하며 최 회장에게 죽어라 매달렸다.

"하악, 하악! 회장님……. 사랑해요, 회장님! 아흑!"

7. 진실의 거울을 찾다

"박변 덕에 오늘 거한 점심 먹었으니 오늘 저녁은 건너뛰어야겠네."

"식사는 건너뛰셔도 한잔은 하시는 거죠?"

"그걸 어떻게 건너뛰겠어."

"오늘은 남은 업무 처리 때문에 힘들지만 다음에 한잔하시게 되면 저 좀 꼭 끼워 주세요. 제가 요즘 한잔이 엄청 궁하거든요."

"이거 이거. 뭔 일 있구나, 박변. 남편바라기 하시느라 한잔은커녕 한 모금도 마실 시간이 없던 사람이 박변 아니었어?"

"제가 철이 없어서 그런 거니 과거는 잊어 주시고, 한잔 껴 주실 거죠?"

"그러지 뭐. 점심 거나하게 얻어먹었으니까 한잔은 내가 쏠게."

"고마워요, 부장님."

장심원 핵심 변호사들 중의 한 명인 김정규 부장은 자신에게 구십 도 각도로 인사하고 제 사무실로 들어가는 지수가 너무 낯설어 한동안 자리를 뜰 수가 없었다. 장심원 안에서 박지수는 조부와 아버지의 배경이 너무 커서인지 제 역할을 제대로 해낸 적이 얼마 전까진 단 한 번도 없었다.

그런 박지수가 무슨 일인지 요즘 맡는 이혼소송마다 승소하고 있어 장심원에 뜨는 별이 된 것이다. 칼퇴근에 연차, 월차, 휴가 모두 챙기고 온갖 핑계를 대며 소송을 피했던 박지수가 말이다.

'이제야 철이 드나 보네. 아니면 허선우 변호사 영향인가?'

박지수가 어려운 연승을 하고 있는 것도 이슈지만 요즘 장심원 제일 큰 이슈는 화인엔터테인먼트 법무팀 소속인 허선우의 RD 멤버 고발 사건이었다.

그동안 무성한 소문은 많았지만 그 실체는 알 수 없었던 재벌 3세들의 유흥모임인 RD의 실체를 파악했다는 것도 대단한데 멤버 고발 소식은 연예계는 물론 그들 업계에서도 엄청난 파란을 일으켰다.

그 소식에 장심원 10년 차 변호사들은 하나같이 소식이 장심원이 아닌 화인에서 나온 것을 아쉬워했고 허선우 변호사가 장심원의 변호사가 아닌 것을 안타까워했다. 동료로서 일하던 시절 그녀가 얼마나 뛰어난 인재인지를 뼈저리게 실감했었지 않은가.

상대가 너무 뛰어나면 질투조차 안 난다더니 허선우 그녀가 바로 그런 존재였다. 어떻게 고발할 수 있게 된 것인지 그리고 고발 내용은 무엇인지 알고 싶어 아직 그녀와의 친분이 끊어지지 않은 몇몇이 물어봤지만 사건이 너무 커 노코멘트 할 수밖에 없다는 말만 들었다는 것이다.

변한 박지수와 여전히 장심원 식구라는 생각이 드는 허선우를 생각하며 김 부장은 제 사무실로 들어갔다.

책상 위에 수십 장의 사진들을 나열해서 보는 지수의 표정은 극히 어두웠다. 지하 주차장, 호텔, 고급레스토랑에 유명 스포츠 센터. 사진 속 장소는 셀 수 없이 많았다. 하지만 사진 속 인물 중 남자는 이명서 한 명뿐이었고 여자는 세 명이었다. 한 장 한 장 세밀하게 사진을 보는데 책상 위에 올려진 그녀의 휴대폰이 요란하게 진동했다.

"여보세요."

-받으셨습니까?

"네. 그렇지 않아도 전화하려고 했는데 먼저 하셨네요."

-여자들의 프로필은 사진 봉투 안에 있는데 보셨습니까?

"아니, 아직요."

―프로필을 보시면 아시겠지만 여자들 모두 이명서 씨가 다니는 회사 자금부 임직원들입니다. 이런 일 하다 보면 느낌이 오는데 이명서 이 사람, 아무래도 여자들 유혹해 횡령 작업을 하는 것 같으니 변호사님도 조심하십시오. 아참, 결혼식에 신랑 아버지로 참석했던 사람에 대한 조사 자료는 내일 보내드리겠습니다.

"고맙습니다. 임 사장님."

전화를 끊고 지수는 다시 한번 사진들을 보았다. 누구나 많은 이성을 만날 수 있었다. 자신 역시도 하루에 만난 남자들이 많을 땐 열 명이 넘을 때도 있었다. 하지만 만난 모든 남자와 호텔에서 잠자리를 하는 것은 아니었다.

그건 도덕적으로나 윤리적으로 있을 수 없는 일이 아닌가. 그런데 그녀의 남편인 이명서는 사진 속 세 여자 모두와 호텔에 들어갔고 관계를 맺었다. 관계하는 사진에 구역질이 났다.

"욱! 욱!"

의심하지 말았어야 했을까. 보고 들은 그 말들을 그냥 흘려보냈어야 했던 것일까. 이건 태어나 한 번도 꿔 본 적 없는 악몽이었다. 끔찍한 사진은 그녀에게 3개월 전으로 돌아가고 싶다는 소원을 빌게 만들었다.

공부 머리는 뛰어나지 않지만 기억력 하나는 누구보다 좋은 그녀였다. 그 기억력의 결과가 바로 눈앞의 사진들이었다.

3개월 전 장심원 변호사들은 출력한 화인그룹 사보에 실린 사진을 가지고 티타임을 가졌다.

"세상 참, 어떻게 대한민국 3대 조폭 두목의 정부가 화인그룹 유태리의 은인이냐. 게다가 그 부모는 유태리를 납치한 범인이라고?"

"이게 무슨 자다가 봉창 두드리는 소리냐고."

출력한 사진 속 인물은 유태리와 그녀에게는 친언니나 다름없는 문은비였다. 그런데 은비 언니가 조폭 두목의 정부였다는 것도 놀라운 일이었지만 진짜 그녀를 놀라게 한 건 문현숙이란 이름 때문이었다.

문현숙, 선우 때문에 못이 박히도록 들은 이름이었다. 이명서와의 일만 아니었다면 그녀에게 선우는 그냥 만년 모범생 친구였을 것이다. 친자매처럼 자라기엔 선우와 그녀 사이엔 갭이 너무 컸다.

공부를 좋아하는 선우에 비해 그녀는 친구들과 어울려 노는 것을 좋아했다. 성향이 완벽하게 다른데 할아버지, 할머니는 친자매처럼 지내기를 바랐고 부모님은 그녀가 선우와 같기를 바랐다.

아니. 같기를 바란 정도를 떠나 선우보다 뛰어나기를 바랐던 부모님으로 인해 그녀는 학업에서 점점 더 멀어져 고3 땐 모든 과목의 과외를 받아야만 했다.

간신히 턱걸이로 법대로 들어갔다. 대학에 가서도 이해해야 하는 내용들을 암기력으로 버텨 대학 생활조차 간신히 턱걸이 평균 학점으로 졸업했지만 사법고시는 탈락했다.

결국 로스쿨에 입학해 간신히 변호사 시험을 치른 그녀에게 붙은 별명은 턱걸이 변호사였다. 체력장 턱걸이가 아니라, 간신히 합격점을 받았다고 해서 붙여진 별명이었다.

변호사가 되었어도 턱걸이 변호사를 써 줄 로펌은 없었다. 개업을 하면 되었지만 그건 싫었기에 할아버지에게 누가 될 줄 알면서도 장심원에 들어온 것이다. 어릴 때부터 아저씨, 삼촌이라 불렀던 분들이 높은 선배로 있는 곳엘 말이다.

실력 없는 변호사는 숨 쉬는 것조차 민폐인 곳이지만 승소율은 낮아도 열심히 뛰는 변호사에게 든든한 버팀목이 되어 주는 곳인 장심원에서 그녀는 실력도 없고 열심히도 안 하는 민폐 변호사로 찍혀 턱걸이 변호사에서 월급 도둑 변호사가 되었다.

다른 변호사들이라면 그만뒀겠지만 그녀가 견딜 수 있었던 건 문은비, 아니 문현숙 때문이었다. 미성년인데도 클럽에 들어가서 놀았던 시절 만난 현숙은 언니가 없는 그녀에게 더할 나위 없는 친구이자 친언니 같은 존재였다.

현숙은 여유 있는 집안의 딸이라고 했다. 공부는 죽어도 싫고 노는 게 좋다는 현숙의 거침없는 말투를 얼마나 좋아했던가.

"지수야, 여기 남자애들과 다 놀아도 싸구려는 되지 마라.

여기 오는 애들 다 죽돌이거든. 그런데 쟤들은 땡처리로도 안 팔리는 물건이니까 쳐다보지도 마."

노는 건 좋아해도 남자들과 어울려 술 마시고 호텔가는 짓 따위를 경멸했던 현숙을 얼마나 존경했었던가. 연예인도 아니고 엄청난 미인도 아닌데 성적 매력이 엄청나 여자들의 시선까지 한 몸에 받으면서도 그저 춤추고 술 마시는 것만 즐긴 현숙은 그녀의 멘토였다.

그런 그녀가 대한민국 3대 조직인 발렌타인파 최충렬 회장의 정부였다니. 믿을 수가 없었다. 하지만 그보다 더 충격이었던 건 그녀의 이름이 문현숙이라는 거였다.

선우의 흉측한 화상 흉터는 후원자의 딸 말동무가 되기 위해 간 집에서 후원자의 딸에게 당해서 생긴 것이라고 했다. 그 후원자가 화인그룹 후계자를 납치한 문병호였고 후원자의 딸은 문현숙이었다.

어렸을 때 선우의 흉터는 공포였었다. 몇 번을 수술해도 없어지지 않을 상처는 너무 흉측해서 장갑을 끼고 있다 해도 같이 밥을 먹는 것도 싫었었다. 더 싫었던 건 밤마다 울부짖는 소리였다.

현숙아, 살려 줘. 아파 죽을 것 같아. 살려 줘. 그만해, 현숙아. 나는 허선우야. 문현숙이 아니야… 하는 선우의 절규를 그녀는 모두 기억하고 있었다.

세상에 문현숙이란 이름이 한 명만 있겠는가. 하지만 27년 전 문병호의 집에서 유태리와 함께 있었던 허선우를 담뱃불로 지져 괴롭힌 문현숙은 한 명이었다. 십 년이 넘도록 그녀가 언니 언니 하며 따랐던 문은비가 바로 문현숙이었던 것이다.

자신의 멘토가 허구였다는 충격은 연쇄 충돌을 일으키며 많은 것들을 기억나게 만들었고 의심하게 만들었다.

그 첫 번째가 바로 이명서였다.

3개월 전 문은비가 문현숙이란 걸 알기 전에 이미 이명서에 대해 의심을 품고 있었던 그녀였다. 화인그룹 창립기념 파티장에서 선우의 팔에 뜨거운 물을 쏟게 만든 뒤로 그녀는 마음 편한 날이 없었다.

아무리 선우가 미웠어도 그 일은 절대로 해서는 안 되는 일이었다. 선우는 화상 환자였다. 그런 환자에게 뜨거운 물벼락은 죽으라고 하는 짓밖에는 안 되었다. 6년 전 이명서와 함께 속옷 차림으로 한 침대에 있던 선우를 봤을 때 엄마는 머리채를 잡았고 자신은 제 손이 아프도록 수십 차례 선우의 뺨을 갈겼었다.

그때는 그렇게 때렸어도 분이 안 풀릴 정도로 선우가 미웠고 증오스러웠다. 헌데 그날의 일은 이상하게 세월이 지나도 목에 걸린 가시가 되어 그녀의 마음을 항상 불편하게 만들었었다. 이명서와 결혼했어도 행복하지 않아서였던 것일까.

뜨거워서 아팠을 텐데 원망 한마디 없이 되레 그녀를 걱정하던 선우의 걱정 가득한 얼굴이 떠나지를 않았다. 그 얼굴 때문에 선우를 생각하는 날이 많아졌다. 언제나처럼 이명서와 싸우고 화해하면서도 그녀는 선우를 생각하는 날이 많아졌다.

"들었어? 어제 허선우 변호사가 화인 법무팀 전원을 완전히 다운시켜 버렸대."

"이봐. 다음에 화인 회식한다는 소식 들으면 나도 좀 끼워 달라고 해. 술을 마시려면 허변 같은 사람하고 마셔야 제대로잖아."

"나도 그 말 했어. 아아… 진짜 부럽다, 화인 사람들. 두주불사 허변이랑 마시면 취하는 것 걱정 안 해도 되잖아."

"그렇지. 취해서 뻘짓거리 할래도 멀쩡한 허변이 다 막아주잖아."

집과 장심원을 나간 선우의 소식은 간간이 민들레 소속 변호사들을 통해 들을 수 있었지만 선우가 화인 법무팀에 들어간 뒤로 선우의 소식은 SNS 때문에 거의 생중계되다시피 했다.

가만히 있어도 들려오는 선우의 온갖 소식이 처음엔 황당했지만 들으면 들을수록 그녀 안에 의심의 싹을 틔우게 했고, 술에 대한 소식은 단번에 자라 셀 수 없이 많은 꽃봉오리를 맺히게 만들었다.

성년이 되어 선우와 그녀는 할아버지에게 술을 배웠다. 그녀는 고등학교 때 이미 유흥을 즐기느라 술맛을 알고 있었지만 모범생인 선우는 처음으로 술을 마시면서 맛있는 걸 먹는 얼굴을 했었다.

'선우야. 너 술 처음 맞아?'
'응. 왜?'
'술맛이 쓰지 않아?'
'하나도 안 써. 이거 엄청 맛있다. 할아버지, 저 한 잔만 더 주시면 안 돼요?'

 술은 춤추고 애들이랑 놀다 보니 마시게 된 거지만 맛있다는 생각은 해 본 적 없던 그녀에게 선우의 말은 충격이었었다.
 턱걸이 변호사 별명을 가진 그녀와 달리 선우의 별명은 두주불사였다. 업계에서 한 주량 한다는 사람들이 선우에게 대작을 요청하는 건 다반사였는데 선우를 이긴 사람은 단 한 명도 없었다.
 그런 선우인데 술에 취해 이명서의 침대에서 자고 있는 것을 왜 의심하지 않았을까. 그래도 명색이 변호사면서 어떻게 가장 중요한 것을 잊고 있었던 것일까.
 '훗, 왜긴, 사랑 때문이잖아. 이명서는 아니었을지 몰라도 나는 진짜 사랑이었잖아.'
 자신과도 거닐었던 석양의 강변에서 격렬하게 키스를 하고 온갖 체위로 관계를 하는 이명서의 사진은 역겨운 것 이상으로 그녀의 심장을 아프게 했다.

'허선우. 너 왜 아무 말도 안 했니? 그날은 그렇다 치더라도 말해 줄 수 있었잖아. 최소한 뭐가 진실인지 말해 줄 수 있었잖아.'

말도 안 되는 원망을 선우에게 퍼부으며 흐트러진 사진들을 추려 가방 안에 넣고는 컴퓨터를 전원을 켜곤 심호흡을 했다.

몇 번의 심호흡으로 가슴의 통증이 가라앉자 선우를 향했던 원망도 사라졌다. 전원이 켜진 컴퓨터 모니터에 메신저 창이 뜨자 기다렸다는 듯 실버레인이라는 닉네임을 쓰는 사람이 문자를 보냈다.

[지수야. 너 화 많이 났지? 빨리 말하려고 했는데 일이 이상하게 꼬여서 연락도 못 했어. 오늘 만나고 싶은데 시간 좀 내줄래?]

[차 마실 시간밖에 안 돼요.]

[그 정도면 돼. 내가 거기로 갈게. 그린피아에서 볼까?]

[도착하면 연락 줘요.]

무엇이 급한지 어지간해서는 법원이 가까운 장심원 근처에 안 오려는 사람이 먼저 오겠다는 문자에 실소를 금할 수가 없었다.

"3개월 동안 연락 한번 안 한 사람이 어떤 말을 할지 궁금하네. 이제 이명서의 연락만 기다리면 되나?"

3개월 동안 유태리의 은인으로서 가장 핫하고 멋진 여성으로 문현숙이 언론을 도배하는 사이 그녀의 별거 선언을 받아들인 이명서는 매일 아침, 점심, 저녁에 온갖 미사여구를 붙인 문자를 보내거나 전화를 했다.

'명서와 나는 아버지들끼리 친형제와 같은 사이라 우리도 어렸을 때부터 친남매처럼 같이 자랐어.'

이명서를 정식으로 소개받던 날 문현숙이 그녀에게 했던 말이었다. 조직 폭력배인 문병호와 친형제 같다는 건 이명서의 아버지 또한 조직 폭력배라는 말이 아니던가.

이명서를 사랑했기에 그녀는 이명서의 말만을 믿었었다. 가족은 아버지 한 분뿐이라고 해 상견례에 나오고 결혼식에 온 사람이 진짜 이명서의 아버지인 줄 알았다. 하지만 그 아버지는 진짜 아버지가 아니었다. 싹튼 의심에 그녀는 이명서의 결혼 전 가족관계 증명서를 발급받았다.

이명서는 미군 흑인 아버지와 한국인 어머니의 아들이었다. 머리부터 발끝까지 한국인인데 증명서를 보면 혼혈이어야 했다. 왜 속였냐고 물으면 지금까지처럼 그녀를 또 속이며 울 정도로 슬픈 사연을 말해 줄 게 뻔했다.

속았다고 생각하니 아픈 마음의 강도는 커졌지만 머릿속이 맑아지기 시작했다. 그래서 다음 단계로 할아버지의 인맥인 비밀 조사원에게 이명서의 움직임과 결혼사진 속 신랑 아버지로 온 남자에 대한 조사를 부탁했다.

'내가 문현숙과 이명서에게 인연이 묶인 이유가 있을 거야. 그 이유 반드시 찾아내겠어.'

현숙의 연락을 기다리며 그녀는 남은 업무를 처리하기 위해 띄워 둔 메신저 창에 쉼 없이 올라오는 사내 직원들의 업무 관련 내용들에 집중했다.

"얼마나 중요한 사람이길래 나와 있는 시간에 한눈을 팔아요, 서운하게."

"미안, 미안. 나한테 태리 너보다 중요한 사람이 어디 있니. 너도 아는 사람이야. 지난번 너희 창립 기념 파티 때 봤지? 장심원의 박지수 변호사."

"아. 허선우 변호사에게 찻물을 쏟았던 변호사 말이죠?"

"응, 내가 아끼는 동생이야."

"누나 발 정말 넓네. 변호사랑 언니, 동생 하는 사이라니."

"범죄자 자식이 세상 제대로 살려면 인맥보다 중요한 건 없었거든."

"이런 말 들을 때마다 누나가 힘들게 살아온 게 내 탓 같아서 얼마나 미안한지 알아요?"

청계산 늦가을 풍경이 한눈에 들어오는 스카이라운지 카페에 온 손님들은 아무리 봐도 어울리지 않는 커플을 보며 눈살을 찌푸렸다. 회색의 슈트가 너무나 잘 어울려 슈트 화보에서 튀어나온 것 같은 멋진 남자에 비해 여자는 너무 천박했다.

뒤에 걸린 버튼 하나만 풀면 한 번에 벗겨질 보라색 원피스를 입고 있는 여자의 가슴은 겨우 정점만 가리고 있었고 원피스 길이도 둔부만 간신히 가리고 있었다. 최대한 육감적인 몸매를 드러낸 여자의 모습은 밤이라면 섹시하기 그지없을 터였다. 하지만 햇빛과 어우러진 산의 풍경이 주인공인 곳에선 손님들에게 흉물스럽고 천박하게 보일 뿐이었다.

이렇게 손님들의 눈살을 찌푸리게 만들고 있어도 아랑곳하지 않은 채 태리는 현숙의 손등을 연신 쓰다듬었다.

"태리야, 이제 그만해. 내가 지금 너 때문에 얼마나 행복한데……. 다 과거잖아, 과거. 난 네가 날 찾아 준 것만으로 지금까지 한 고생 모두 잊어버렸어."

"그럼 다행이에요. 누나. 내가 이걸로 누나 과거의 고생 완전히 삭제해 줄 테니까 아무 걱정 말아요."

"고마워, 태리야……."

현숙은 유태리란 남자에게 품었던 모든 의구심을 버린 상태였다. 어떻게 자신과 허선우를 착각할 수 있단 말인가. 태리의 과한 친절에도 경계를 풀지 않은 채 그녀는 계속해서 태리와 선우에게 붙인 조직원들로부터 보고를 받아 왔었다.

그런데 3개월 내내 받아 본 보고는 그녀가 가진 의구심의 힘을 잃게 만들더니 사흘 전 태리의 사무실에서 나눈 말들로 완전히 사라져 버렸다.

'태리야. 다른 기억은 아직도 안 나는 거니?'

'응. 그런데 하나도 아쉽지가 않아. 내가 누나만 기억한다는 건 누나하고만 좋은 일이 있어서인 것 같아.'

'그랬구나. 그런데 난 아직도 네가 내 이름을 기억했다는 게 믿어지지가 않아. 그땐 넌 겨우 일곱 살이었잖아.'

'그게, 우리 둘이 방에 있을 때 경찰 아저씨들이 많이 들어왔잖아. 그때 경찰 아저씨가 내 이름 불렀고 누나는 누나 이름표 보고 불렀잖아. 내 기억은 거기까지야.'

경찰을 피해 도망가기 전 엄마가 선우에게 제 옷을 입혔었다. 가장 아끼는 옷이라 안 된다고 얼마나 울었던가. 게다가 새 옷이나 다름없는 옷에 옷핀으로 그녀의 이름이 쓰여 있는 이름표를 달아 주기까지 했다.

선우라면 몰라도 자신은 태리와 말 한마디 나눈 적도 없었고 얼굴도 보여 준 적이 없었다. 그런데 태리가 기억하는 사람이 자신이라니. 그 말을 어떻게 액면가 그대로 믿을 수 있겠는가. 하지만 경찰이 이름표를 보고 그녀의 이름을 불렀다는 것으로 그녀는 태리에게 품었던 의심을 일제히 거둬 버렸다.

기억에 오류가 난 것 같지만 어쨌든 그녀를 찾은 건 태리였고 과한 선물 공세를 퍼붓는 것도 태리였으니 그녀가 걱정할 것은 하나도 없었다. 아니, 걱정은커녕 이런 호재는 또 없을 터였다. 그 어떤 장난감을 가지고 놀아도 선우를 지졌을 때의 쾌감을 느낄 수가 없었다. 선우를 생각하니 마음이 급해졌다.

'빨리 지수 달래서 명서 일 해결해야지. 태리가 최 회장 제거해 주면 난 그 집에서 선우를 데리고 즐기면 돼.'

"태리야, 오늘은 내가 먼저 일어날게. 중요한 약속이 있거든."

"데려다줄게요."

"아냐. 혼자 가도 돼. 여기서 멀지 않아. 그럼 그거 잘 부탁해, 태리야."

"걱정 말아요. 우리 화인 법무팀 국내 최강 로펌이에요."

"알아. 그래서 맡긴 거야. 갈게, 태리야."

뒤도 안 돌아보고 카페를 나가는 현숙을 바라보는 태리의 눈에 비웃음이 가득 찼다.

'그래. 급한 불 먼저 꺼야지, 문현숙. 지금 당신한테 중요한 건 이명서니까 말이야.'

시야에서 완전히 현숙이 사라지자 그는 옆자리에 놓여진 알루미늄 슈트케이스를 보며 큰 숨을 토해 냈다.

'문현숙 당신이 내게 이것을 줬다는 건 내 패가 낫다고 판단해서겠지. 이걸로 최 회장을 치고 당신은 이명서랑 조직에서 군림하고 싶어서겠지만, 그런데 어쩌나. 내 목적은 당신과 김재명이거든. 최 회장은 덤이야, 덤.'

3개월 동안 현숙은 그에게 최 회장에게 잡힌 제 인생이 너무 서럽다며 만날 때마다 눈물을 보였었다. 또 김재명에게 잡힌 약점 때문에 김재명이 지은 죄를 뒤집어쓴 제 부모가 불쌍하다며 통곡까지 했었다.

 그가 현숙에게 보여 준 건 그동안 배우들에게 간접적으로 배운 진심 연기였다. 한결같이 정말로 세상에서 문현숙이 가장 소중하고 귀한 존재인 듯 대해 줬다. 그에게 있어 중요한 건 현숙의 신뢰였는데, 마침내 그녀의 신뢰를 받게 된 그에게 현숙이 오늘 이 슈트케이스를 가지고 온 것이다.

 "최 회장이 갖고 있는 증거물들이야. 최 회장은 아무도 믿지 않아서 청부받을 때와 지시할 때 그리고 처리 보고 할 때조차도 녹음을 해. 그리고 가방 안의 총과 칼은 최 회장이 직접 범죄에 사용한 거야."

 "누나, 이렇게 위험한 걸 어떻게 갖고 나왔어요. 들키면 어쩌려고."

 "당분간은 모를 거야. 최 회장 지금 중국 갔거든. 한 달 동안은 안 올 거야."

 "그래도 누나가 한 줄 알면 가만 안 있을 텐데요."

 "그러니까 너한테 가져온 거야. 너라면 한 달 안에 해결해 줄 것 같아서. 안 되겠니, 태리야?"

 "아뇨. 누나가 원하는 대로 할 수 있어요. 내가 걱정하는 건 혹시나 누나가 해코지당할까 봐 그런 거죠."

"난 자유만 누릴 수 있다면 무슨 짓을 당하든 상관없어. 태리야, 제발 부탁이야. 날 자유롭게 해 줘."

"누나, 누나는 이제 내가 만든 꽃길만 걸을 생각만 하세요. 꽃길이 싫으면 원하는 걸로 길 만들어 드릴게요. 돈 길이든 보석 길이든. 날 구해 준 누난데 뭔 길이든 못 만들어 드릴까요."

그는 말을 끝내자마자 회사 법무팀에 문자를 보내 카페로 호출했다.

"어서 오세요."

종업원들의 손님맞이 인사에 고개를 돌리니 카페 안으로 화인 경호팀 직원 두 명이 들어왔다.

"늦어서 죄송합니다, 대표님."

"늦긴요. 때맞춰 와 주셨네요. 법무팀 이 실장님에게 들으셨죠."

"네. 대표님이 주는 가방을 가져오라고 하시더군요."

"이 가방이니 이 실장에게 잘 전달해 주세요. 아, 차는 지하 주차장에 세우고 오셨죠?"

"네. 지하 3층에 주차했습니다."

경호팀 직원이 가방을 들자 그도 자리에서 일어나 경호팀보다 먼저 카페를 나와 1층 주차장에 세워져 있는 차에 탔다.

지금 그는 007 작전보다 더 치밀한 계획하에 움직이는 중이었다. 문현숙이 평범한 여자라면 필요 없는 계획이었지만 문현숙은 대한민국 3대 조직 폭력 집단 두목의 정부였다. 그들의 눈이 미치지 않는 곳이 없다는 법무팀의 말에 따라 수시로 그들의 감시망에 혼선을 빚도록 만들었다.

출근할 때와 퇴근할 때 다른 차로 하고 외부 미팅 때도 다른 차로 이동했다. 오늘 문현숙이 슈트케이스를 들고 오는 걸 봤는지 못 봤는지는 모르겠지만 혹시 몰라 그는 일부러 외부에 노출된 1층에 세워 둔 그의 차에 빈손으로 타고, 대신 경호팀 직원들이 지하 주차장을 통해 이동하도록 했다.

문현숙이 준 증거물들은 오늘부터 당장 법무팀에서 경찰과 검찰이 발렌타인파를 초토화시킬 자료로 만들어질 것이다.

그에게 있어 발렌타인파는 존재해서는 안 될 악의 소굴이니 말이다.

'아저씨는 너 같은 꼬맹이 죽이는 취미는 없어. 그래서 네가 시끄럽게 울고 그러면 아저씬 네 엄마를 너 보는 앞에서 죽일 거다. 어떻게 죽일지 알려 줄까? 먼저 네 엄마 팔을 자를 거야. 오른팔과 왼팔, 그리고 다리도 자를 거야.'

'안 돼요. 아저씨, 우리 엄마 죽이지 마세요. 안 울게요, 아저씨……'

'착하네, 꼬맹이. 그래. 약속했다, 꼬마야.'

'네, 아저씨.'

'네 엄마가 너처럼 내 말 잘 들었으면 이런 일도 없었을 텐데 말이야. 꼬마야, 너 아니? 네 엄마가 이 아저씨를 얼마나 사랑하는지? 네 엄마는 네 아빠 무지무지 싫어한다. 맨날 네 아빠 욕하는 거 모르지?'

'아니에요! 우리 엄마는 아빠 사랑해요!'

'나중에 커서 네 엄마한테 물어봐. 아빠랑 잔 적이 많은지, 나랑 잔 적이 많은지.'

'거짓말! 아저씨 말은 거짓말이에요!'

납치된 날로부터 문병호의 집에 가기 전까지 김재명은 어린 그에게 온갖 막말을 했었다. 일행들과 술을 마시면 그가 보는데도 여자들과 성관계를 했었다. 김재명은 여자와 관계를 하는 도중에 그에게 네 엄마하고도 매일 이렇게 했다며 낄낄댔었다.

그것이 구출돼 병원에 왔을 때 모친을 보고 기절한 이유였다. 그리고 기억을 잃은 이유였다.

기억을 찾기 전까진 그를 향한 모친의 사랑이 거짓이라고 생각해 본 적은 단 한 번도 없었다. 하지만 이상하게도 기억을 잃었는데도 모친만 보면 경기를 일으키며 정신을 잃었었다.

그는 모친을 김재명보다 용서할 수가 없었다. 그에게 일어난 그 사건은 김재명 때문이 아니라 모친 때문이지 않은가. 가정을 등진 여자가 치러야 할 대가를 그가 치른 것이다.

김재명은 궁지에 몰리면 분명 모친을 들먹일 게 뻔했다. 지난번 선우를 내치라고 모친을 종용했을 때처럼 저 필요할 때마다 모친을 이용한 인간이 이번이라고 그냥 지나치겠는가. 모친이 다칠 거라는 걸 알지만 그는 멈출 생각이 없었다. 그건 그의 부친도 허락한 일이었다.

'아버지, 전 아버지처럼 그 사건 덮어 둘 수가 없어요.'
'태리야.'
'아버지는 피해자가 아니니까 화인을 위해 덮어 두게 하셨지만… 아버지, 저는 피해자라 받아들일 수가 없어요.'

기억을 찾은 그가 제일 먼저 한 일은 부친을 만나 자신의 계획을 알리는 일이었다.

'그래. 네가 서른 넘은 성인이라는 걸 간과했구나. 미안하다, 태리야.'
'그 사건 조사하면서 왜 아버지가 덮어야 했는지 알게 됐어요. 그 당시 화인에 외갓집 돈이 얼마나 필요했는지 말이에요. 전 아버지 원망 안 해요. 아버지에게 화인이 무엇인지 아는데요.'
'태리야……'

말끝을 흐리는 아버지는 처음이었다. 그 사건이 알려지는 순간 가져올 파장이 화인에 미칠 영향을 결코 작지 않음을 아시기 때문이었다.

외가는 시시때때로 화인을 노리는 하이에나 무리와 다를 바 없었다. 돈은 많지만 번듯한 사업체 하나 없던 외가는 어려웠던 화인에 자금을 대 준 조건으로 아버지와의 결혼을 얻어 냈다.

그뿐만이었으면 좋았겠지만 외가는 화인의 계열사마다 낙하산 인사로 이사직을 얻어 냈다. 결과는 하나같이 폐업 위기에 처하게 만들었지만 말이다.

외가는 갖고 있는 화인의 지분을 빌미로 지금까지도 아버지를 협박해 화인에 제 식구를 들여놓고 있었다.

어머니와 이혼을 못 하는 것도 그 이유였고 회사에 폐가 되는 외갓집 식구들을 내치지 못하는 것도 모두 그 때문인걸 알지만 이제는 모든 걸 정리할 때였다. 설령 그 정리 속에 어머니가 포함된다 하더라도.

'태리야, 감당할 수 있겠니?'

'감당해야죠. 저 혼자라면 좀 힘들겠지만 아버지가 도와주시면 전 어떤 일이 생겨도 감당할 수 있어요.'

'쉽지 않을 거다.'

'저는 지금 사는 게 더 쉽지 않아요, 아버지.'

'많이 아프구나, 우리 아들이.'

'네. 찾은 기억이 저를 너무 아프게 해요. 가만히 있어도 김재명이 한 말들이 맴돌고 제 앞에서 한 짓거리들이 아른거릴 때마다 구역질 나서 죽을 것만 같아요.'

아버지에게 제 속을 다 보인 건 그날이 처음이었다.

'내가 무엇을 해 주면 좋겠니? 네가 원하는 대로 해 주마.'

아버지 유 회장의 도움으로 문현숙으로부터 완벽한 신뢰를 얻어 냈다.
 달리는 차 밖의 바람에 휘말려 날리는 낙엽들을 바라보며 그는 휴대폰 속 단축번호를 눌렀다.
 -여보세요.
 "바람이 많이 불어요."
 -바람을 보고 있어요, 맞고 있어요?
 "맞고 있으면 올 거예요?"
 -나가기 전에 따뜻한 차 한 잔 타 드릴 시간은 있어요.
 "같이 마셔요."
 -그럼 빨리 오세요.
 "알았어요."
 통화가 끝나고도 휴대폰에 선우의 목소리가 저장된 듯 그는 휴대폰을 가슴에 안았다.

'당신이 보고 싶어 이렇게나 가슴이 저린데, 어떻게 당신을 27년이나 기억 못 하고 살았을까, 어떻게…….'

초대받지 못한 곳에서 맞는 밤만큼 서럽고 외로운 밤이 또 있을까. 매년 그랬듯 올해도 그녀는 들어갈 수 없는 집 대문 앞에 빨간 국화만으로 만들어진 꽃바구니를 놓고는 두 손을 모으고 인사하듯 허리를 숙였다.

얼마나 그렇게 있었을까. 한참 만에야 허리를 들고 대문 앞에서 몸을 돌린 그녀는 미련이 남은 듯 다시 돌아 대문을 바라보며 읊조렸다.

"할머니, 내년에 또 올게요."

떨어지지 않는 발을 다시 돌리는 그녀의 걸음은 어느 때보다 무거웠다. 세워 둔 차로 힘없이 걸어가며 꽃바구니의 주인공을 떠올리는 그녀의 두 눈에 어김없이 눈물이 흘러내렸다.

"이렇게 꽃만 놓고 가면 할머니가 좋아하실 것 같아?"

등 뒤로 박히는 목소리에 놀라 돌아서니 젖은 눈의 지수가 있었다.

"지수야…….."

"네가 할머니 제삿날에는 잊지 않고 오길래 나온 거야."

"난 그냥 할머니가 좋아하셨던 꽃만 놓고 가려고 온 건데 불편하니?"

"누가 그렇대?"

퉁퉁거리는 지수의 말투가 믿기지 않아 그녀는 가로등 불빛을 받은 지수의 표정을 살펴보았다. 그녀에게만 날이 서 있는 지수였다. 지수에게 그녀는 용서받지 못할 짓을 했으니까. 그런데 지금 지수의 말투는 6년 전, 화가 나거나 짜증이 났을 때 쓰던 말투였다. 게다가 얼굴은 어디 아픈 것인지 전과는 비교도 안 되게 핼쑥해져 있었다.
"그럼 왜?"
"왜 말하지 않았어? 아니, 여전히 말 안 할 거야?"
"뭘 말이야, 지수야?"
"6년 전 그날, 너 정말 취해서 잔 거야?"
"……."
 지수의 야윈 얼굴과 예전처럼 화난 목소리로 추궁하는 것에 그녀는 설마 하면서도 입을 열 수가 없었다.
"내가 이명서 같은 인간한테 당하길 바라서 말 안 해 주는 거야?"
"아니야, 지수야!"
"그럼 왜 말 안 해 준 건데? 이명서가 여자 후리는 조폭 제비라고 말해 줬어야지."
"그걸 어떻게……?"
 지수가 그것만은 모르기를 바랐다. 이명서를 향한 지수의 사랑은 여느 여자들의 사랑 못지않은 제 모든 것을 건 사랑이었다. 그랬기에 말하지 않았었다. 그저 지수가 예쁘게 사랑하듯 사랑받기만을 바랐었다.

"네가 말하지 않으면 모를 줄 알았니? 내가 천재인 너랑 비교되는 바람에 바보가 된 것뿐이지, 너 아니면 나도 영재고 명색이 변호사야."

"지수야. 설마 너 이명서에게 당했니?"

"내가 너니? 넌 이명서가 네 입 막느라고 당한 거지만 내가 당할 게 뭐 있어서?"

지수는 자신이 이명서에게 당했을까 봐 걱정 먼저 하는 선우가 정말 싫었다. 왜 저 바보는 자신만 걱정하는 것일까.

"어떻게 알았는지는 모르겠지만 결국 알았구나. 그래서 네 얼굴이 그렇게 된 거구나. 지수야……."

"아니. 내가 이렇게 된 건 이명서 때문이 아니라 너 때문이야. 이 바보 허선우!"

"지수야……."

"너 무슨 피해자 중독이니? 네 팔다리 그 꼴로 만든 인간 문현숙이잖아. 그 문현숙이 친동생처럼 여기는 놈이 이명서야."

"알아."

문현숙의 등장으로 몰랐던 발렌타인파에 대해 알게 됐다. 보스 최충렬의 정부가 문현숙이라면 발렌타인파 일인자인 김재명의 아들이 이명서라는 것이었다.

그것으로 왜 화인 창립 기념 파티에 지수와 문현숙이 같이 있었는지에 대한 의문이 풀렸다. 하지만 그 이유 때문에 지수가 화를 내고 있는 게 이해가 가지 않았다.

"안다고? 그런데 아무렇지도 않아? 네 원수나 다름없는 여자랑 내가 언니, 동생 하는데도?"

"지수야. 그건 내가 끼어들 수 있는 영역이 아니잖아. 문현숙이 나한테나 그런 사람이지 너에게는 좋은 사람이니까 네가 따른 거겠지."

"선우 너, 정말 끝까지 이럴래? 왜 화를 안 내는 거야. 너 사람이잖아. 나처럼 화를 내! 내란 말이야! 내가 너 술 잘 마시는 거 아는데도 술 취해서 이명서랑 잤다고 오해한 것 때문에 너 쫓겨나게 했으니까 화를 내란 말이야!"

"지수야!"

그녀의 눈에 화내며 우는 지수는 상처 입어 아프다고 울부짖는 더없이 사랑스러운 강아지였다. 그녀는 왜 그러냐고 묻는 대신 지수를 안아 주었다.

"지수야, 울지 마……."

"놔!"

"지수야, 그만해."

"뭘 그만해. 너야말로 말해. 말하란 말이야. 왜 아무 말도 안 한 거야. 왜 안 하는 거냐고!"

"이게 무슨 배워먹지 못한 짓들이야. 내가 너희를 그렇게 가르쳤더냐. 당장 들어와!"

8. 인어공주의 진실

   지수 때문에 멈춘 걸음인데 언제 밖으로 나오셨는지 할아버지인 박 원장이 그녀와 지수에게 대문 안으로 들어오라 명했다.
"하지만 할아버지……."
"얼른 들어오지 않고 뭐 해!"
   도대체 자신에게 무슨 일이 일어나고 있는가 싶었다. 그녀의 말이라면 한마디도 듣고 싶지 않다던 지수가 말하라며 울부짖고, 6년 동안 한 걸음도 내디딜 수 없었던 집을 이렇게 들어가게 되다니.
"박 원장님, 실례가 안 된다면 저도 같이 들어가도 되겠습니까?"

너무도 익숙한 목소리에 화들짝 놀라 돌아보니 태리 그가 박 원장이 나온 집 뒤쪽에서 걸어오고 있었다.

"아니, 자네는?"

"네. 원장님. 유태리입니다. 오늘이 정숙경 여사님의 기일이라 들어 고인께 인사드리고 싶어 이렇게 왔습니다."

"우리 집에 온 사람 내친 적 없으니 들어오게."

"감사합니다."

6년 만에 들어온 집은 6년 전과 달라진 것이 하나도 없었다. 그녀를 본 지수의 아버지와 어머니는 놀란 입을 한동안 다물 줄을 몰랐지만 곧 지수의 모친이 화가 나 붉어진 얼굴로 선우의 어깨를 밀쳤다.

"네가 무슨 자격으로 여길 와? 당장 나가! 꼴도 보기 싫으니까 당장 나가!"

"아줌마……."

한낮에 졸다 꾼 꿈도 이보다는 길지 않을까. 너무도 짧은 꿈이었지만 그래도 20년이 넘도록 살았던 집 안에 발을 들였고 할아버지를 보았으니 고마운 꿈이라 여기며 그녀는 고개 숙여 인사하곤 뒤를 돌았다.

"가긴 어딜 가! 네 방으로 올라가!"

"안 돼요, 아버님!"

"엄마! 그러지 마. 선우 내가 잡았어."

"지수 네가 잡았다고?"

"그래. 내가 오늘도 꽃바구니만 놓고 가려는 걸 못 가게 잡았어. 엄마, 선우 아무 잘못 없어. 그날 일 이명서가 꾸민 거야. 엄마……."

"선우가 말했니, 이 서방이 꾸민 거라고? 아이고, 지수야. 이 바보야. 넌 재 말을 믿니? 믿어? 현장을 잡았는데 그걸 이 서방이 어떻게 꾸며?"

"엄마, 선우는 아무 말도 안 했어. 내가 알게 된 거야. 선우는 엄마가 좋아하는 이 서방이 여자들 후리는 조폭 제비족인 거 알고 찾아갔다가 약 탄 술 마시고 쓰러진 거야."

거실 안에 놀란 사람들의 침묵이 흘렀다. 지수의 양친은 서로 6년 전의 그 날을 빠르게 되감기 했다. 지수의 부친은 그제야 분노한 딸과 아내로 인해 자신이 간과한 것을 찾았다. 지수의 모친 또한 약 탄 술을 마셨다는 말에 질끈 눈을 감아 버렸다.

유난히 손님들이 많은 집이었다. 손님들은 하나같이 모두 차 다음으로 술을 마셨다. 그런데 언제부턴가 술자리에서 선우의 주량이 화두가 되더니 선우와 대작하려는 손님들이 늘어났다.

술이 세 봤자 얼마나 세겠냐 싶었던 선우는 꽤 소문난 주당들로부터 주왕이란 말까지 들었다. 어느 날인가 이틀 동안 내리 술을 마셨는데 마시자고 한 손님들은 곯아떨어졌는데 정작 선우는 한 방울도 안 마신 사람 같아서 놀란 적이 한

두 번이 아니었었다.

'죄송합니다, 어머님. 술 마시자고 해서 마셨는데 선우 씨도 취하고 저도 취하다 보니……'

왜 그 말을 의심하지 않았을까. 너무 미안하고 부끄러워 지수 모친은 눈을 뜨기가 겁이 났다.
"선우야. 이 서방이 정말 너한테 그런 짓을 한 거니? 왜 말 안 했어. 그때는 상황 때문에 못 했어도 나중에라도 와서 말해 줬어야지."
"그래서 잡은 거예요, 아빠. 내가 다 알았는데도 말 안 해요. 선우 너, 우리가 죄책감 가지라고 일부러 말 안 하는 거지? 너한테 미안해서 평생 괴로워하라고 그러는 거지?"
"아니야, 지수야! 그 이야기는 그만하자. 지수야. 오늘 할머니 기일인데 이러면 안 되잖니. 그만하자, 제발."
"허선우. 네가 배운 가족은 무조건 숨기는 거였냐."
"아니요. 하지만 할아버지……"
"지수가 저렇게 원하잖니."
어떻게 말할까. 한 번도 꺼내 본 적 없는 말이었다. 너무 오랫동안 미안한 마음 아래 숨겨 두었던 말들을 꺼내는 건 좀처럼 쉽지가 않았다.
"저는 지수 혼자 받아야 할 사랑을 빼앗았잖아요. 치료받느라 할아버지 할머니의 관심도 독차지하고 공부 때문에 저랑 비교당하게 만들었잖아요. 그게 너무 미안했어요."

"그게 미안할 일이니? 넌 아팠잖아. 그래서 너, 우리 엄마가 하라는 대로 다 한 거야?"

"지수야. 그건 또 무슨 말이니?"

6년 전 일로 충격에 빠져 있던 지수 부친에게 날아온 또 다른 충격은 선우에게 미안해서 조가비가 되었던 그의 입을 열게 만들었다.

"선우 검사 지원 못 하게 한 거, 엄마가 시킨 거예요. 할아버지 친손녀인 내가 검사가 돼도 먼저 돼야지 고아가 먼저 검사가 되면 집안 망신이라고요."

"뭐라고? 당신 정말 그랬어?"

"애미야. 사실이냐, 그게?"

"아버님······."

"아니에요. 아니니까 제발 그만해, 지수야. 이러면 안 돼."

잊으려 했고 다시는 생각 안 하려고 했던 것들이 누르고 있던 미안함을 뚫고 솟구치려 했다. 그녀는 스스로 착한 사람이라고 생각한 적 없지만 착하게 살려는 노력은 무던히도 했었다.

그녀가 잘못하는 건 할아버지의 명예에 먹칠하는 것이고, 지금도 여전히 착한 끝은 있어도 악한 끝은 없다는 말을 하시는 고아원 원장 부모님의 마음에 상처를 입히는 일이었다.

억울하게 당한 사람들을 위해 변호하면서 그녀는 원장 부모님의 말씀이 틀리지 않다는 것을 수시로 깨달았었다. 그걸 아는데 어떻게 나 좋자고 상처 입을 사람 생각 안 하고 말하겠는가.

"뭐가 안 되는데? 할아버지, 선우랑 자매처럼 지내라고 하셨죠? 선우가 저런데 어떻게 자매처럼 지내겠어요, 제가. 친구들은 자기 자매들과 맨날 싸운다는데 선우랑 제가 싸우는 거 한 번이라도 보셨어요?"

손바닥도 마주쳐야 소리가 나는데 지수는 선우와 손바닥 한 번 마주쳐 본 적 없었다. 동갑이면서 무슨 언니처럼 제 심술 다 받아 주고 화는커녕 바보처럼 웃기만 하는 선우와는 자매 놀이조차 할 수 없었다.

"네가 그러니까 나만 이상해지잖아. 내 로스쿨 학비 네가 준 거, 엄마가 아무한테도 말 안 했는데도 너 가만히 있었잖아. 나 변호사 시험 떨어지니까 엄마가 너 장심원 들어가라고 한 것도 내가 모를 줄 알았어?"

"지수야! 그만해라. 얘가 왜 이래. 너 이 엄마 망신 주려고 작정했니?"

"망신인 줄 알면서 선우한테 왜 그랬어요? 내가 얼마나 분한 줄 아세요? 내가요, 친언니처럼 만난 언니가 조폭 세컨드래요. 그런데 이 언니가 선우 팔다리 저렇게 만든 여자라네요. 그뿐인 줄 아세요? 제 결혼식 사진에 찍힌 남편 아버지라는 작자가 조폭 이인자래요. 이명서는 조폭 후계자고요."

기함하며 놀란 지수 모친이 거실 바닥으로 주저앉았다. 지수 부친은 아이쿠 하며 제 이마를 짚더니 휘청거렸다. 박 원장이 두 주먹을 움켜쥐며 지수와 선우를 지켜보자 태리는 남의 집인 걸 잊고 거실 소파 옆 테이블 위에 놓여진 주전자와 컵을 보고는 물을 따라 박 원장에게 건네주었다.

"나는 이렇게 비참한데 선우가 고고한 척하는 게 너무 분해요, 할아버지. 선우 잘못 아닌 거 아는데……. 내 잘못인데… 아무 말 안 하는 선우가 미워요, 할아버지……."

"지수야, 나 아줌마 때문에 검사 안 한 거 아니야. 변호사 내가 되고 싶어서 한 거야. 그러니까 어머니한테 그러지 마."

"그렇게 착한 척하고 싶어?"

"착한 척하는 거 아니야. 그리고 네 등록금 내가 받은 거에 비하면 십 분의 일도 안 돼. 내 치료에 들어간 돈이 얼마나 거액인지 너는 모르지. 할아버지가 힘들게 버신 돈이 모두 내 치료비로 쓰였어."

"가족이니까 쓴 거지, 남이면 쓰겠냐."

"할아버지, 전 할아버지 덕분에 분에 넘치는 호사를 누렸지만 지수는 그러지 못했어요. 제 치료비에 조금만 덜 쓰셨어도 아줌마는 지수 학비 걱정 안 하셨을 거예요. 할아버지처럼 아저씨도 청렴하셔서 월급밖에 수입이 없으시잖아요."

선우의 말에 순간 지수 부친의 표정이 급격히 어두워졌다.

"지수야, 네가 누렸어야 할 것들을 내가 누려서 얼마나 미안했는지 몰라. 너는 아무렇지 않게 나를 대했는데 나는 너한테 너무 미안해서 말을 할 수가 없었어."

"미안하다는 말 듣기 싫어! 뭐가 그렇게 미안한데? 허선우넌 천재라고. 나 같은 건 상대도 안 되는 애가 왜 그렇게 자존감 바닥이니?"

"나는 너랑 다르잖아. 내 생일이 내 부모님 기일인 거 너 모르지. 태어나면서 이별한 나야. 정들었다 싶으면 이별하는 게 당연한 고아원에서 이별을 얼마나 많이 했는지 알아? 여기 살면서 난 또 이별할까 봐 매일 불안했어. 이런 내가 어떻게 너랑 같니?"

그녀에게 이별이란 버림받는 것이었다. 어린 날, 고아원에서 새 가족을 만난 언니, 오빠들과 동생들이 몇 번은 편지를 보내 소식을 전해 줬지만 얼마 못 가 끊어지면 보고 싶어서 밤새 울었었다.

원장 부모님이 전해 준 친부모님 사진을 보며 보고 싶어 울어 본 적은 없었다. 아무런 기억도 추억도 없으니 당연한 일이었지만, 고아원에서 함께했던 식구들은 달랐다. 문현숙네 집에서도 이 집에 와서도 그녀는 고아원 식구들이 마냥 그립고 보고 싶었다.

"지수야. 내가 너무 큰 사랑을 받다 보니 무서워서 그랬어. 이렇게 날 사랑해 주시는데 잘못해서 버림받으면 살 수 없을 것 같아서 그랬어."

"흑! 선우야……."

한 번도 듣지 못했던 말에 지수는 선우를 와락 껴안았다. 생각해 본 적도 없었고 생각해야 할 이유도 없었다. 그녀에게 선우는 어느 날 갑자기 할아버지가 데려온 동갑내기 불쌍한 아이였을 뿐이었다.

내 상처가 아니기에 선우의 큰 상처를 보고 아프겠구나 했고 악몽을 꾸는 선우가 때론 시끄러웠고 때론 무서웠었다. 정말 그녀에겐 모두 단순한 생각이었을 뿐이었다.

오랫동안 병원 생활을 했는데도 수업을 따라잡다 못해 월반하더니 법대에 변호사 시험 합격까지, 남들보다 몇 년씩 빠르게 이뤄 내는 선우와 양자매인 것을 한때는 친구들에게 꽤나 자랑도 했었다.

그 또한 단순한 생각이었는데 선우에겐 달랐다니.

'선우야. 넌 네가 내 것을 가져가 누렸다고 하지만 실상 모두 누리고 있었던 건 나였는데… 그걸 몰랐어. 내겐 당연한 것이 네게 없었다는 걸 난 한 번도 생각해 본 적 없었어. 미안하다, 선우야.'

지수가 그녀를 안고 울자 아줌마도 그녀를 안고 울었다. 아저씨는 두 팔 벌려 모두를 안아 주었다.

"떠나고 한 번도 꿈에 나온 적 없던 네 할머니를 꿈에 봐서 무슨 일이 있으려나 했더니, 선우 너를 보내 줬구나."

"어머니가요?"

"그래. 네 엄마가 큰 빗자루를 들고나와서 마당을 쓸고 대문 밖을 쓸더라. 그게 선우 들어오라고 청소해 준 건가 보다."

"어머님이 선우만 보낸 것 같진 않은데요, 아버님."

딸 지수와 함께 나란히 소파에 앉은 지수 모친은 그제야 눈에 들어온 남자와 선우를 번갈아 보며 눈웃음을 지었지만 지수 부친 박우철은 선우와 함께 집 안에 들어온 남자가 누군지 알기에 시선을 피했다. 선우 옆에 앉은 남자는 자주 언론에 등장하는 화인그룹 후계자 유태리였다.

높은 직함 때문에 범죄와 연루된 정재계 관련 소식들을 수시로 접하는 그에게 근래 가장 핫한 소식은 27년 전 화인그룹 후계자 유태리 납치 사건이었다.

당시 납치된 소년이 구출되고 납치범이 처벌을 받았는데도 경찰 내부에서 많은 말들이 있었다. 납치당한 소년의 집안에서 사건을 외부에 노출하지 말라고 요청했기 때문이었다. 그런데 27년 동안 묻혀 있던 사건이 요즘 수면 위로 올라온 것이다. 더불어 국내 3대 조직 폭력배 집단인 발렌타인파까지 회자되고 있었다.

27년 전 발렌타인파 조직원에게 납치되었다 충격으로 기억 상실증에 걸린 소년이 기억을 찾아 납치된 곳에서 자신을 도와준 소녀와 한 상봉이 3개월 동안 매일 같이 언론에 오르내리고 있는데 어떻게 모를 수 있단 말인가.

하지만 그가 태리를 기억하는 이유는 따로 있었다. 선우가 청렴하다고 했지만 그의 경찰 생활 동안 유일한 오점이 바로 유태리 납치 사건이기 때문이어서였다.

화인그룹 후계자 납치 사건은 그 당시 국민들은 몰랐지만 전국 경찰청을 들썩이게 만든 사건이었다. 납치범으로부터의 연락도 없고 화인그룹과 원한 관계인 인물도 없어 수사 난항을 겪고 있던 그때 조직 폭력단에 심어 둔 정보원으로부터 김재명과 화인의 안주인에 대한 정보가 들어왔다.

주범이 김재명인걸 알게 됐지만 발렌타인파와 당시 그의 상관이 깊게 연루되어 있어 김재명이 아닌 문병호 부부를 처벌하게 되었다. 그렇게 그의 경찰 인생에 있어 오류가 된 김재명을 다시 만나게 된 건 지수의 결혼식에서였다.

김재명이 결혼식장에 발을 들여놓을 수 있었던 건 결혼 전 찾아와 그에게 한 협박 때문이었다.

'아무래도 청장님과 전 인연이 깊은 모양입니다. 그때 절 잡아넣으려고 애쓰신 게 아직도 선합니다. 이 결혼도 엎어 버리고 싶으실 겁니다. 그런데 청장님, 제가 자식을 위해서라면 못 할 것이 없는 놈이라서요. 만일 엎으신다면 화인그룹으로 가겠습니다.'

김재명의 협박을 무시하고 싶었지만 김재명이 이명서를 위해 못 할 짓이 없다고 하는 것처럼 그 또한 지수를 위해서 못 할 일은 없었다.

'그때 지수에게 다 알려 줬더라면 됐을 텐데……'

왜 이제야 지수에게 알려 줬어야 됐다는 게 생각이 나는 것일까. 왜 그때는 무조건 알려지면 안 된다고 숨겨야 한다고만 생각했던 것일까.

그가 지수에게 다 알려 줬다면 지수는 이명서와 결혼 따위 안 했을 것이다. 그 뿐인가. 선우가 받은 오해도 바로 풀렸을 것이다. 모든 게 자신 탓인 것만 같아 그는 차마 고개를 들 수가 없었다.

"선우의 상관인 유태리 대표란다."

"알아요, 아버님. 이 집 며느리 생활이 몇 년인데 언론 유명 인사를 모르겠어요."

"그나저나 나는 아직 자네 속을 모르는데, 우리 식구들은 알아서 다 속을 보여 줬으니 어쩌나."

"아버님, 그런 말씀 하시면 저는 어쩌라고요. 유 대표네 집도 이 동넨데 저는 이제 얼굴 못 들고 다녀요, 아버님."

"사연 없는 지붕 아래가 어디 있다고. 이 동네 대문 안에 들어가 봐라. 대문이 클수록 사연도 클 테니 말이다."

"맞습니다. 원장님. 저희 집만 해도 사연이라면 차고 넘치는데 간신히 대문으로 막고 있습니다."

"참 젊은 사람이 노인네 비위 한번 잘 맞춘다니까. 애미야, 식혜 좀 가져오너라. 제사 지냈다고 산 사람이 배곯으면 말이 안 되지."

"제가 가져올게요."

지수가 대접에 담아 온 식혜를 태리는 기다렸다는 듯 단숨에 비웠지만 선우는 손에 든 식혜를 보며 눈시울을 붉혔다.

"왜 안 마셔요."

"할머니가 식혜를 밥보다 더 좋아하셨는데……."

"그래. 네 할머니가 좋아하던 식혜다. 상 차릴 때 네가 식혜 올리면 네 할머니가 정말 좋아할 게다."

"네, 할아버지."

마치 6년 전으로 되돌아간 듯 식혜를 마신 그녀는 방으로 올라갔다. 6년 전 떠날 때와 달라진 것 하나 없는 방에 다시금 눈시울을 붉혔는데 연 옷장 안에서 가지런히 놓여진 하얀 앞치마들과 하얀 장갑들을 보자 결국 참지 못하고 눈물을 흘리고 말았다.

생전 할머니는 손수 수를 놓은 앞치마를 여러 벌 만들어 나눠 주셨었다. 상에 음식들을 올릴 때 정갈해야 한다며 제삿날에만 걸치다 보니 세월이 흘렀어도 새것이나 다름없었다.

앞치마를 걸치고 하얀 장갑을 끼고 내려온 그녀는 6년 전처럼 주방으로 가 아주머니들이 준비한 음식들을 제기에 하나둘씩 옮겨 담았다.

오랜만이라 제기에 담을 땐 그저 정갈하게 담느라 몰랐는데 상에 올려놓고 보니 음식들이 하나같이 생전 할머니가 좋아하시던 것들이었다.

'선우야, 내가 죽으면 말이다. 나는 제례 법에 따라 만든 음식 말고 하나를 올리더라도 내가 잘 먹고 좋아했던 것들로 차려 주겠니?'

조개탕과 황태구이에 해파리냉채 그리고 들깨탕과 멸치볶음에 호박전은 하나같이 할머니가 잘 드셨던 음식들이었다. 육고기보다는 해산물을 좋아하셨고 단맛, 쓴맛, 매운맛에 짠맛까지 모든 맛을 매 끼니마다 즐기셨다.

할머니가 좋아하셨던 음식들은 하나같이 할머니와의 추억이 있었기에 제는 조용히 치렀지만 식사는 잔칫날처럼 시끌벅적했다. 식구들이 할머니와의 추억을 이야기하는 동안 이 집과는 무관한 태리는 그저 담담히 사람들의 이야기를 귀담아들었다.

"어떤가. 우리 집 밥상이 입에 맞나?"

"네. 너무 맛있습니다, 원장님. 저희 법무팀 분들 사이에 원장님 댁 밥상이 왜 유명한지 알겠습니다."

말 한마디를 해도 듣기 좋은 말만 하는 태리가 박 원장은 영 밉지가 않았다.

"우리 집 밥상이 유명하다고?"

"어머, 아버님. 검찰청 분들한테 어머님이 차려 주신 밥상이 몇십 년인데요. 덕분에 저도 손에 물 마를 날이 없었지만요."

"허허. 내가 사람 좋아하는 것만 생각했구나. 네 엄마나 애미 고생하는 것도 모르고."

"그런데 엄마는 할머니랑 오랫동안 만들었으면서 왜 맛은 할머니처럼 못 내? 천재와 둔재 차인가?"

"박지수!"

식탁 위로 가족들의 웃음이 터지자 선우는 꿈이 아닌가 싶어 허벅지를 꼬집었다. 그러자 옆에 앉은 태리가 또 꼬집으려는 손을 잡았다.

"왜 그래요?"

"꿈 같아서요."

"꿈 맞아요."

"네?"

"난 단란하고 화목한 가정 만드는 게 꿈인데 선우 씬 아니에요?"

"……."

태리의 말은 달콤하지만 먹어서는 안 될 마약이었다. 그를 믿지만 상상조차 해서는 안 되는 미래를 꿈꾸는 짓 따윈 할 수 없었다.

식사를 마치고 후식으로 수정과를 한 잔씩 마시고 나니 자정을 한 시간 앞둔 11시였다. 춘천으로 가기 위해 가방을 드는 선우를 박 원장이 잡았다.

"선우야, 너는 언제까지 이 늙은 할애비한테 네 방 청소를 시킬 참이냐."

"할아버지, 죄송해요. 춘천집에서 정리해야 할 게 있어서요."

"하루빨리 정리하고 오너라. 6년 동안 안 보다 이렇게 보니까 보내기가 싫구나."

"저도요, 할아버지. 빨리 정리하고 올게요."

"원장님, 선우 씨 올 때 저도 같이 와도 되겠습니까."

"유 대표, 교통 정리하는 차원에서 물어볼 게 있네. 다음에 자네가 올 때 내가 어떤 얼굴로 자네를 맞이해 주길 바라나."

박 원장의 말에 태리를 제외하고는 박 원장 가족들의 얼굴이 일순 굳어졌다. 박 원장의 아내이자, 박 총장에겐 어머니인 정숙경 여사의 기일이라 인사드리고 싶어 따라 들어왔다는 태리였다. 그런데 태리가 선우를 대하는 말이나 행동이 공적인 관계 같지가 않았다.

"박 원장님의 귀한 보물을 훔쳐 갈 도둑이라고 생각하고 맞이해 주시면 감사하겠습니다."

"하하하, 알았네. 내 기꺼이 맞아 주겠네. 그런데 자네 설마 이 집이 어떤 집인지 잊고 있는 건 아닌가. 노물이어도 검사고 경찰대장이 사는 집일세."

"감히 제가 어떻게 잊겠습니까. 제 명함으로는 보물 갖기가 쉽지 않을 거라는거 잘 압니다. 하지만 선우 씨를 제게 주지 않고는 못 배길 선물을 준비할 테니 걱정 마십시오."

"좋네. 내 기다림세."

두 사람의 대화가 무슨 뜻인지 어떻게 모를까. 알기에 박 원장 가족들의 얼굴이 대낮처럼 환해졌다. 선우는 현관까지 나와 배웅해 주는 할아버지와 길게 포옹하고 같이 나온 지수와 아저씨 아줌마와도 포옹하며 집을 나왔다.

"무슨 얼굴이 그래요? 슬픈 얼굴도 아니고 그렇다고 기쁜 얼굴도 아니고."

"……."

"선우 씨."

"지수 때문에요. 지수가 이명서를 정말 많이 사랑했거든요. 그런 사람과 헤어지려면 얼마나 가슴 아프겠어요. 지수가 이명서와 헤어지는 건 내가 바랐던 거지만요."

"언제까지 남만 생각할 거예요. 나는 생각할 때 90%는 무조건 선우 씨만 생각하고 남는 게 10%인 거 알아요? 그런데 선우 씨는 나랑 정반대죠?"

"태리 씨……."

"내 생각 좀 해요. 당신 할아버지 보물을 내가 훔친다는데 할아버지 보물이 뭔지 안 궁금해요?"

"그런 말 했어요? 언제요? 미안해요. 너무 정신이 없어서."

"차 세워요."

"네?"

"차 세우라고요."

갑자기 차가워진 태리의 음성에 갓길에 그녀는 서둘러 갓길에 차를 세웠다.

"태리 씨… 읍!"

차가 서자마자 태리는 세차게 선우를 껴안고는 키스를 퍼부었다. 부서질까 두려운 듯 부드럽고 조심스러운 키스에 익숙한 그녀의 입술이 탈 듯 뜨겁고 아프도록 강렬한 입술을 만났다.

"헉! 태리 씨……."

갈증 난 사람처럼 아프도록 그녀를 빨아 마시는 그의 입술이 낯설었지만 밀어 내고 싶은 마음은 들지 않았다. 왠지 그녀를 절실하게 원하는 것만 같아 두 팔을 올려 그의 목을 안았다. 그녀도 하루의 절반 이상을 유태리란 남자의 생각으로 보냈다. 밤마다 서로의 살을 섞고 체온을 합치는데 어떻게 생각 안 할 수가 있을까.

"나도 태리 씨 생각 많이 해요."

길고 긴 키스를 끝내고도 그는 그녀의 얼굴과 마주하며 긴 숨을 연신 그녀의 입술 속으로 불어 넣었다.

"못 믿어요……. 날 생각한다면서 어떻게 할아버지하고만 이야기하고 박지수 씨만 챙겨요. 내가 꿔다 놓은 보릿자룬가."

"아니에요. 진짜 생각 많이 해요. 아까는 정말 너무 정신이 없었어요. 생각해 봐요. 장장 6년 만에 할아버지 뵌 거예요. 아저씨, 아줌마도 그렇고요. 죽을 때까지 오해도 못 풀고 못 만날 줄 알았단 말이에요."

누구 앞에서도 아닌 오직 그 앞에서만 투정 부리듯 말하는 그녀가 사랑스러웠다. 그는 없는 듯 자신들만 아는 이야기를 할 때 그의 가슴안에서 치솟는 질투는 거의 미친놈에 가까웠다.

허선우라는 여자의 말 한마디 한마디가 너무 사랑스럽고 설레서 주위 담아 누구도 들을 수 없게 숨겨 두고 싶은 그였다.

박 원장 집에서 치솟은 질투심이 아무리 크다 해도 허선우에게 미쳐 있는 자신의 감정을 이길 수는 없을 것이다.

매일매일 갖고 싶더니 날이 갈수록 매시간 갖고 싶었다. 하루를 선우 생각으로 보내는 게 아니라 매시간 중 50분을 선우 생각으로 보내는 그였기에 자신처럼 그녀도 그를 생각해 주기를 바랐다.

"알아요, 아는데. 아는데도 서운하고, 섭섭해요. 내가 선우 씨 보고 있을 때 선우 씨도 나를 보고 있었으면 좋겠어요."

"보고 있는데……."

"아뇨. 나를 보는 게 아니라 내 옆의 박 원장님을 봤겠죠. 내가 왜 박 원장님 옆에 있고 박지수 씨 옆에 있었는 줄 알아요? 옆에 있으니 박 원장님 보고 박지수 씨 볼 때 나도 보라고요."

"태리 씨……."

이 남자가 이토록 욕심이 많은 남자라니. 180도 변한 가족들과의 재회와 화해가 여전히 혼란스러웠는데 태리의 욕심은 그녀를 어지럽게 만들 정도였다. 게다가 근거 없이 이상하게 행복한 이 감정은 대체 뭐란 말인가.

"약속해요."

"또 무슨 약속을요?"

약속을 좋아해도 너무 좋아하는 남자였다. 무조건 자신을 믿는다는 약속을 받아 내더니 또 무슨 약속을 하려는 것일까.

"사람들이 아무리 많아도 나 먼저 보겠다고 약속해요."

내 눈엔 당신만 보인다고 말하고 싶었다. 당신이 나를 본 것보다 그녀가 그를 본 시간이 더 많다고도 말하고 싶었다.

'네가 기억 못 하는 27년 전에 나는 너를 한 달이 넘도록, 밤새도록 봤었어. 그뿐인 줄 아니? 날 기억 못 하는 널 내가 얼마나 봤는지 알아? 신문에 난 네 기사부터 방송에 나오는 너를 내가 얼마나 봤는데 말이야.'

사랑하지 않았을 때도 봤었는데 사랑하게 되니 정신없이 보게 되었다. 이런 그녀인데 얼마나 더 보란 말인가.

"알았어요. 무슨 일이 있어도 태리 씨 먼저 볼게요. 태리 씨가 나를 못 보더라도 말이에요."

"내가 선우 씨를 못 볼 일은 없어요."

'당신을 못 본 건 당신을 잊은 27년으로 충분해요.'

으스러지도록 선우를 껴안으며 아직은 입으로 꺼낼 수 없는 말을 되뇌고 되뇌었다.

'사랑하고 또 사랑해요, 선우 씨.'

허리케인이라도 만난 것 같았던 하루를 끝내고 서로의 체온을 느끼며 침대에 몸을 뉘었을 때 두 사람이 본 벽에 걸린 시계는 새벽 1시를 넘어서고 있었고 이날 선우는 너무도 오랜만에 악몽 없는 잠을 잤다.

"형님, 오랜만입니다."
"오셨습니까, 부회장님."
"형님, 회장님 안 계시는 거 아는데 왜 그러세요. 그냥 재명이라고 부르시라니까요."
"그러면 안 되지요. 안 좋은 버릇은 애초에 없애는 게 우리 같은 사람에겐 좋습니다. 그런데 어떤 일로 오셨습니까. 회장님도 출장 가신 거 아시면서."

문병호는 아무리 김재명이 예전처럼 이름을 부르라고 해도 절대로 호칭을 실수하지 않았다. 눈앞의 김재명을 바라보는 문병호의 시선엔 연민이 가득했다. 평생 조직에 충성을 바친 그와 달리 김재명은 여자들을 상대로 해서 취득한 돈으로 최 회장이 부를 축적하는 데 크게 일조해 조직의 이인자가 된 자였다.

오래전 그가 조직에 발을 들일 때 조직에서의 신의와 충성은 당연한 것이었다. 배운 것 없이 주먹 하나만 믿고 사는 그에게 있어 조직은 최고의 직업이었다. 하지만 언제부턴가 조직은 배운 놈들을 우대하기 시작했다.

책상 앞에 앉아 배운 머리 굴려 갈취한 돈의 크기가 주먹질 싸움으로 얻은 몇 개의 업소와는 비교도 안 될 만큼 많아서였다. 그렇게 머리 좋은 조직원들이 조직원들조차 혀를 내두를 정도로 추악한 범죄를 저지르면 그 뒷수습은 그처럼 배운 것 없는 조직원들의 몫이었다.

조직의 일인자인 최 회장을 위해 감옥을 가는 건 당연한 일이었다. 오직 조직과 최 회장만을 위해 얼마나 감옥을 들락거렸던가. 그럼에도 자신을 자랑스러워했었던 그였지만 27년 전 눈앞의 김재명이 저지른 죄를 뒤집어쓴 것은 자랑이 아닌 수치였다.

'형님, 이 은혜 절대로 잊지 않겠습니다. 현숙이는 제 자식처럼 키울 테니 절대로 걱정 마세요. 형님.'

법원 판결이 확정돼 감옥으로 들어가던 날 찾아와 그의 손을 잡고 고맙다며 울던, 한참 아래 기수인 김재명이 지금은 조직의 이인자인 부회장이었다. 출소할 때 구름 떼처럼 몰려왔던 동생들에게 그는 교과서가 되었지만 현재 동생들이 추앙하는 건 김재명이었다.

주먹질과는 거리가 멀어도 대한민국 정재계 사모님들을 쥐락펴락하면서 돈을 만들어 낸 김재명에게 한 수 배우겠다며 따라다니는 조직원들은 셀 수 없이 많았지만 김재명에게 있어 가장 중요한 건 하나뿐인 아들 이명서뿐임을 최 회장과 그 그리고 그의 가족은 너무도 잘 알고 있었다.

"형님 따님 만나러 왔어요. 우리 명서한테 일이 생겨서요."

"지금 별관에 있는데, 부회장님 오셨다고 알릴 테니 잠시만 기다려 주십시오."

"고맙습니다, 형님. 형님, 이거 별거 아닙니다. 형수님하고 몸보신 좀 하십시오."

"아닙니다, 부회장님. 마음만 받겠습니다."

"형님."

김재명이 그의 재킷 주머니에 찔러 넣은 봉투를 그는 한사코 사양하며 받지 않았다. 최 회장이 앞으로 얼마나 더 살지는 모르겠지만 후사가 없는 최 회장이 세상을 떠나면 차기 회장은 김재명이 될 터였다.

하나뿐인 딸이 아버지뻘인 남자와 밤새도록 침대에서 뒹굴어도, 오갈 데 없는 여자애들을 별관에 가둬 놓고 온갖 몹쓸 짓을 해도 현숙이 범죄자로 살지 않는 건 모두 조직 안에 있어서였다.

출소해 현숙이 최 회장의 정부가 됐다는 걸 알았을 땐 최 회장을 죽이고 싶었다. 어떻게 짐승처럼 딸 같은 애와 그런 짓을 할 수 있단 말인가. 하지만 그의 분노는 곧 잦아들었고 그는 조직 내 가장 큰 영전이라 할 수 있는 카지노 호텔 사장을 거절하고 이 집의 집사를 선택했다.

최 회장이 딸을 침대로 끌어들인 게 아니라 딸이 최 회장을 선택했음을 알게 되었고 또 딸의 취미 생활은 여기가 아니면 할 수 없는 취미인 것을 알게 되어서였다.

딸에 대한 미련을 버리지 못한 아내가 아직도 딸에게 밖의 세상으로 나가서 살자 하지만 그건 턱도 없는 일이었다.

이곳이 아니면 제대로 살 수 없는 딸을 위해 집사가 되었지만 후회는 없었다. 하나뿐인 딸을 위해 못 할 일이 뭐가 있겠는가. 이 때문에 그는 김재명을 미워할 수가 없었다. 그 역시 자신처럼 아들을 위해 못 할 짓이 없는 아버지가 아닌가.

"에잇, 재수 없어! 아휴. 열불 나! 내가 미친다니까. 아빠! 아빠!"

대강당을 방불케 하는 거실로 들어오는 현숙의 모습에 김재명은 경악을 금치 못했다. 피범벅이 된, 원래는 하얀색이었을 원피스를 입은 현숙이 처음은 아니었지만 볼 때마다 너무도 괴기스럽고 역겨워 놀라지 않을 수가 없었다.

"왜 또 그러니, 현숙아. 무슨 일이야."

"아빠는 내가 그렇게 말했는데 맨날 불량품만 가져와요. 어떻게 한 번에 기절하냐고. 할 때마다 기절하니까 내 꼴이 이렇게 됐잖아. 어떻게 할 거예요."

"미안하다, 현숙아. 아빠가 이번에는 네 마음에 들 애로 데려올게. 옷이 이게 뭐니. 부회장님도 오셨는데. 얼른 갈아입고 와. 난 별관에 가 있을게."

딸이 입은 옷에서 흘러내리는 피의 양이 적지 않은 것을 본 문병호는 서둘러 별관으로 달려갔다.

"회장님 안 계시다고 너무 나가는 것 아닌가?"

"그러는 부회장님께서는 일은 안 하고 명서 일 부탁하러 오신 거 아닌가요?"

"역시 눈치 만 단이라니까, 우리 작은 형수님. 명서 때문에 온 건 맞는데… 미안하지만 옷 좀 갈아입으면 안 될까? 알잖아. 나 피 못 보는 거."

"조폭이 피를 못 보는 게 말이 돼요? 아무튼 알았어요. 나도 젖어서 찝찝하니까."

얼마나 흥건하게 젖었는지 뚝뚝 바닥을 피로 물들이며 걸어가는 현숙을 보며 그는 고개를 절레절레 흔들며 혀를 찼다.

현숙의 몹쓸 취미 생활은 이 세계에서 유명했다. 그녀는 연고 없는 여자들을 제 놀이방에 데려다 놓고 담뱃불로 지지고 칼로 몸에다 글씨를 쓰고 그림을 그려 사람을 괴롭히는 것을 즐기는 사디스트였다.

그가 속한 발렌타인파는 돈 많고 많이 배운 놈들이 저지른 짓을 뒤처리해 주는 쓰레기 수거 전문 조폭 집단이었다. 그가 처음부터 여자들 치마 속만 탐한 것은 아니었다. 눈 뜨고는 볼 수 없는 역겨운 쓰레기 수거 현장을 얼마나 다녔었던가. 피 웅덩이는 기본이오, 공포 영화보다 더 무서운 현장의 이유는 의뢰인들의 잔인한 놀이와 개인적인 분풀이 때문이었다. 돈으로 사람을 사 도륙해 그 피를 즐긴 사람들이 법의 심판대에 오를 일은 없었다. 쓰레기 수거 값 외에 그들을 대신해 법의 심판대에 올라 받게 될 처벌의 값까지 치러서였다.

그런데 그들 위에 있다고 자부하는 그들보다 더한 인간을 최 회장의 집에서 보게 되었을 때 그는 진짜 세상에 악마가 있음을 알게 되었다.

문현숙 이 여자가 한 짓을 보면 과거 그가 보았던 도살장 같았던 현장들이나 발렌타인파 조직원들은 동네 양아치 수준밖에 안 될 정도였다.

악마라는 말밖엔 나오지 않을 정도로 잔인한 현숙이 별관 제 놀이방에서 저지른 짓은 조직원들 입에서 입으로 옮겨져 모르는 사람들이 없을 정도였지만, 문현숙은 조직 내에서는 누구도 손댈 수 없는 최 회장의 여자이자 조직 대선배인 문병호의 딸이었다.

핏물에 젖은 원피스보다 더 새빨간 원피스를 입고 나와 소파에 앉는 문현숙의 모습에 그의 등골이 서늘해졌다.

"명서 일 때문이라면 내가 해 줄 게 더 없어요, 아저씨."

"작은형수, 아니 현숙아. 너 아니면 누가 해 주겠니. 명서

마누라는 네 말이라면 껌뻑 죽는 애라면서."

"그거 다 끝났어요. 누구 때문에."

"누구? 그게 누군데?"

시술받은 얼굴이라 감정 자제가 일 순위인 김재명의 얼굴이 일그러지고 목소리 톤까지 올라갔지만 현숙은 여유를 부리며 협탁 위 물티슈를 꺼내 손에 묻은 피를 닦아 냈다.

"누구긴요. 바로 아저씨 아들 이명서지."

"뭐라고?"

"내가 그렇게 적당히 하라고 했건만 그 자식이 내 말 안 듣고 딴 년 작업하면서 회삿돈 횡령 작업한 거 지수가 알게 됐는데 나보고 어쩌라고요."

그녀는 자신 때문이라고는 절대로 말하지 않았다. 그녀가 문현숙이라는 이유만 뺀다면 어떻게든 지수를 설득할 수 있었을 것이다. 그런데 지수에겐 명서가 한 짓보다 자신이 문현숙이라는 이유가 더 컸다는 것엔 그녀도 놀랐다.

'저를 너무 만만하게 보셨던가 봐요, 문현숙 씨.'

'지수야, 그게… 말하지 않은 건 내 잘못이지만, 사정이 있었어. 내가 오죽하면 이름을 바꿨겠니?'

해명하고 명서와 다시 이어 주려고 만나자고 한 그날, 지수는 만난 이래 처음 보는 얼굴로 커피숍으로 왔었다.

'그래요, 그 사정 너무 잘 알죠. 문현숙 씨는 화인그룹 후계자를 납치한 문병호가 딸의 말동무로 데려온 고아원 소녀를 일 년 동안 담뱃불로 지져 학대한 딸이잖아요.'

'그건……'

'잊었을까 봐 하는 말인데요. 내가 말이죠, 명색이 변호사에다 기억력은 천재급이거든요. 그리고 나, 우리 업계 최고 명문가 딸이에요. 잘 아시죠?'

'지수야. 네가 오해하는 것 같은데 허선우한테 한 건 놀이였어. 아빠가 그런 사람인데 내가 뭘 보고 자랐겠니. 난 그게 놀이인 줄 알았어. 정말이야. 너무 후회되고 선우한테 얼마나 미안한지 몰라.'

눈물을 자유자재로 다룰 수 있는데 어째서 연기에는 관심이 없었는지를 후회하며 그녀는 눈물방울을 휘날렸다.

'후회? 미안? 정말 소가 웃을 일이네. 그런 사람이 나보고 선우한테 뜨거운 찻물을 부으라고 시켜요?'

눈물 바람을 비웃는 지수는 그녀를 낙담하게 만들었다. 전혀 다른 환경에서 살고 있는 박지수는 그녀가 가진 최고가 명품보다 더 가치 있는 명품이었다.

양주 사무실에 있으면 그녀는 형수님 호칭을 들으며 대우를 받지만 그건 어디까지나 발렌타인 안에 있어서였다. 세상 밖으로 나오면 그녀는 변변한 친구 하나 없고 그렇다고 남들이 우러러볼 배경을 갖고 있는 것도 아니었다.

반면 명문가 집안의 딸이자 장심원 변호사인 박지수는 누구나 인정하는 명품이기에 같이 있는 것만으로 그녀를 빛내 주었었다.

'지수야, 지금은 내가 어떤 말을 해도 변명밖에 안 된다는 거 알아. 하지만 내가 너랑 알고 지낸 세월을 생각해 봐. 한 번이라도 내가 너한테 허튼짓한 적 있니?'

'하고 싶었겠지만 못했겠죠. 조폭 두목 세컨드 해야지, 조폭 후계자 이명서랑 나랑 엮어서 배경 빵빵하게 해야지. 얼마나 바빴겠어요. 안 그래요?'

'지수야, 아니야! 누가 그러니? 나 세컨드 아니야.'

'아니라고 하기엔 바보 같은 나만 몰랐지, 너무 많은 사람이 알고 있던데요. 그래서 말인데요. 문현숙 씨, 앞으로 나와의 인연은 오늘로써 끝이니까 내 연락처 지우세요. 당신 같은 여자가 내 번호를 알고 있다는 게 수치스러우니까.'

'지수야, 어떻게 네가… 너무해, 지수야…….'

몇 년 전, 대한민국 안에서도 브랜드사가 선택한 소수의 몇 명만 살 수 있다는 백을 사려다 거절당했을 때. 그때의 분했던 기억이 진짜 눈물을 불러왔다.

자격조차 갖추지 못한 사람이 자신들의 상품을 사려 했다는 것 자체가 수치스럽다고 했던 브랜드사 직원의 말을 그녀는 잊어 본 적이 없었다. 그런데 10년이 넘도록 친자매처럼 지내 온 지수에게 같은 말을 들으니 너무 서럽고 분해 눈물을 멈출 수가 없었다.

최고의 명품인 지수로부터 결별 선언을 당한 것에 대한 분풀이를 아버지가 데려다 놓은 장난감들한테 먹는 것, 자는 것 모두 잊고 했지만 그녀의 분은 하나도 풀리지 않은 상태였다.

'모두 허선우 때문이야. 내가 한 짓이라고 말해서 이렇게 된 거잖아. 나는 이렇게 사는데 저는 떵떵거리며 잘살고 있잖아. 고아 주제에 변호사도 되었고, 화인 같은 대기업에 다니고 말이야. 허선우, 허선우…….'

선우를 떠올린 그녀의 얼굴에 갑자기 생기가 돌았다. 그녀는 웃으며 입맛을 다셨다.

"그래도 현숙아, 내가 믿을 건 너밖에 없잖니. 네가 이번만 도와주면 내가 평생 동안 두고두고 갚을게. 그러니까 도와줘. 응?"

웃으며 입맛을 다시는 현숙이 소름 끼치도록 무서웠지만 김재명은 아들 명서를 떠올리며 현숙에게 다시금 매달렸다. 김재명이 다른 건 몰라도, 아들 명서를 위해서라면 못할 짓이 없는 아버지라는 건 지금 현숙에겐 두 번 다시 없을 호재나 다름없었다.

"아저씨도 참, 무슨 큰일이라고 두고두고 갚는다고 하세요. 아저씨, 예전에 유태리 납치했던 것처럼 한 사람만 제 앞에 데려다주세요. 그럼 제가 명서 일 해결해 드릴게요."

"현숙아. 정말 우리 명서 일 해결해 줄 거냐?"

"그렇다니까요. 제가 원하는 사람만 여기로 데려다 놓으면요."

"그래? 알았다. 그건 걱정하지 마라. 내가 누구냐, 납치의 전설 아니냐. 그런데 누굴 데려오라는 거냐."

"허선우."

"허선우? 그 이름 귀에 익은 이름인데, 어디서 들었더라."

"화인엔터테인먼트 법무팀 변호사예요."

"변호사라……. 까짓것 변호사든 뭐든 최대한 빨리 데려다 놓을 테니 기다리고 있어라."

"아저씨만 믿을게요."

선우를 제 식대로 데리고 놀 것을 생각하는 현숙의 얼굴엔 더할 나위 없는 행복이 넘쳐흘렀고, 아들 명서가 이혼하지 않아도 될 거란 생각에 거실을 나서는 김재명의 얼굴에도 행복이 철철 넘쳐흘렀다.

하지만 오 일 뒤 두 사람의 얼굴은 행복은커녕 파국을 예고하는 먹구름 속에 갇히고 말았다.

9. 악마의 오류

 다시는 이런 어둠 따윈 만날 일이 없을 거라 생각했었다. 잘 때조차도 어둠이 싫고 무서워 불을 못 끄고 자는데, 눈을 뜬 그에게 보이는 건 온통 어둠이었고 그의 눈은 가려져 있었다. 27년 그때처럼.
 "대체 무슨 일을 이따위로 하는 거예요? 여기에 왜 유태리가 있냐고요?"
 "나도 이게 무슨 일인지 모르겠구나. 분명 나는 83구 6050차에 타는 사람을 데려오라고 했는데."
 여자는 문현숙이었고, 남자는 모르는 사람인데 왠지 낯설지 않은 목소리였다. 어디서 들은 목소리, 그리 오래되지 않은 날에 들은 기억이 있는 목소리였다.

'어디서 들었지? 배우처럼 강단 있고 무게가 느껴지는 저 목소리, 배우처럼… 설마 김재명?'

설마가 아니었다. 김재명이 맞았다. 몇 달 전 도청 장치가 설치된 줄도 모르고 모친에게 협박 전화를 했던 김재명, 27년 전 그를 납치했었던 김재명. 그 김재명이 맞았다.

'83구 6050 차는 선우 씨잖아. 그럼 내가 아니라 선우 씨를……'

"이제 어쩔 거예요? 유태리가 누군지 몰라요, 아저씨?"

"현숙아, 잠깐만 생각 좀 해 보자. 나도 이런 경우는 처음이라. 잠깐, 유태리 아직 안 깼지?"

"안 깬 것 같아요."

"그렇단 말이지. 그럼 일단 다른 데로 옮겨 놓자. 여기서 눈 뜨면 안 되잖아."

자는 척하고 싶었지만 숨 쉴 때마다 바닥에서 올라오는 피비린내가 너무 역했다.

"웩!"

"태리야!"

"으윽… 현숙 누나?"

"그래, 나야. 태리야."

바닥에서 일으켜진 그의 눈에서 가리개가 사라지자 눈에 비친 풍경은 눈가리개로 다시 눈을 가리고 싶은 풍경이었다. 천장과 벽면 중반까지는 코발트 빛인데 그 아래는 모두 피처럼 붉었다.

강렬한 원색에 눈이 시려 이마를 짚으며 고개를 숙이니 발아래엔 하얀 천이 깔려 있었는데, 아마 그가 맡은 피비린내의 정체를 가리기 위한 것 같았다.

"태리야, 머리 아파?"

"응. 좀 아픈데 참을 만해요."

"약 가져다줄게."

"아니, 됐어요. 괜찮아요. 그런데 누나, 어떻게 된 거예요? 내가 왜 여기에 있는 거예요?"

"죄송합니다. 우리 애들이 착각하고 대표님에게 해서는 안 될 짓을 했습니다. 정말 죄송합니다."

태리가 눈 뜨기 전 옮겨 놓으려고 했던 계획이 틀어지자 상황 수습하는 데 있어 머리 회전이 빠른 김재명은 태리 앞으로 달려가 바로 무릎을 꿇고 사죄를 했다.

"실례지만 누구신지."

"태리야, 우리 양주 부회장님이셔. 그런데 정말 괜찮아? 약이 싫으면 병원 갈래?"

"아냐, 가라앉는 것 같아. 누나, 상황 설명 좀 해 줄래요?"

"그래, 일단 여기서 나가자. 내가 다 말해 줄게요."

피비린내 나는 방을 나온 그의 눈앞에 펼쳐진 공간은 프랑스 베르사유 궁전처럼 화려함의 극치를 보여 주고 있었다. 금빛 찬란한 카펫이 깔려 있는 복도와 계단 그리고 대리

석 바닥 위 금장식 의자들과 테이블을 둘러싼 화려한 꽃 장식들은 아름답게 보이는 게 아니라 너무 화려해 눈이 피로할 정도였다.

꽃장식 사이로 들어간 현숙이 테이블 위 음료수들이 잔뜩 들어 있는 바구니에서 음료 하나를 꺼내 건네주는 것을 받으며 그는 현숙의 맞은편 의자에 앉았다.

"태리야, 너무 놀랐지?"

"네. 조금 놀라긴 했어요."

"태리야, 지금부터 내가 하는 말 오해하지 말고 들어 줘. 부탁이야."

"알았으니까 말해 줘요. 처음부터."

그는 음료수를 마시며 현숙과 김재명의 대화에서 그가 탄 차 번호가 나온 것을 상기했다.

차 번호 83구 6050 차는 선우의 차였다. 오래된 데다 주행 거리가 많다 보니 고장이 나 차 수리에 들어갔었는데 춘천 집에 일이 생겨 선우가 그의 차를 타고 가고, 수리를 끝낸 선우 차를 그가 타게 된 것이다.

"태리야, 너희 창립 기념 파티 때 나랑 같이 있었던 박지수 변호사라고 알지? 그 박지수 변호사가 나한테는 친동생 같은 아인데, 너희 회사 허선우 변호사가 6년 전에 그 애를 엄청 힘들게 한 적이 있었어."

문현숙은 거짓말을 타고난 여자인 게 틀림없었다. 애처로운 표정으로 눈 한 번 깜빡이지 않은 채 그를 바라보는 현숙은 경이로울 정도였다.

"고아인 허 변호사를 지수네 가족이 거둬서 키워 줬는데 은혜를 원수로 갚은 거야. 그때 그 일로 그 집에서 쫓겨나는 바람에 내가 그 여자를 혼내 줄 수가 없었어. 그런데 너 만나러 갔다가 너희 회사에서 만났잖아."

"허선우 변호사가 박지수 변호사를 힘들게 했다고요?"

"응. 지수의 남자를 유혹해서 침대로 끌어들였거든."

"누나, 정말이에요?"

사실을 모른 상태였다면 누구나 진실로 받아들일 연기에 그는 그저 감탄하고 맞장구를 쳐 주었다.

"그래, 내가 왜 너한테 거짓말을 하겠니. 안 봤으면 모를까, 봤는데 내가 어떻게 가만히 있겠니. 그런데 태리야. 너도 알겠지만 최 회장님 세상에서 내가 산 세월이 27년이야."

"누나……. 미안해요. 내가 빨리 기억을 찾았으면 좋았을 텐데……."

"아니야, 태리야. 지금이라도 난 만족해. 태리야, 여기는 최 회장님 집 별관이야. 여기에선 질 안 좋은 애들 손봐 줄 때 별관에서 혼을 내 줘. 그래서 내가 부회장님에게 부탁해 그 여자를 데려와 달라고 한 거야."

"대표님, 정말 죄송합니다. 현숙 씨가 혼꾸녕을 내 줘야 할 사람이 있다고 해서 저희 식대로 하다 보니 본의 아니게 대표님에게 죽을죄를 짓고 말았습니다."

또다시 앞에서 머리 숙여 무릎을 꿇는 김재명은 27년 전의 극악무도한 김재명은 아니었지만, 태리는 문현숙만큼이나 김재명 또한 거짓 연기의 달인인 것을 잊지 않았다.

"일어나세요, 부회장님. 모든 사람이 다 자기가 속한 세계의 방식대로 사는 거 아닙니까. 그런데 공사장 표식, 그게 여기 방식인가요?"

편안하고 친근한 그의 얼굴에 안도했는지 벌떡 일어난 김재명은 눈을 번쩍이며 그에게 납치 방법 자랑을 하기 시작했다.

"그 방법은 제가 오래전에 만든 방법입니다. 공공기관에서 긴급으로 하는 공사처럼 현장을 만들어 목표물이 현장 안으로 들어오도록 합니다. 화살표 표식을 따라 목표물이 들어오면 정지 표식 앞에 서게 하고, 대기 중인 인부가 창을 내리게 합니다."

김재명의 설명에 그의 머릿속에서 27년 전 납치당하던 상황이 되감기를 시작했다.

"그래서 나도 창문을 내렸었죠. 그런데 뭔가가 내 입과 얼굴을 덮은 것 같은데 뒤의 기억은 없네요."

"마취제라서 정신을 잃으셨을 겁니다. 목표물이 정신을 잃으면 다른 차로 옮겨 놓고 현장을 정리하고 떠납니다. 그럼 현장엔 목표물이 타고 온 차만 남는 겁니다."

"기가 막힌 방법이군요. 그런데 요즘은 CCTV 설치 안 된 곳이 없지 않나요?"

"네. 예전에야 성공률 백 프로였는데 지금은 CCTV 없는 곳이 없어서 작업비가 좀 많이 들어갑니다. 목표지에 설치된 CCTV를 고장 등의 이유로 멈출 저희 쪽 경찰들이 좀 되는데, 이때는 봉투가 더블이 되죠."

"정말 대단하시네요. 제가 목표물은 아니었지만 어쨌든 데려오는 건 성공한 거잖아요."

자랑스러워 어쩔 줄을 모르는 김재명의 턱을 날리고 발로 밟고 싶었다. 27년 전 그때도 어린 그 앞에서 김재명은 같은 얼굴을 했었다. 하지만 그는 웃어야 했다. 그것도 최대한 경이롭다는 표정으로 그를 치켜세워 줘야 했다.

"태리야, 너 화 안 났어?"

"왜 화가 나? 솔직히 이런 경험 아무나 못 하잖아. 그런데 난 두 번째니 얼마나 스펙터클해. 누나, 나 여기 분위기 좋은데 나 납치당한 핑계로 일주일만 여기서 지내면 안 될까?"

"뭐?"

"솔직히 나 그동안 너무 일이 많아서 쉬고 싶었거든. 몇 년 동안 휴가 없이 살았더니 이젠 좀 힘드네."

"세상에, 무슨 일이 얼마나 많길래 휴가도 못 낼 정도야?"

신세 한탄 하듯 그는 문현숙에게 힘들고 쉬고 싶다는 말을 최대한 크게 부풀려서 말하며 동정심을 유발했다.

"태리야, 여기서 지내는 건 아무 상관 없는데 부모님이랑 회사 일은 어떻게 하려고?"

"괜찮아. 요즘 회사는 대표 하나 며칠 자리 비웠다고 흔들리지 않아. 그동안 못 쉰 거 쉬나 보다 할 거야."

"부모님은 걱정하실 텐데?"

"나 성인이야, 누나."

"태리야. 그래도 연락은 해야 할 것 같아. 만일 혹시라도 누가 경찰에 알리면 나 끝장이야."

아무리 납치 대상이 그가 아니라 허선우였다 해도 현숙은 태리의 여유가 어쩐지 두려웠다.

"내가 말하면 되지 뭐. 납치당한 게 아니라 셀프 휴식하는 거라고 하면 돼. 철없는 어른이라고 욕은 먹겠지만 누나가 수갑 찰 일은 없을 테니까 진짜 걱정하지 마."

살면서 이런 횡재를 만나다니. 이런 일은 난생처음이라 그녀는 놀랄 따름이었다. 태리야 괜찮다고 하지만 제 차를 타고 갔다 사라진 태리 때문에 걱정하고 있을 선우를 떠올리니 행복도 이런 행복이 없었다.

태리를 보내고 불러들인 선우를 그녀의 놀이방 의자에 앉힐 생각을 하니 최 회장과 밤새도록 섹스할 때보다 더 황홀하기 그지없었다.

❄

"이 자료들이 대표님이 문현숙 씨를 통해 확보한 거라고요?"

"그래요, 허 변호사. 그런데 지금 대표님이 안 계시니 이제 이 자료는 허 변호사가 주인이에요."

이틀 전 태리가 사라졌다. 아니, 27년 전처럼 납치되었다. 다른 곳도 아닌 춘천 그녀의 집으로 들어오는 입구에서 그녀의 차만 남기고 사라졌다. CCTV는 계획된 납치라는 걸 알려 주듯 필름 교체라는 핑계로 작동이 그날 그 시간대만 정지된 상태였다.

다행히 이동 중엔 항시 경호 중인 경호팀 블랙박스에, 춘천집 동네에 생긴 공사 현장 표식을 따라 그가 탄 차가 들어가는 것을 시작으로 그의 차가 아닌 다른 차가 나오는 것이 찍혔다.

블랙박스에 찍힌 다른 차량은 바로 조회되었고 그 차가 발렌타인파 최충렬의 집으로 들어가는 것까지 확인되었다.

그가 있는 곳을 알아내자마자 어제 아침 경찰에 알려 최충렬의 집으로 가려는 그녀를 법무팀 이 실장이 막았다.

"실장님, 유 대표님은 납치당한 상처 때문에 트라우마가 있어요. 그런데 또 납치를 당했으니 공황 장애라도 일으키면 어떡해요. 시간이 없어요, 실장님."

"대표님은 괜찮아요, 허 변호사."

"그걸 어떻게 아세요?"

"휴대폰은 꺼져 있어도 대표님이 차고 있는 시계는 도청 장치부터 위치 추적기까지 내장되어 있는데, 지금 문현숙 씨와 함께 있어요."

순간 가슴이 아려지고 목 안에서 울컥하며 뭔가가 쏟아지려 했다. 그는 믿으라고 했지만 감당하기엔 너무 큰 배신을 당한 것만 같았다.

이 실장이 손에 쥐여 준 USB는 간신히 울컥한 마음을 다스리고 나서야 컴퓨터에 꽂을 수 있었다. 그리고 열린 USB에서 나온 것들은 그녀를 찾아왔던 배신으로 인한 통증을 순식간에 소멸시켜 버렸다.

USB 속의 영상들과 자료들은 악의 종말을 예고하는 것들이었다. 발렌타인과 최충렬 회장이 저지른 범죄들과 양주 그룹의 주사업인 마약 밀매 상세 거래 내역 자료는 거대했고 문현숙이 저지른 짓은 경악스러웠다.

USB 파일을 모두 확인하고 이 실장을 찾아간 그녀에게 이 실장은 자료의 출처가 문현숙이고 확보는 태리가 했음을 알려 주었다.

"실장님, 왜 말리지 않으셨어요. 이게 얼마나 위험한 짓인데. 이것 때문에 대표님 납치당한 거죠?"

어째서 의심 한번 안 했을까. 첩보 영화 찍는 것처럼 차를 계속 바꿔 타는 이유를 왜 아무렇지 않게 생각했던 것일까.

"나도 자세하게는 몰라요. 다만 내가 아는 건 대표님이 27년 전 자신의 납치 사건을 제대로 종결짓고 싶어 하신다는 거예요."

"하지만 대표님은 27년 전 기억을 다 찾으신 게 아니잖아요. 문현숙 씨만 기억났다고 했는데……."

모든 기억을 찾지 못했는데 어떻게 그때의 사건을 제대로 종결지을 수 있단 말인가. 그녀는 USB 속 자료 중 문현숙의 파일을 떠올렸다. 그녀가 한 일을 문현숙이 한 것으로 알고 있는 그였다.

'문현숙에 대해 좋은 기억을 갖고 있다면서 왜 문현숙을 도청했지?'

"이 자료에 대한 대표님의 별도 지시가 있었나요?"

문현숙에 관한 궁금증은 마지막에 풀어도 될 시험문제였다. 지금 중요한 건 태리를 무사히 데려오는 것이었다.

"현재 이 자료는 경찰, 검찰과 공유 중이고 극비 수사 중이에요."

"그럼 발렌타인파나 문현숙은 수사 중인 걸 모르고 있겠네요."

"아뇨. 문현숙은 최충렬이 자신과 부모 인생을 망쳤다고, 복수심으로 처벌받길 바란다며 최충렬의 범죄 자료를 대표님에게 넘긴 거예요."

단순히 발렌타인파의 내부자를 통해 확보했다고 생각했는데, 내부자 중의 내부자인 문현숙이 넘긴 거라니.

'태리야. 너 설마 이것 때문에 문현숙을 가까이한 거니?'

반복된 의문에 생각이 가로막혔다. 고마운 현숙을 위해 발렌타인파 자료를 경찰과 검찰에 보낸 건 이해할 수 있었다. 하지만 문현숙의 도청 자료까지 보낸 이유가 무엇인지 궁금했다.

"실장님, 최충렬 회장 자료는 그 자료만으로 구속감인 데다 파장이 큰 범죄들인데, 최 회장이 유출된 걸 알고 있나요?"

"최 회장은 지금 중국에 있어요. 마약 밀매 자료 봐서 알겠지만 중국은 발렌타인파 화수분이잖습니까."

"그렇군요. 마지막으로 하나만 더 물어볼게요, 실장님. 왜 자료 주인이 저라고 하신 거예요? 제가 이 자료와 무슨 상관이 있어서……."

이 의문만큼은 나중으로 미룰 수가 없었다. 곤란한 질문일까 싶어 이 실장의 표정을 살피는 그녀를 보며 이 실장은 기다렸다는 듯 웃으며 말해 주었다.

"대표님이 일신상에 문제가 생겨 이 일에 차질이 생기면 허 변호사에게 일임하라고 하시면서, 이 일은 자기가 세상에서 가장 사랑하는 여자에게 받은 은혜를 갚는 거라고 전해 달라 하셨어요."

"……."

"허 변호사, 괜찮아요?"

무슨 말을 할 수 있을까, 이 실장이 전해 준 그 말로 모든 의문이 사라졌는데 말이다. 그가 한 행동들이 무슨 뜻이었는지 알게 됐다. 잦아들지 않던 의문들과 낯선 감정들의 이유도 또 그녀 뒤에 왜 항상 그가 있었는지 모두 알게 됐다.

기쁨에 목이 막히고 심장은 행복에 겨워 부풀었다.

"잠시만요, 실장님……."

"그래요. 나 흡연실 다녀올게요."

우리집 원장 부모님에게 주저리주저리 떠들고 싶었다. 구구절절 할아버지에게 말하고 싶었다. 이런 기분을 뭐라 할 수 있을까.

죽어도 좋을 만큼 행복하다는 말이 생각났다. 가슴이 벅차도록 행복하다는 말도 생각났다. 그렇게 생각난 행복이 머릿속에서 하트를 그렸고, 그려지는 하트 속마다 태리가 있었다.

'태리야, 내게도 넌 사랑이야. 내 사랑 태리야, 유태리……. 보고 싶어.'

문현숙 그녀는 나흘이란 시간을 이토록 지겨워해 본 적이 없었다. 태리와 있는 시간이 싫은 것은 아니었다. 태리처럼 매너가 좋은 남자는 처음이었다. 유태리는 차 한 잔을 마셔도 예우를 받는 느낌을 주는 남자였다. 쉬고 싶다는 그의 말은 거짓말이 아니었던 듯 그는 별관의 꽃들을 보며 차와 음악을 즐겼다.

꽃 이야기부터 차에 대한 설명을 어렵지 않게 때론 유머스럽게 말해 주는 그는 그런 것도 모르냐는 식으로 잘난 체하는 명서와 달랐고 양주그룹 전문직 직원들과도 달랐다.

태리가 거실 정원에서 휴식을 취하면 그녀는 본관으로 와 최 회장의 침대 위에서 화상 카메라를 켜고 최 회장과 영상 섹스를 했다.

최 회장은 출장 가면 밤낮없이 수시로 그녀를 호출해 영상 섹스를 했다. 마이크가 내장된 이어폰을 끼고 원색적인 말들을 주고받으며 자위행위를 하며 욕망을 배설했다. 하지만 이런 배설만으로는 만족할 수 없기에 그녀는 하루 종일 휴대폰을 손에서 놓질 못했다.

선우에게 전화를 걸고 싶었지만 아직 하루가 더 남았다. 참아야 하는데 인내심에 바닥이 보이기 시작하자 그녀는 미칠 것만 같았다.

조금 전까지 최 회장과 다른 날보다 과하게 영상 섹스를 했는데도 그녀의 욕망 온도는 내려올 줄 모르고 온도계를 뚫을 듯 펄펄 끓을 뿐이었다.

태리와의 약속을 생각해 그녀는 뜨거운 몸을 식히려 샤워를 했지만 허사였다.

'선우가 있어야 해. 더는 못 기다려. 당장 내가 타서 죽을 것 같은데 어떻게 참아. 빨리 내 안의 불을 선우에게 심어야 내가 산단 말이야.'

결국 그녀는 휴대폰에 저장된 선우의 번호를 눌렀다.

"여보세요."

-내가 너희 대표랑 같이 있다는 거 알아?

"연락 없으시길래 쉬시나 했는데, 너랑 같이 있다고?"

-그래. 너는 몰라도 네 대표랑 나는 아주 가깝고 찐한 사이잖아.

"그 말 하려고 전화했니?"

-아니. 내가 원하는 걸 안 주면 너희 대표 죽이려고 하는데 어떻게 할래?

"뭐라고? 문현숙 너, 무슨 장난질이야!"

-장난질? 허선우. 내가 장난질하는 것 같니?

"가깝고 찐한 사람이라면서 죽인다고 하는 게 장난질 아니고 뭔데?"

-너 정말 나를 모르는구나. 선우야, 너 우리 집 오기 전에 내가 너한테 얼마나 잘해 줬는지 기억 안 나니?

현숙의 말은 선우의 과거를 더듬었다. 우리집 원장 부모님과 가족들 그리고 선생님들까지 모두 친자매 아니냐고 할 정도로 현숙은 그녀만을 챙겼고 올 때마다 선물을 폭탄처럼 쏟아부었다. 그런 현숙이 그녀와 같이 살고 싶다고 했을 때 얼마나 좋아했던가.

우리집을 나와 현숙의 집에 가던 날, 그녀는 오늘이 크리스마스고 생일날이라며 무던히도 좋아했었다. 그것이 지옥으로의 초대라는 걸 어떻게 상상이나 할 수 있었겠는가. 떠오른 과거에 모골이 송연해졌다.

"원하는 게 뭐야?"

-너. 허선우.

"뭐라고?"

-두 번 말하기 싫으니까 잘 듣고 그대로 해. 누구한테도 말하지 말고 두 시간 내로 너 혼자서 여기로 와. 너 오는 것 보고 유태리 돌려보낼 거야. 돌려보내는 것까지는 네 눈으로 확인시켜 줄게. 그런데 만일 너 혼자가 아니면 바로 네 앞에서 유태리 죽여 버릴 거니까 명심해.

"알았어. 네 말대로 할 테니까 너 지금 한 말 지켜. 반드시!"

-알았으니까 빨리 와!

전화가 끊어지자 두 다리가 휘청거리고 휴대폰을 든 손은 수전증에라도 걸린 것처럼 정신없이 떨렸다.

"문현숙 너……. 용서 못 해, 절대로……."

휘청거리는 다리로 간신히 책상 의자에 앉은 그녀는 떨리는 두 손을 부여잡고 입에 물어 떨림을 가라앉혔다.

'나 혼자 오라고? 그래, 혼자 가 줄게. 그런데 현숙아. 내

가 너를 모른다고 그랬니? 그러는 너는 나를 알고 있는지 모르겠다.'

떨림이 가라앉자 그녀는 책상 위 마우스를 움직여 몇 개의 창을 띄우고는 키보드를 두드리기 시작했다.

❄

"랄랄랄 랄랄랄 랄라랄라 랄라."

현숙이 노래를 흥얼거리며 별관 거실로 들어오자 거실에서 대기 중인 두 명의 남자들이 그녀를 향해 허리 굽혀 인사했다.

"유 대표는?"

"잠든 거 확인하고 조금 전에 삼청동 집으로 출발시켰습니다."

"수고했어. 삼청동 집 앞에 도착하면 전화하라고 지시했어?"

"네. 영상 통화로 하라고 했습니다."

"이제 허선우만 도착하면 되네. 허선우 오면 알지?"

"2층 사모님 놀이방으로 모시겠습니다."

"그럼 나는 2층에 가 있을 테니 잘 데려와."

"알겠습니다. 사모님."

선우와 전화를 끊자마자 바로 아버지에게 태리를 재우라는 전화를 했었다. 선우가 오는데 유태리 따위로 시비하다 시간

낭비를 하고 싶지가 않았다. 사흘간 그녀가 태리에게 가장 많이 한 말은 은혜를 원수로 갚은 선우에 대한 것이었다.

그렇다 보니 태리의 입에서 나오는 선우에 대한 말들에 안 좋은 감정이 섞이기 시작하는 걸 확인했다.

이제 그녀의 손에서 선우가 어떤 짓을 당해도 태리는 그녀를 탓하는 대신 선우의 이중 생활을 탓할 것이다. 모두 선우를 기억 못 하는 태리기 때문에 가능한 일이었다.

"랄랄랄 랄랄랄 랄라랄라 랄라."

놀이방에 와서도 계속 노래를 흥얼거리며 창문 아래 수백 개비 담배들이 분필처럼 나열되어 있는 서랍장 서랍을 열었다.

담배 한 개비를 집어 입에 문 그녀는 담배 옆에 있는 라이터로 불을 붙였다. 깊고 길게 담배 연기를 빨아들여 뱉는 모습은 흡사 약에 취해 황홀해하는 중독자와 다를 바가 없었다. 한 번 더 빨아들여 담배에서 불꽃이 일며 타들어 가는 것이 보이자 그녀는 담배를 더는 피우지 않은 채 타오르는 담뱃불만을 황홀하게 바라만 보았다.

"선우야, 이 불꽃 너한테 다 줄게. 그러니까 너는 내게 네 고통을 줘. 아파서 죽을 것 같은 고통을 내게 보여 줘. 얼른······."

크리스마스 선물을 기다리는 아이처럼, 생일 선물을 기다리는 아이처럼 마냥 행복하고 환희에 젖은 얼굴로 선우를 기다렸다.

이 기다림이 악몽으로 바뀔 기다림인 줄은 상상조차 못 한 채 그녀는 약속한 시간에 놀이방에서 조직원들이 데리고 온 선우를 만났다.

"시간만 지킨 건 아니겠지. 혼자 왔는지 확인했어?"

"네. 확인했는데 혼자 온 거 맞습니다."

"약속 지켰으니까 너도 약속 지켜. 대표님 어디 계셔?"

"전화 연결해."

현숙이 조직원들을 보며 지시하자 선우가 오기 전 거실에서 지시를 받았던 남자가 휴대폰을 꺼내 전화를 걸더니 곧 현숙에 휴대폰을 보여 줬다.

"유태리 대표 집 앞에서 아직 대기 중입니다."

"자, 봐. 지금 집 앞이래. 유 대표도 보여 줘."

현숙이 지시하자 선우에게 보여진 휴대폰 화면에 곧 잠든 태리가 보였다.

"문현숙 너, 대표님한테 무슨 짓을 한 거야?"

"수면제 먹고 잠든 거뿐이니까 요란 떨지 마. 이제 확인했으니까 됐지? 유 대표는 집으로 들여보내라고 하고 너희는 모두 나가."

"네, 사모님."

남자들이 허리 숙여 깍듯이 인사하고 방을 나가자 선우는 긴 숨을 내쉬며 정신없이 뛰는 심장을 가라앉혔다. 겨우 심장을 가라앉히니 이제는 코끝으로 세상에서 가장 싫어하고 무서워하는 담배 냄새가 들어왔다. 하지만 지금 그녀에게는 담배 냄새보다 더 중요한 것이 있었다.

"넌 내가 약속 안 지킬 줄 알았지? 말했잖아, 넌 나를 모른다고. 야, 허선우. 난 약속 지켰는데 왜 얼굴이 그따위야?"

현숙은 처음 보는 선우의 화난 얼굴이 마음에 들지 않았다. 그녀가 원한 허선우는 무표정이어야 했다. 어릴 때처럼 그녀가 무슨 짓을 하든 무표정으로 일관해서 그녀를 한계에 달하도록 만들어야 했다.

선우의 감정이 실린 얼굴이 달갑지 않았다. 게다가 붉어진 얼굴로 장갑을 한 짝씩 벗어 흉측한 손을 그녀 앞에 당당히 드러내기까지 하다니. 빨리 기를 죽여야 할 것 같아 담배가 있는 서랍장으로 걸음을 옮기려는 순간 팔이 강한 힘에 잡히고 그녀는 돌려세워졌다.

짝!

"아악! 야!"

짝!

"컥!"

"어떻게! 어떻게 그 사람을 납치해! 네가 인간이야?"

짝짝!

작열하는 따귀에 현숙은 정신을 차릴 수가 없었다. 따귀라니. 때려 본 적은 셀 수 없이 많지만 맞아 본 적은 단 한 번도 없는 그녀였다. 뺨에서 불꽃이 튈 때마다 터진 입술에서 핏

방울이 날리고 입 안에선 피비린내가 진동했다.

"어떻게 납치 트라우마가 있는 사람을 납치한 것도 모자라 수면제로 재워? 넌 인간도 아니야, 문현숙. 내가 널 모르는 것 같아서 그 사람 납치했니? 그럼 나도 너한테 내가 어떤 사람인지 알려 줄게. 자아."

현숙의 뺨을 사정없이 수차례 갈기던 그녀는 현숙이 정신을 못 차리는 것 같자 이번엔 현숙의 상의를 잡은 채 다리를 걸어 순식간에 바닥으로 넘겨 버렸다.

쿵!

"컥!"

"네 덕에 내 손이 강해졌어. 손뿐만 아니야. 내 발도 강해졌는데, 얼마나 강해졌는지 보여 줄게."

"헉헉헉······."

바닥에 널브러져 숨을 헐떡이는 현숙의 오른손을 워커를 신은 발로 가져간 그녀는 입술을 세차게 깨물며 있는 힘을 다해 현숙의 손을 밟았다.

"꺄아아악!"

현숙의 비명이 방안에 메아리쳤지만 그녀는 발을 떼지 않았다.

"아빠! 꺄아아! 아빠!"

"현숙아, 무슨 일이야!"

찢어지는 현숙의 비명이 방 밖으로 나갔는지 방문을 부숴

져라 열고 뛰어 들어온 문병호는 피투성이가 된 현숙을 보곤 현숙의 손을 밟고 있는 선우를 향해 주먹을 날렸다. 하지만 그의 주먹은 현숙의 손을 밟고 있는 선우의 발에 힘이 들어간 순간 허공에 멈추고 말아야 했다.

"꺄아악!"

"이 미친년이 어디 감히, 야, 이년아!"

"아빠, 안 돼!"

피할 새도 없이 분노에 찬 문병호의 주먹이 날아오고 그녀는 눈앞에서 번쩍하고 터지는 불꽃과 아픔을 느끼며 곧 어둠을 만났다.

현숙이 천인공노할 짓을 해도 하나뿐인 딸을 위해서는 못할 짓이 없는 문병호였다. 그 정도로 소중한 딸인데 감히 피를 흘리게 한 것도 모자라 구둣발로 손을 짓밟다니. 때려죽여도 시원찮다는 얼굴로 쓰러진 선우를 일으켜 때리려던 그의 주먹이 쥐어짜는 현숙의 목소리에 허공에서 멈췄다.

"현숙아……."

"선우 손가락 하나 건들지 마."

"현숙아, 금방 끝나니까 조금만 기다려. 아빠가 너 그렇게 만든 이년 오늘 몇백 배로 고통스럽게 죽여 버릴 테니까, 아무 걱정 하지 마."

"하지 말라고! 선우는 내 거야. 죽여도 내가 죽여, 아빠. 그러니까 건들지 말라고요!"

태어나 처음 겪는 고통이었다. 이런 게 죽을 만큼 아픈 것일까 싶었다. 미치도록 너무 아팠지만 그래도 선우를 포기할 순 없었다.

"현숙아……."

"당장 선우 묶어 놓고 의사 불러와요. 빨리, 빨리요!"

"그래, 알았다. 알았어. 휴우……."

현숙의 재촉에 문병호는 혀를 차며 익숙하게 기절한 선우를 의자에 묶었다. 현숙을 위해서 선우를 앉힌 이 의자에 몇 명을 앉히고 묶었던가. 팔과 다리를 묶인 여자들은 모두 딸 현숙의 장난감이었다.

현숙이 다른 집 딸들과 다르다는 걸 알게 된 건 현숙이 처음으로 갖고 싶어 한 장난감이 살아 있는 허선우라는 것 때문이었다.

여자애들이 좋아한다는 장난감이란 장난감은 모두 사 왔지만 현숙은 장난감들을 쳐다도 안 봤다. 혹시나 강아지를 사다 주면 좋아할까 싶어 가장 비싼 강아지도 사 왔었다. 현숙이 안 좋아하면 자신이 키우고 싶을 만큼 귀여웠던 강아지였는데 라이터 불로 태워져 강아지는 사흘 만에 죽었다.

그때는 실수인 줄 알고 그와 아내는 현숙을 혼내지 않았었다. 딸에게 갖고 싶은 게 없냐고 얼마나 물어봤던가. 아무리 물어봐도 현숙은 묵묵부답일 뿐이었다.

그런 딸이, 조직폭력배인 걸 숨기고 자선사업가로서 한동안 기부만 하던 고아원의 가족 초대를 받고 간 그곳에서 본 선우를 보고 갖고 싶다고 말했다.

'아빠, 나 쟤 사 줘. 쟤는 아빠, 엄마도 없는 애니까 내 마음대로 해도 되잖아.'

딸에게 그 말이 못된 말이라고 그는 말하지 않았다. 아니, 그나 아내는 한 번도 딸의 행동에 대해 혼 낸 적이 없었다. 하물며 현숙이 선우의 손과 발을 담뱃불로 지질 때 그는 어떻게 지져야 제대로 지져지는지를 알려 줬었다.

'내 딸이 좋아하면 됐지, 그게 뭐 어때서······.'

그는 현숙이 남들과 다른 취미를 가졌을 뿐이라고만 생각했고 딸의 놀이가 좀 과한 것일 뿐이지 딸보다 잔인한 인간은 훨씬 많다고 생각했다.
"아빠! 빨리!"
"그래, 알았다, 알았어. 에휴. 우리 딸 피 한 방울 안 흘리고 살았는데… 조금만 참아라, 현숙아······."
"아파 죽겠으니까 아빠, 빨리!"
"그래, 그래······."
현숙의 고통스러운 재촉에 문병호가 백 미터 질주하듯 방을 달려 나가자 현숙은 정신을 잃은 채 묶여 있는 선우를 보며 피범벅인 입가 끝을 올려 웃었다.

'허선우. 드디어 네가 내 앞에 있어. 넌 완전히 내 거야. 조금만 기다려. 너를 곧 세상에서 최고로 고통스럽게 해 줄게. 알았지?'

하지만 그건 그녀의 바람이었을 뿐, 그녀가 선우 앞에 서기까진 이틀이란 시간이 지나야 했다.

10. 안녕, 이별

"내가 손재주가 없는 줄은 알고 있었지만… 네 얼굴을 보니까 진짜 손재주가 없다, 내가."

이틀 만에 한쪽 손에 붕대를 감은 채 남자들의 부축을 받으며 방으로 들어온 현숙의 피멍 든 얼굴은 가관이었다. 잦은 수술과 치료 때문에 무늬만 팔일 뿐 물컵 하나 들 힘이 없었던 선우에게 할아버지는 유도를 권했었다. 처음엔 기초 체력을 위한 것이었고 체력을 갖추고부턴 호신 무술로 배운 유도였다.

연습은 많이 했어도 타인에게 직접 써 본 적은 없었는데 첫 번째 대상이 현숙인 데다 그 결과를 보니 너무나도 흡족스러웠다.

현숙이 선우 앞의 소파에 앉자 남자들이 창가에 있는 서랍장을 현숙 옆으로 가져오고는 바로 방을 나갔다.

"왜. 내 얼굴이 마음에 안 들어?"

"너는 내 손을 예술적으로 만들어 줬잖아. 그래서 선물로 널 예술적으로 만들어 주려고 했는데 실패야."

묶여 있는 제 처지를 잊은 건지 여유롭게 농담을 하는 선우가 현숙은 싫지 않았다. 역시나 지금까지 이 의자에 앉아 있었던 애들하고는 차원이 달라도 너무 달라 그녀는 선우를 선택한 자신이 만족스러웠다.

"그걸 이제 알았니? 네 손 아무나 그렇게 못 만들어. 나니까 작품 만들어 준 거야."

"그러게, 너 같은 변태나 만들 수 있는 걸 나 같은 일반인이 흉내 내려고 했다니. 내가 실수했어."

이상하게 현숙이 무섭지 않았다. 무섭기는커녕 피멍 든 채 퉁퉁 부어 메기 같은 현숙이 우습게 보였다.

"변태라고? 누가?"

자신이 변태라는 걸 알고는 있었지만 직접적으로 들어 본 적은 없는 현숙이었다.

"누구긴, 너잖아. 문현숙, 내가 앉은 이 의자에서 몇 명이나 보냈니? 넌 사람한테 장난감이라고 하더라?"

"네가 그걸 어떻게 알아?"

현숙의 부어서 한일자가 된 눈이 얼마나 놀랐는지 커지자 선우는 계속 말을 이어 갔다.

"나는 어릴 때 장난감 망가트리면 엄청 혼났는데 너는 망가트리면 네 아빠가 묻어 주더라. 여기 올 때 보니까 정원 꽤 크던데, 네 장난감 몇 개나 묻었니?"

"너……. 설마… 누구야! 너 누굴 매수했어?"

"매수? 내가 왜 매수 따위를 하니. 나 검사 아니야. 경찰도 아니고."

"그런데 네가 어떻게 알아?"

그녀가 이 놀이방에서 사람을 장난감처럼 가지고 논다는 건 조직원들도 알고 있지만 죽은 장난감을 여기 정원에 아버지가 묻었다는 건 자신과 아버지만 아는 비밀이었다.

현숙의 부은 뺨과, 붕대를 감지 않은 손이 사시나무 떨듯 떨렸다.

"떨지 마, 문현숙. 겨우 이 정도에 떨면 어떻게 하니? 넌 내가 아는 변태 중에 최고 변태던데 말이야. 아니다. 변태 말고 또 있지. 섹스 머신. 맞아, 너 섹스 머신이더라?"

이건 분명 꿈이었다. 그녀가 바란 건 선우와의 재회를 축하하며 담배에 불을 붙이는, 지금과 정반대의 상황이었다. 그런데 이런 상황이라니. 꿈이었다. 아니, 꿈이어야 했다.

"내가 변태들한테 당한 피해자들 많이 만나 봤는데 너를 능가하는 변태는 없더라. 어떻게 최 회장이랑 열 번 못 한 게 화나서 사람을 지지니?"

"입 닥쳐, 허선우."

"왜 듣기 싫어? 네가 최고라는데?"

"닥치라고 했다, 너······."

"넌 내가 너 알아주길 바란 거잖아. 태리 대신 날 잡은 이유가 이것 때문 아니었니? 그래서 알아주겠다는 거잖아. 네가 얼마나 변태인지, 또 네가 얼마나 많은 사람을 장난감처럼 다루다 죽였는지 말이야."

"네가 진짜 죽고 싶어서 환장했구나. 허선우, 여기가 어딘 줄 잊었니? 내가 널 가지고 놀다 죽여도 누구도 모를 내 놀이방이야."

겁 없이 그녀를 도발한 장난감들이 없었던 것은 아니었다. 그 도발을 즐겼던 걸 떠올리며 흥분한 마음을 가라앉혔다.

"부모는 자식의 거울이라는데 보여 준 게 사람 묻고 담뱃불로 사람 지지는 거니 애가 뭘 보고 자랐겠어. 그러니 성인 된 지가 언젠데 아직도 놀이방에서 놀지. 정말 불쌍하다, 문현숙."

"입 닥치라고 했지!"

짝!

현숙의 따귀 세례에 순간 얼굴에 뜨거운 불꽃이 일었지만 예상한 따귀였기에 그녀의 표정은 변하지 않았다.

"너 나 엄청 기다렸잖아. 그런데 이렇게 함부로 대하면 안 되잖아. 나를 오랫동안 데리고 놀고 싶다고 했잖아. 네가 아무리 지져도 아프다고 안 한 건 나밖에 없다면서. 다시 만나면 얼굴 다 지지고 눈은 마지막에 지질 거라고 했던가."

"어떻게 네가 그걸······."

바로 옆에서 듣지 않고서는 누가 알려 줄 수 있는 것이 아니었다. 누구에게도 말한 적 없었다. 선우가 이곳으로 오는 동안 기다리면서 한 혼잣말이었다.

"현숙아, 세상이 참 신기한 것 같지 않니? 27년 전에 잃어버린 기억 중에서 어떻게 한 사람만 기억해 낼 수 있었을까? 그것도 내가 아닌 너를 말이야."

감정이 실리지 않은 선우의 목소리에 현숙은 등 뒤로 이상한 기운이 엄습하는 것이 느껴졌다.

"너 무슨 헛소리를 하려는 거야?"

"왜 태리 씨는 너만 기억했을까."

"태리 씨라고?"

"어머. 몰랐니, 현숙아? 태리 씨랑 나 연인이야."

"뭐라고?"

"어머, 말 안 했구나. 난 또 네가 우리 태리 씨랑 깊고 찐한 사이라고 해서 말한 줄 알았지."

"거짓말이야. 그럴 리가 없어. 태리가 내게 거짓말을 할 리 없다고."

남자 따위 믿어 본 적 없었다. 세상에서 가장 나쁜 놈들만 모인 곳에서 십수 년을 보낸 그녀가 남자를 믿는 건 바보임을 인증하는 것이나 다름없었다. 유태리를 믿기까지 얼마나 신중하고 신중했던가. 그런데 유태리가 거짓말을 했다고?

엄습한 기운은 불안이었고 두려움이었다. 선우의 비웃음에 화가 났다. 저 비웃음은 그녀의 것이어야 했다. 선우가 죽을 때까지, 또 죽어 가는 선우를 볼 때 소리 내 웃어야 할 그 웃음이었다.

의자 옆 서랍을 열어 담배 한 개비를 꺼내 입에 물었다. 라이터를 꺼내 불을 붙이려는데 익숙하지 않은 왼손이라 불이 켜지지를 않았다.

"현숙아, 요즘 도청 장치 성능이 얼마나 좋은지 아니? 나는 네가 최 회장이랑 섹스할 때랑 네가 장난감이라며 괴롭힐 때 너무 실감 나서 무섭더라. 어지간하면 휴대폰 좀 손에서 놓고 살지 그러니."

"……."

너무 놀라 말문이 막힌 현숙은 덜덜 떨리는 손으로 입고 있는 카디건 주머니에서 휴대폰을 꺼냈다.

"도청 장치 찾니? 어쩌니, 우리 태리 씨가 이미 빼 갔는데. 덕분에 잘 들었어."

두려움을 넘은 분노에 현숙은 이제는 이죽거리기까지 하는 선우를 그냥 두고 볼 수 없었다. 휴대폰을 바닥으로 던지고 다시 라이터를 손에 쥔 그녀는 이번엔 제대로 불을 켜 입에 문 담배에 붙였다.

현숙의 담배에 불이 붙었어도 아무런 감정도 일지 않았다. 아니, 울고 싶을 정도로 마음이 평온했다. 그녀 인생에서 있어 절대적 악이었던 문현숙이 무너지고 있는데 아무런 느낌이 없었다.

담배를 한 모금, 두 모금 길게 빨아 마시고 뱉던 현숙이 드디어 의자에서 일어나 그녀에게로 다가왔다.

"허선우. 나보고 변태라고 했니? 그래, 나 변태야. 내가 왜 널 갖고 싶었는지 알아? 아홉 살 때 내가 네 손과 발에 그런 작품을 만들었는데 지금 만들면 어떤 작품이 나올지 궁금했거든. 널 내 인생 최고의 작품으로 만들고 싶었어."

사악하게 웃는 현숙을 보아도 그녀의 마음은 평온했다. 눈앞의 현숙은 가을날 가장 처연하고 외롭고 쓸쓸하게 떨어지는 마지막 잎새였다. 누군가에겐 시가 나오고 노랫말이 나오는 장면이겠지만 그녀에겐 몰락하는 악의 모습이었다.

곧 그녀의 얼굴 살이 타들어 갈 것이다. 살 타는 냄새가 여덟 살 그때처럼 진동할 것이다. 아플 것이다. 고통도 클 것이다. 하지만 죽어도 참을 것이다. 참고 또 참을 것이다.

고개를 돌리지 않고 꼿꼿이 현숙을 바라보는 그녀의 얼굴로 담배가 서서히 다가오고 담배 냄새가 코끝으로 들어왔다. 그렇게 다가온 담배가 얼굴에 닿으려는 순간이었다.

"누나!"

"현숙아!"

방문이 크게 열리고 문병호와 이명서가 헐레벌떡 뛰어 들어왔다.

"야, 이명서! 여기 함부로 들어오지 말라고 했지!"

현숙의 눈엔 두 남자의 다급한 표정이 보이지 않는 모양이었다.

"빨리 담배 끄고 짐 싸, 얼른!"

"무슨 일인데 그래? 내가 지금 얼마나 중요한 일을 하는지 안 보여?"

"누나! 상황 파악 좀 해. 빨리 여기서 도망쳐야 한다고!"

"그래. 현숙아, 얼른 일어나. 네 방에서 중요한 것만 챙겨서 나와. 어서!"

다급한 아버지의 말에 그제야 현숙은 오래전 경찰을 피해 도망치던 날을 떠올렸다.

"도망치라니? 경찰이라도 온 거야?"

"검찰청에서 지금 양주그룹 압수 수색 들어갔어. 아는 검사한테 물어보니까 여기로도 올 거래."

태리에게 넘긴 최 회장의 비밀 범죄 기록들 속에 있던 마약 밀거래 장부가 생각났다. 하지만 모두 최 회장과 연관 있는 범죄지 자신과는 상관없는 것들이지 않은가.

"너도 참, 내가 무슨 상관이 있다고 그러니."

"누나 양주 본부장이야. 양주는 조직 폭력배 회사여서 계약직 사원들까지 모두 조사 들어갈 거래. 그런데도 누나가 상관없어? 누나가 대표이사로 돼 있는 양주 계열사가 몇 개나 되는 줄 알아?"

그건 생각하지 못했었다. 돈 관리하는 세무 변호사가 자금을 분산시켜야 한다면서 최 회장에게 그녀를 유령 회사나 다름없는 회사 대표로 만들도록 시켰었다.

"그게 도망까지 가야 할 정도야?"

"진짜 무식하다니까. 양주가 마약 밀거래만 했어? 불법으로 할 수 있는 건 다 했잖아. 도박 사이트부터 가상 화폐에 청부 살인까지 범죄란 범죄는 다 저질렀잖아. 내부 고발이래. 누나 때문에 데려왔다가 실종된 여자들 건도 걸려 있다니까 알아들었으면 빨리 짐 싸."

내부 고발이라는 말에 움찔했던 그녀는 여자들이란 말에 도청됐었다는 자신의 휴대폰을 생각하며 치를 떨었다.

"알았어. 그런데 어디로 가려고?"

"중국에 계신 회장님한테 가야지. 지금 우리 아버지가 인천에서 배 잡아 놨다니까 빨리 싸."

"나만 가는 거야? 너도 가는 거지?"

"누나랑 우리 아버지만 가는 거야. 난 양주와 무관한 인물이니까 나라도 살아야지."

"현숙아, 부회장이 너와 못 지킨 약속 지킨다고 배 준비한 거니까 같이 가서 회장님이랑 잘 피신하고 있어."

"아빠……."

본관이고 별관이고 축구장처럼 큰 이곳에 아버지와 어머니를 두고 간다니 발이 쉽사리 떨어지지 않는 현숙을 보며 선우는 웃으며 입을 열었다.

"문현숙 너만 가서는 안 될 거야. 경찰들이 대대적으로 와서 여기 정원에 묻힌 실종자들 파낼 거거든. 그럼 알지? 네 아버지 아마 죽을 때까지 감옥에서 살아야 할 거야."

"허선우, 너……."

"아니, 쟤가 그걸 어떻게……. 현숙아, 어떻게 된 거냐. 응?"

"그건 나중에 가서 물으시고 일단 짐부터 싸요, 얼른!"

선우에게 분노할 시간이 없었다. 중요한 건 이곳에서 지체하지 않고 빨리 나가는 것뿐이었다. 문병호 부녀를 재촉하며 이명서는 자신도 중국으로 가는 것이 낫겠다 싶었다.

그동안은 최 회장의 백으로 그가 한 짓들이 무마될 수 있었지만 이제는 무엇으로도 무마할 수 없게 될 터였다. 게다가 지금 그는 지수로부터 사기 결혼으로 고발당한 상태였다. 어떻게 알았는지 아버지에 대해 지수가 알게 된 것이다.

부녀가 방을 뛰어나가자 같이 나가려는 이명서의 등 뒤로 선우의 웃음소리가 들려왔다.

"허선우, 네 짓이야?"

"내부 고발이라며. 난 양주 사람이라 아니라 화인 사람인 거 몰라?"

"재수 없는 년."

"누가 그러더라. 나쁜 인간들에게 재수 없는 사람이 좋은 거라고. 칭찬 고맙다, 이명서."

두 번도 보기 싫다는 듯 뒤돌아 방을 나가는 이명서를 보며 그녀는 회심의 미소를 지었다.

'굿바이, 이명서.'

방 밖에서 계단을 내려가는 소리마저 사라지자 묶인 팔이 이제야 아픔을 호소했다. 묶인 발까지 덩달아 아파 오는데 어째서 웃음이 나는 걸까. 심지어 노래까지 부르고 싶었다.

"사노라면 언젠가는 좋은 날도 오겠지.

흐린 날도 날이 새면 해가 뜨지 않더냐.

새파랗게 젊다는 게 한밑천인데

쩨쩨하게 굴지 말고 가슴을 쫙 펴라.

내일은 해가 뜬다. 내일은 해가 뜬다."

노래를 부르는 그녀의 두 눈에서 뜨거운 눈물 두 줄기가 쏟아지듯 흘러내렸다. 악마는 사라졌을 뿐 소멸된 것이 아닌데도 기뻐 눈물이 났다.

'문현숙. 이런 날이 올 줄은 몰랐지? 나도 몰랐어. 죽을 때까지 너라는 악몽을 꿔야 하는 줄 알았어.'

이틀 동안 어떻게 될지 몰라 뜬눈으로 밤을 새웠다. 안온해진 마음이 피로하니 이제 자라고 말했다.

'그래, 자 볼까. 드라마라면 나를 구해 주러 태리가 오겠지만 이건 드라마가 아니잖아. 허선우, 자자.'

스르르 눈꺼풀이 내려오기 무섭게 잠에 빠진 그녀가 태리의 품속에서 눈을 뜬 것은 반나절이 지난 뒤였다.

"잘 잤어요? 너무 곤히 자서 안 깨웠어요."

"깨우지 그랬어요. 드라마틱한 구출을 상상했는데……."

"그럼 돌아가서 다시 의자에 묶어 줄까요?"

"아뇨. 눈뜨자마자 본 사람이 태리 씨라서 행복하니까 됐어요."

"묶여 있는 당신 보고 문현숙이 또 그 몹쓸 짓을 했을까 봐 내가 얼마나 놀랐는지 모르죠?"

"걱정 많이 했어요?"

"그럼 안 하게 됐어요? 호랑이 굴을 제 발로 들어가는 멍청이가 어딨어요?"

핼쑥해진 태리의 얼굴에 마음이 아파 그녀는 묶여 있어서 그런지 저린 손을 겨우 들어 태리의 얼굴을 쓰다듬어 주었다.

"가짜 인어공주랑 논 왕자님 혼 좀 나 보라고 그랬어요."

"미안해요, 선우 씨."

"정말요?"

"정말로 미안해요."

태리가 그녀를 데리고 온 곳은 춘천집도 삼청동 할아버지 댁도 아닌 그의 본가, 그의 방이었다. 방 안에는 춘천집에도 있고 상암동 집에도 있던 그의 향이 없었다. 하지만 곧 방 안으로 그의 부친이 들어오면서 방 안은 낯설지 않은 향으로 가득 찼다.

"이제야 진짜 인어공주님을 만나게 됐군요. 어서 와요, 선우 씨."

아들 태리와 같은 향을 지닌 유 회장은 그녀를 따뜻이 안아 주었다. 다만 태리의 모친 정 여사는 그녀와 눈을 맞추질 못했다. 하지만 그녀의 두 눈에는 미안함과 고마움이 한가득했다.

아들이 대문 앞에 있으니 데리고 들어가라는 김재명의 문자에 놀라 나가 보니 잠자고 있는 태리가 있었다. 수면제를 먹은 것 같다는 의사의 말에 깨어나길 기다리면서 또 김재명에게 아들이 당한 것에 더는 참지 못한 그녀는 남편 유 회장에게 그동안 감추고 있었던 말들을 모두 털어놓았다.

"당신 스스로 말했으니, 태리 깨어나면 물어봐요. 27년 전 일을."

처음엔 무슨 뜻인지 몰랐던 그녀는 남편의 말대로 깨어난 태리에게 물었다가 태리가 27년 전 기억을 모두 찾은 것을 알게 됐다.

그녀가 태리에게 할 수 있는 말은 미안하다는 말뿐이었다. 그런 그녀에게 태리는 한 가지 당부만 했을 뿐이었다.

"어머니, 어머니가 진심으로 미안하시다면 진짜 저 유태리의 어머니가 되어 주세요. 김재명 걱정은 마시고요."

태리의 부탁에 그녀는 자신의 발목을 잡고 있던 과거에서 벗어날 수 있었다. 하지만 새롭게 알게 된 사실은 그녀를 곤혹스럽게 만들었다.

27년 전 납치당한 아들을 보살펴 준 사람은 문현숙이 아니라 허선우였던 것이다. 사실을 알았을 때 그녀는 정말 다행이라고 생각했었다.

만날 때마다 천박하기 그지없는 문현숙이 얼마나 껄끄러웠는지 몰랐다. 혹여 문현숙이 며느리가 되면 어쩌나 싶은 걱정이 떠나지를 않았었다.

그런데 문현숙이 아니라 첫 만남 때부터 어쩐지 마음에 들었던 허선우가 아들의 은인이었다는 말에 그녀는 내심 쾌재를 불렀다. 게다가 아들이 허선우를 결혼할 여자라고까지 하니 이런 호재가 또 있을까 싶었다.

한편, 선우의 꿈인가 싶은 날들은 태리의 양친으로부터 환영을 받는 것으로 끝나지 않았다. 한 달이 지나고 두 달이 지나자 세상이 양주그룹이 저지른 사건으로 시끄러워졌고 하나씩 드러나는 천인공노할 사건에 전 국민이 분노할 때도 꿈같은 날들은 계속되었다.

오래전 할아버지가 애지중지하던 조카딸의 함을 할아버지 댁에서 받은 적이 있었다. 함잡이가 온다고 할머니의 진두지휘 아래 상다리 휘어지도록 온갖 산해진미를 만들어서 함 팔러 온 사람들의 눈을 휘둥그레지게 만들었었다.

그때 보았던 상이 지금 눈앞에 있자 그녀는 꿈속에 있는 것만 같았다.

귀한 손님들이 오면 내주는 사랑방에 차려진 상 위에 올려진 산해진미는 군침을 돌게 했지만 태리는 섣불리 손을 댈 수 없는 분위기에 연신 박 원장과 박 총장이 따라 주는 술만 마시고 있었다.

몇 달째 대한민국을 시끄럽게 만들고 있는 사건을 해결한 주인공이 그와 선우라는 것은 공공연한 비밀이었다.

처음 시작은 김재명과 문현숙을 단죄하려던 것이었다. 그런데 생각지도 않게 문현숙이 건네준 최 회장의 범죄 자료들은 그동안 미해결 사건으로 남아 있거나 증거가 없어 처벌하지 못했던 사건들을 한 번에 해결할 수 있는 자료였던 것이다.

화인 법무팀에서 정리해 검경에게 넘겨 세부적인 진행 사항을 기다리고 있던 차에 그가 납치를 당해 공백이 생기자 바통을 이어받은 선우는 사건을 파악하곤 바로 검경과 협의해 일을 진행했다.

김재명이 밀항할 거라는 걸 예측하고 있었기에 그들이 탄 배를 붙잡지 않은 경찰은 그 대신 중국에 사업차 방문 중인 최충렬이 마약 밀매 때문에 방문한 것과 밀항한 인물들이 최충렬의 측근임을 알려 줬다.

그것만으로도 충분한 것이었다. 흉악 범죄를 저지른 자에게 사형 선고를 내리는 중국에서 마약 범죄는 흉악 범죄에 들어갔다.

그들은 한국에 구조 요청을 할 수 있었는데도 사형은 면할 수 있을지 모르나 무기징역은 면할 수 없다는 걸 알았는지 구조 요청을 하지 않았다.

그렇게 마약 거래 현장 숙소에서 숨어 지내다 붙잡힌 최충렬과 문현숙 가족 그리고 김재명 부자는 사형 선고를 받았고 일주일 뒤 형이 집행되었다는 소식이 경찰에 전해졌다.

악마들이 소멸되었다는 소식은 길고 길었던 선우의 악몽을 소멸시켰다. 선우가 문현숙의 사형 소식을 들은 뒤로 한 달이 넘게 악몽에 시달리지 않자 그는 선우에게 박 원장을 찾아뵙자고 했다.

그래서 오게 된 날이 오늘이었다. 사랑방에는 박 원장 가족들만 있는 것이 아니었다. 장심원의 원로들이자 그녀와 지수에게 있어 때로는 삼촌이고 때로는 대선배님이신 분들이 상 앞에서 태리를 한참 동안 지켜보더니 말문을 트뜨렸다.

"원장님, 기분 좋으시겠습니다. 아무리 뜯어봐도 흠이 없는데요."

"그러게. 우리 원장님이 늦복 있으시니 부럽습니다. 지수는 이제라도 악마 같은 놈하고 끝났으니 복 받은 거고 선우는 검증 필요 없이 세상에 알려진 청년을 만났으니 복 받은 거 아닙니까."

하나같이 덕담을 하는데 정작 박 원장의 표정은 좋지를 않았다.

"할아버진 유태리 씨가 마음에 안 드세요?"

"그래, 나는 마음에 안 든다."

대놓고 마음에 안 든다는 박 원장의 말에 사람들이 웃는 얼굴이 일제히 굳었다.

"아버지도 마음에 안 드시죠? 저도 마음에 안 듭니다."

"아빠까지 왜 그러세요. 선우야, 어떡해?"

선우에게 둘도 없는 남자라고 좋아하실 땐 언제고 정식으로 인사 오니 말을 바꾼 할아버지와 아버지가 지수는 이해가 되질 않았다.

"지수야, 일부러 그러시는 거다."

"네?"

"아니다, 어멈아. 진짜로 태리 군이 마음에 안 드는 거다. 인사 오기 전부터 감쪽같이 어른 속인 놈이 허락 떨어지면 얼마나 더 속일 게야. 안 그런가, 박 총장."

"맞습니다. 아버지. 저렇게 새파랗게 젊은 친구에게 당한 걸 생각하면 앞이 깜깜합니다."

두 사람이 하는 말이 무슨 뜻인지를 그제야 깨달은 태리는 앉은 자리에서 벌떡 일어나 두 사람에게 고개를 숙였다.

"죄송합니다. 생각이 짧았습니다. 제가 기억 찾았다는 걸 먼저 알려 드리지 못해서 죄송합니다."

"죄송할 게 뭐 있나. 그걸 알아채지 못할 정도로 감이 떨어진 늙은 내 죄지."

"저도 퇴직했다고 너무 손을 놓고 있었나 봅니다. 저런 속임수를 눈치 못 채다니."

"아닙니다. 제 잘못입니다. 하지만 그때는 어쩔 수 없었습니다. 그들을 잡으려면 누구도 제가 기억 찾은 걸 알아서는 안 됐습니다."

"전부터 궁금했는데 그렇게까지 해서 그들을 잡으려고 한 이유가 뭔가?"

"27년 전 선우 씨 손과 발에 상처를 낸 사람이 문현숙입니다. 그리고 김재명은 저를 납치한 장본인입니다."

"우리 선우가 문현숙에게 당할 때 같이 있었나?"

"네. 새벽마다 담뱃불을 가지고 와서 선우 씨를 괴롭혔습니다."

살짝 풀린 가리개 사이로 보였던 그때를 떠올리는 태리의 말투가 거칠어지고 듣는 사람들의 표정이 어두워졌다.

"우리 선우는 한 번도 그때 일을 말해 주지 않았네. 선우가 시달린 악몽 때문에 현숙이란 이름은 알지만 말이야."

"선우 씨는 그때도 참았습니다. 문현숙이 울라고 더 많이 괴롭히는데도 선우 씨는 참았습니다."

"그래서 선우가 못한 복수를 해 준 건가?"

"네."

"자네는 명색이 화인그룹 후계자이지 않나. 자네라면 얼마든지 조건 좋은 배우자를 만날 수 있을 텐데 왜 우리 선우인가. 납치당한 자네를 보살펴 준 보답치곤 너무 과하다고 생각하는데……."

"차라리 제가 부족하다고 해 주십시오, 할아버님. 화인은 제 배경일 뿐이지 저 하나만 놓고 보면 선우 씨에 비해 모든 것이 부족합니다."

심각한 태리와 달리 지켜보는 손님들은 웃고 있었다. 오래전부터 박 원장의 선우 사랑은 유명했었다. 그러니 쉽게 선우를 내줄 수 있겠는가.

"부모님들은 뭐라 하시나?"

"하루라도 빨리 선우 씨를 며느리로서 만나고 싶어 하십니다."

"선우야. 너는 어떠냐?"

박 원장이 드디어 질문을 선우에게로 돌리자 선우는 기다렸다는 듯이 일어나 태리 옆에 섰다.

"할아버지, 아저씨, 아줌마. 저는 태리 씨랑 있으면 장갑을 안 껴도 돼요."

무슨 말이 더 필요하겠는가. 선우의 한마디로 박 원장이 일어나 술잔을 태리에게 권했다. 그렇게 술잔이 오가고 웃음꽃이 만발한 가운데 선우는 오늘 밤 꿈을 기대했다. 악몽이 사라진 뒤로 그녀는 매일 밤 동화 같은 꿈을 꾸기 시작했다. 어제는 안개 자욱한 연못에서 연꽃들이 피는 꿈을 꾸었다. 꿈이 그토록 신비롭고 향기로울 수 있다는 걸 처음 알았기에 오늘 밤에 꿀 꿈이 너무 궁금했다.

'오늘 꿈에선 태리 씨 당신을 만났으면 좋겠어요. 꿈을 안 꾸고도 이렇게 황홀하고 행복한데, 꿈에서 당신을 만나면 얼마나 더 황홀할까요. 오늘 밤은 내 꿈속으로 꼭 와 줘요. 당신이 듣고 싶은 사랑 고백 많이 많이 해 줄게요.'

에필로그

2개월 뒤.

미국에서 살 때도 화상 흉터 때문에 차마 가지 못하고 사진과 영상으로만 봤던 바다가 눈앞에 있었다. 모래사장 옆 절벽에 닿을 때마다 물보라를 뿌리며 굉음을 내는 파도 소리에 놀란 선우가 뒷걸음질 치자 태리가 잡아 품에 안았다.

"자, 봐 봐요. 바다가 사파이어 같지 않아요?"

"네. 정말 보석 같네요. 어떻게 하늘색이랑 똑같을 수 있죠?"

할아버지로부터 허락을 받은 뒤로 그녀의 일상은 완전히 뒤바뀌고 말았다. 결혼식 날짜를 잡은 것도 아닌데 춘천집으로 우리집 고아원 원장 어머니가 찾아오시고 지수 어머니가 오셨다. 그리고 태리 씨의 어머니도 찾아오시더니 어느새 춘천집은 어머니들의 집이 되어 버렸다. 낳아 주신 어머니는 안 계시지만 그녀를 길러 주신 어머니부터 키워 주신 어머니까지, 그녀는 어머니 복이 많은 여자였다.

어머니들은 하나같이 그녀에게 뭔가를 만들어 주시고 선물을 주셨다. 춘천집이 어머니들의 살롱이 된 것은 좋았지만 둘만의 시간이 부족하다고 툴툴거리던 태리가 탈출하자며 데려온 곳이 바로 이곳 발리였다.

하늘색과 똑같은 바다를 보니 태어나 한 번도 바다를 가 본 적 없는 걸 기억해 준 태리가 고마웠지만, 그동안 왜 바다를 오지 못했는지가 생각나자 선뜻 바다 가까이 가지 못하는 그녀였다.

"덥지 않아요? 우리 바다로 들어가요."

"태리 씨, 안 돼요."

"왜 안 돼요. 자아, 들어가요. 옷 벗어요."

"안 돼요. 사람들이 봐요."

"사람들이 어디 있는데요?"

둘러보니 사람이 보이지 않았다. 어째서 휴양지 발리에 사람이 없는 것일까.

"없죠? 걱정 말아요. 일주일 동안 이 바다는 우리 거니까. 자아, 선우 씨가 벗기 싫어하는 것 같으니까 내가 벗겨 줄게요."

태리의 거침없는 손길 아래 그녀의 몸에서 옷들이 하나씩 벗겨지더니 순식간에 그녀는 속옷만 걸친 상태가 되었다. 태리도 그녀 앞에서 속옷만 남기고 옷을 벗었다.

"자아, 이제 들어갈까요?"

"안 돼요!"

"안 되긴 뭐가요. 떨어지기 싫으면 나 꼭 잡아요."

선우를 안아 든 채 태리는 뛰어 바닷물 속으로 들어갔다.

처음 만난 바다가 아니었다. 처음 맛본 바닷물이었다. 짜디짠 바닷물이 왈칵 놀라 벌어진 입 속으로 들어와 제대로 바다 물맛을 알려 줬다.

"어푸푸, 태리 씨……!"

정신없이 허우적거리는 그녀를 태리는 제 품으로 안아 올렸다.

"나 꼭 잡으라고 했잖아요."

"어푸푸… 물이 너무 짜고 써요."

"바닷물 맛있으면 물고기 굶어 죽어요. 선우 씨, 어때요. 이 바다."

"신기해요. 내 몸이 젤리랑 푸딩 속에 있는 것 같아요. 원래 이래요?"

"이 바다가 그런 거예요. 한국의 바다는 동해, 서해, 남해 모두 느낌이 달라요. 한국 가면 나랑 같이 가요. 아니, 세상 모든 바다를 다 가 봐요, 우리."

"태리 씨, 고마워요."

"고마워할 것 없어요. 난 선우 씨에게 복수하러 여기 온 거니까요."

"네?"

"아, 길고 길었던 27년의 한을 이제야 푸는구나."

뜬금없는 복수 타령에 놀라는 선우를 보며 그는 안은 선우를 마주했다.

"아무리 어려도 그렇지. 일곱 살이나 먹은 남자애 옷을 벗기질 않나, 그뿐이면 다행이게. 겨우 한 살 많은 게 무슨 벼슬이라고 남자 몸을 깡그리 씻겨 줘요. 알아요? 당신이 내 알몸을 본 첫 여자라는 거?"

땀띠 때문에 씻겨 준 그날이 생각나자 그녀는 얼굴을 붉히며 그의 가슴에 얼굴을 묻었다.

"그걸 복수하고 싶었어요?"

"그럼요. 당신만 내 처음을 가져간 게 화나서 나도 당신 처음 가지려고 여기 온 거예요. 선우 씨 바다 처음이잖아요. 어때요. 억울하죠?"

"고마워요."

"어… 기대한 답이 아닌데……. 고마워하면 안 되죠. 선우 씨도 내게 복수해야죠."

"태리 씬 어떤 복수를 원하는데요?"

"음… 내가 원하는 복수는… 결혼이에요."

"태리 씨……."

장난 어린 말투와 달리 태리의 눈은 더없이 진지했다.

"선우 씨, 모두가 우리 결혼이 당연한 줄 아는데 정작 우린 가장 중요한 말을 안 한 거 알아요?"

"무슨 말인데요?"

"전에 지수 씨한테 그랬죠. 이별할까 봐 불안했다고. 선우 씨, 사람으로 태어난 이상 누구나 다 떠나요."

"알아요."

"선우 씨. 난 하늘이 불러서 어쩔 수 없이 갈 때까진 당신과 이별 없이 살고 싶어요."

"태리 씨……."

"내가 당신을 많이 사랑해요. 선우 씨, 내가 당신을 지금보다 더 몇백 배로 사랑하고 싶어서 그러는데, 나와 결혼해 주시겠어요?"

"……. 네. 당연하죠."

당연히 결혼하는 줄 알고 있었던 건 그녀도 마찬가지였다. 어차피 자신은 다른 여자들과 다른 삶을 살아왔으니 프러포즈 같은 건 바라지도 않았었다. 사랑하는 사람과 결혼하는 것도 축복인데 또 뭘 바라겠는가. 그건 분에 넘치는 욕심일 터였다.

"고마워요, 선우 씨."

"나도요, 태리 씨."

그들은 바다에서 키스를 나누는 연인이 되었다. 키스는 바다를 나와 그가 가져온 가방에서 꺼낸 원피스를 입을 때도 계속되었다.

원피스 아래 드러난 상처는 영원히 그녀를 보통의 여자로 살지 못하게 할 상처였지만 지금 이 순간만큼은, 그리고 이 남자와 죽을 때까지 사는 동안만큼은 그녀는 보통의 여자들처럼 원피스를 입을 수 있을 것이다.

흉한 상처를 가졌어도 원피스를 입게 해 준 이 남자를 그녀는 사랑했다.

이별 때문에 불안해하지 말라는 이 남자를 사랑했다.

언제가 먼 미래에 이별할 수는 있겠지만, 사랑하는 지금 그녀는 이별에게 작별 인사를 보냈다.

안녕, 이별.

마침

작가 후기

안녕하세요, 독자님들.

올해도 독자님들에게 인사드릴 수 있는 게 너무도 행복하고 감사한 윤혜인입니다.

『안녕, 이별』은 의도하지 않았는데도 알게 된 타인들의 너무 아픈 이별 소식 때문에 쓰게 된 글입니다.

살아오면서 본의 아니게 뉴스 같은 매체를 통해 많은 이별을 만났습니다.

저와는 상관없는 사람들의 이별이라 그 소식을 들을 때마다 가족들이 얼마나 슬플까 아플까 하는 정도였습니다.

그런데 언젠가부터 이별을 겪은 사람들의 행복을 생각하게 되었습니다.

또다시 이별을 겪을까 봐 사랑도 행복도 쉽사리 하지 못하는 사람들의 마음을 생각하다 보니 어느새 『안녕, 이별』이 써졌습니다.

행복하고 싶은 마음과 이별을 겪고 싶지 않은 마음을 꾹꾹 눌러 담아 쓴 『안녕, 이별』은 저의 바람이고 매일의 희망 사항입니다.

독자님들께서 모두 이별과 안녕하시기를 바라며, 또 코로나와 무관하게 매일 건강하시기만을 바라며 또 다른 글로 인사드리겠습니다.

끝으로 저의 부모님과 동생들, 그리고 제부들과 소중한 조카 너무너무 고맙고 사랑합니다.

2022년 5월, 꽃과 새소리가 넘치는 웅봉동 산동네에서······.

내 손안의 달콤한 로맨스